Babsy Tom

Nach der Schuld

amazon publishing

Das Buch

Zwei Ehepaare. Vier Schicksale. Ein Fehler.

Wie stark kann Liebe sein? Wie schwer wiegt Schuld, und was verzeiht man denen, die man am meisten liebt? Nichts lässt sich ungeschehen machen. Das müssen auch Jasmin und Rodney erfahren, als ihre Ehe nach einer lebensverändernden Entscheidung in Schieflage gerät.

Jasmins beste Freundin Eva kann auch nicht helfen, denn sie hadert mit ihrem eigenen Schicksal. Jasmins Handeln verbindet beide Ehepaare mehr, als sie zunächst vermuten. Jasmin und Rodney, Mike und Eva gehen gemeinsam durch die Schule des Lebens, jeder auf seine Weise, um am Ende der Schuld ein Stück weit auf die Spur zu kommen.

Die Autorin

Babsy Tom, Jahrgang 1973, ist in Potsdam-Babelsberg aufgewachsen und lebt seit über fünfzehn Jahren mit ihrer Familie in Berlin. Mit dem Schreiben von Romanen geht sie ihrem Lieblingshobby nach. Hauptberuflich arbeitet sie in einem Krankenhaus.

In ihrer Freizeit konsumiert sie Unmengen von Büchern, Serien und Schokolade, zum Ausgleich treibt sie viel Sport. Den Rest ihrer Zeit verbringt sie am liebsten mit ihrem Ehemann, ihrer sechzehnjährigen Tochter und den besten Freunden der Welt.

Wer mehr über Babsy Tom erfahren will, kann sie hier besuchen und gerne auch einen Daumen oder eine persönliche Nachricht hinterlassen. Sie beantwortet jede Nachricht garantiert.

https://www.facebook.com/pages/Babsy-Tom/153441961-484538?ref=hl
http://babsy-tom.wix.com/autorin
https://twitter.com/herbyfun

BABSY TOM

Nach der Schuld

ROMAN

amazon publishing

Deutsche Erstveröffentlichung bei
Amazon Publishing, Amazon Media EU S.à r.l.
5 Rue Plaetis, L-2338 Luxembourg
Oktober 2016

Umschlaggestaltung: semper smile, München, www.sempersmile.de
Umschlagmotiv: © Henrik Sorensen /Getty; © Jordan Siemens /Getty; © Tara Moore /Shutterstock; © Chinnapong /Shutterstock; © Gile68 / Shutterstock; © Alexandr Shevchenko /Shuttertsock; © Alexander Y / Shutterstock; © kozirsky /Shutterstock; © canadastock /Shutterstock
Lektorat & Korrektorat: Verlag Lutz Garnies, Haar bei München, www.vlg.de
Printed in Germany
By Amazon Distribution GmbH
Amazonstraße 1
04347 Leipzig, Germany

ISBN: 978-1-503-94275-2

www.amazon.de/amazonpublishing

1

»Er ist weg.«

»Wer ist weg?« Ich höre, wie meine beste Freundin von irgendetwas abbeißt – ich vermute einem Apfel – und das darauf folgende Kauen, das sich sogleich in ein Schmatzgeräusch verwandelt.

»Rodney.«

»Aha. Und wo ist er hin?« Am anderen Ende der Leitung klappert Geschirr. Wahrscheinlich räumt Eva den Geschirrspüler aus, während wir miteinander telefonieren. Jetzt beißt sie noch mal ab. Ich bin genervt. Erkennt sie den Ernst meiner Lage nicht? Natürlich nicht.

»Ich weiß nicht, wo er hin ist. Er ist einfach weg. Ich glaube, für immer.« Das *für immer* flüstere ich beinahe.

Stille. Der Apfel ruht. Das Geschirr auch. Ich sehe Eva direkt vor mir, wie ihre geschwungenen Augenbrauen verständnislos in die Mitte ihrer Stirn wandern und an den Innenseiten beinahe aufeinandertreffen wie zwei Autos, die in die dieselbe Parklücke manövrieren.

»Jetzt mal im Ernst. Kein Scheiß? Er ist weg? Wohin denn und warum? Weg? Einfach so? Was heißt denn *weg*? Und was heißt *für immer*?« Ihre Stimme klingt ansatzweise panisch. Also ist ihr der Ernst der Lage nun bewusst. Gut.

Ich atme tief durch. Seit zwei Stunden sitze ich auf der Couch und starre die rosafarbene Duftkerze an, die Rodney erst vor ein paar Tagen dorthin gestellt hat. Der Docht ist noch weiß, unberührt. Vielleicht sollte ich ihn anzünden, damit ich später sagen kann: Abschied riecht nach Holunderblüten oder Himbeersahne oder vielleicht nach Erdbeere. Ich nehme noch einen tiefen Atemzug und sage: »Nicht einfach so. Ich …, äh nein …«

Allmählich frage ich mich, wie ich etwas erklären soll, das ich ja selbst noch nicht so recht begreife. »Nun ja … wir haben das gemeinsam entschieden. Er ist heute ausgezogen. Also er war schon weg, als ich aus der Agentur heimkam.«

Plötzlich bereue ich es, Eva angerufen zu haben. Was hatte ich denn erwartet? Wie soll ich jemandem meine Welt erklären? Eine Welt, die sich aus ihren Angeln gehoben hat, entwurzelt im Universum herumtreibt und nicht weiß, wann und wo sie sicher wieder in ihre Umlaufbahn zurückfindet. Außerdem trifft es Eva völlig unvorbereitet, im Gegensatz zu mir. Sie hatte keine Ahnung davon, dass bei uns etwas nicht stimmt. Neben meiner Kollegin Cindy ist Eva die Einzige, mit der ich über so was reden kann. Nur bezweifle ich, dass sie es versteht, noch dazu, wo sie gar nicht alle Fakten kennt. Kaum jemand wird das begreifen. Und erst jetzt wird mir leider bewusst: Ich will eigentlich noch gar nicht darüber sprechen. Eben noch dachte ich, dass ich es will, aber jetzt würde ich am liebsten gleich wieder auflegen. Das geht natürlich nicht. Eva ist angefixt. *Scheiße*, nörgelt meine innere Stimme.

»Wie? Ihr habt das gemeinsam entschieden? Sag mal, bist du krank? Oder hast du Fieber? Hackt es? Jetzt sag doch mal!« Ihre Stimme springt über, klingt angestrengt und strengt mich auch an. Tief durchatmend unterdrücke ich ein Seufzen. Am liebsten würde ich irgendeinen unpassenden Scherz machen, aber Eva würde ihn als das entlarven, was er ist. Ein trauriger Versuch nämlich, die Ernsthaftigkeit meiner wirklich prekären Lage zu überspielen.

»Es ist in Ordnung, dass er weg ist«, sage ich stattdessen. »Weißt du, Eva, es war ein sehr schleichender Prozess. Zur Adventszeit zum Beispiel, da haben wir uns so heftig gestritten, na ja, und danach immer wieder. Eigentlich haben wir uns doch ständig gestritten. Weißt du nicht mehr?«

»Was? Wir haben Juli! Wie kommst du denn jetzt auf die Adventszeit? Und woher soll ich wissen, wie oft ihr euch gestritten habt? In meinen Augen seid ihr das Traumpaar des Jahrhunderts. Ja gut, Rod sammelt Briefmarken und ist Pedant. Und vielleicht hat er auch 'ne extrem weibliche Seite. Aber hey, ihr könnt euch doch nicht einfach trennen. Wie lange seid ihr zusammen? Zwanzig Jahre? Sag doch mal! Zwanzig, oder?«

»Einundzwanzig«, korrigiere ich, »siebzehn davon verheiratet.«

»Ey, siebzehn Jahre verheiratet. Da trennt man sich doch nicht einfach. Irgendwas muss doch vorgefallen sein. Jasmin, sag doch mal. Ist er fremdgegangen? Bist du fremdgegangen?«

Dass Eva so distanzlos in mich dringt, lässt meine Nervenenden vibrieren. Natürlich ist etwas vorgefallen, etwas, worüber ich nicht sprechen kann und nicht sprechen will. Und schon gar nicht mit Eva. Ich habe den schlimmsten Fehler meines Lebens begangen und ausgerechnet die, die ich am meisten liebe, betrogen. Ich kann ihr nicht die volle Wahrheit erzählen, weil ich daran vermutlich zugrunde gehen würde. Und Eva auch. Außerdem möchte ich endlich nicht mehr bewertet oder zensiert werden für eine Entscheidung, die ich getroffen habe. Rodney hat mir letztes Jahr ziemlich zugesetzt wegen dieser Sache.

»Warum muss es bei Trennungen denn immer um andere Partner gehen? Darf man sich nicht aus purer Selbstliebe voneinander trennen? Mir war langweilig. Mein ganzes Leben ist langweilig, öde, festgefahren. Ich ersticke vor Langeweile. Dieser ganze Pärchenscheiß geht mir so was von auf die Nerven. Ich will endlich meine Ruhe haben. Ständig dieses Umeinander-herum-Sein.« Das ist nur ein Fragment dessen, was mir im Kopf herumgeht, nur ein Teil der Wahrheit, den ich bereit bin preiszugeben. Auf mehr kann Eva nicht hoffen, mehr geht nicht. Aber irgendwann hätte sie von unserer Trennung ja doch erfahren. Dann also lieber durch mich. Während des gesamten letzten Jahres haben sich in meinem Innern Wahrheiten und Lügen so oft die Klinke in die Hand gegeben, dass ich es inzwischen vorziehe, überhaupt nichts mehr zu sagen. Weil nicht nur ich allein darunter begraben liege, wenn mein Lügenkarussell irgendwann zusammenbricht. Also verkünde ich jetzt die Trennung, und danach ist dann hoffentlich für immer Ruhe.

Stille.

»Du spinnst.«

»Kann sein«, räume ich ein, während ich mir eine Haarsträhne aus den Augen puste.

»So ist Ehe nun mal. Man ist umeinander herum, füreinander da. Nenn es, wie du willst. Man ist zusammen. Das hast du doch vorher gewusst.«

Die Diskussion wird immer anstrengender, und ich fühle mich in die Ecke gedrängt.

»Ich weiß auch, was Ehe ist. Sie ist so alt wie Methusalem, sogar älter vermutlich. Und dennoch …, wir leben ja nicht mehr im Mittelalter. Wie alt sind die Menschen damals geworden, he? Vierzig, fünfzig? Wie hoch war denn damals die Lebenserwartung? Stell dir vor, wir werden heutzutage doppelt so alt. Das heißt doppelt so viel Ehe. Rod und ich sind jetzt schon durch. Ich habe jetzt eine Ehe geschafft, und nun ist auch gut. Ich hab ja nicht ewig Zeit.« Alles richtig, dennoch blöde Ausreden!, kreischt die Stimme in meinem Hinterkopf. *Und dennoch!*, trotze ich, ist es auch das, was ich die ganze Zeit fühle. *Endlich allein sein, endlich keine anklagenden Blicke mehr. Endlich selbst und frei entscheiden, was ich tue oder lasse. Und ganz wichtig – ich will endlich allein sein mit meiner Schuld!*

Eva schnaubt. »Wie sich das anhört! Du spinnst. Echt, du hast 'ne Macke! Und Rodney sieht es genauso?«

Ich zucke mit den Schultern, obwohl ich weiß, dass sie mich nicht sehen kann.

»Sag doch mal, was ist mit Rod? Wo ist er überhaupt hin?«

»Ich weiß es nicht. Ich glaub, er hat sich eine Wohnung genommen, oder er schläft in seiner Werkstatt, wer weiß? Wenn du es genau wissen willst, musst du ihn schon selbst fragen.«

»Oh Mann, ihr seid ja verrückt. Aber was mich jetzt wirklich wundert, er hat sich nicht einmal Mike anvertraut.«

»Woher willst du das denn wissen?«, frage ich und hoffe insgeheim, dass es auch so bleibt.

»Na hör mal, mein Mann und ich, wir reden über alles.« Ihr Tonfall ist selbstgefällig, und ausgerechnet ich weiß sehr genau, dass Mike seiner Frau nicht alles erzählt. Das jedoch behalte ich zähneknirschend für mich.

»Genau.«

»Ja, genau.«

»Okay, also, ich wollte dir auch nur Bescheid geben. Ich erwarte nicht, dass mich … oder uns jemand versteht. Nur … falls ihr Rod trefft, in der Stadt oder so … oder falls du deine Schuhe zu ihm bringst, dann seid ihr vorgewarnt.«

Rodney führt einen kleinen Laden, Schuh- und Schlüsseldienst. Sämtliche Freunde und Verwandte sind Kunden bei ihm, was das Geschäft am Laufen hält. Er tut mir jetzt schon leid. Denn wenn Eva unsere Trennung ausposaunt, werden alle befreundeten und verwandten neugierigen Tratschtanten die Absätze ihrer Schuhe demolieren und sich hoffnungsvoll und mit gespitzten Ohren an Rods Tresen setzen.

»Du wirst es doch erst mal für dich behalten, oder?«, frage ich ängstlich.

»Hey, ich bin Psychologin. Ich unterliege der Schweigepflicht. Sag mal, gilt die auch für Mike?«

Weil Eva Psychologie studiert hat, wollte ich früher nie etwas mit ihr zu tun haben, obwohl wir uns auf diversen Partys immer mal wieder über den Weg gelaufen waren. Dann lernte ich sie kurz nach meiner Hochzeit auf einer Kunstausstellung näher kennen, und wir fanden heraus, dass wir in vielerlei Hinsichten auf einer Wellenlänge schwimmen. Dann trafen wir uns regelmäßig, mal auf einen Kaffee, mal auf eine Pizza. Unsere Männer wurden zu besten Freunden, und wir unternahmen vieles als Doppelpärchen. Irgendwann nahm ich Eva das Versprechen ab, dass sie niemals in meinem Privatleben herumpsychologisieren dürfe. Sie war mehr als einverstanden und meinte, froh zu sein, endlich mal nur als Freundin und nicht als Seelenklempner wahrgenommen zu werden. Jetzt im Moment könnte ich mir allerdings gut vorstellen, dass sie sich an ihr einst gegebenes Versprechen nicht mehr erinnert, was wirklich blöd wäre. Irgendwie will ich sie im Moment nur noch loswerden. Endlich kann ich mein eigenes Ding machen, und dann bin ich so dumm und erwarte Verständnis von einer Freundin, die … die, ja was ist sie eigentlich? Intolerant? Engstirnig? Quatsch, Eva ist nicht so!, beantworte ich mir die Frage selbst: Sie ist nur vor allem eines, nämlich selbst verheiratet. Außerdem … wie kann ich Verständnis erwarten von jemandem, der nicht alle Fakten kennt? Wenn sie sie kennen würde, würden wir jetzt nicht miteinander telefonieren, so viel steht fest.

»Jasmin?«, holt mich Eva aus meinen Gedanken.

»Äh, ja klar, entschuldige. Erzähl es ruhig Mike. Und vielleicht könntet ihr auch hin und wieder mal nach Rod sehen. Das wäre wirklich nett von euch.«

»Okay … und was heißt das jetzt? Sei ehrlich. Wird er weinend zusammenbrechen, wenn wir uns über den Weg laufen?«

»Unsinn. Ich hab ihn doch nicht rausgeschmissen oder so. Er ist von allein gegangen. Er sieht das ähnlich wie ich. Wir haben nur noch aneinander herumgenörgelt, waren uns nie einig. Und das ist doch kein Leben. Ich spüre nichts mehr. Ich fühle nichts mehr. Mein Leben ist so was von eintönig. Hast du nicht auch manchmal das Gefühl, dass alles nur noch Routine ist? Der Alltag dich auffrisst?«

»Na klar, jeder kennt dieses Gefühl. Aber das gehört doch dazu«, behauptet Eva.

»Sagt wer?«, frage ich.

»Das ist eben so.«

»Bei mir nicht. Ich frage mich schon hin und wieder, wieso ich mich nicht mehr freuen kann und warum ich nichts spüre.« *Nur nicht zu viel preisgeben*, mahnt mich mein Hinterkopf.

Eva überlegt einen Augenblick und sagt dann: »Das stimmt doch so nicht. Zum Beispiel hast du dich vor zwei Wochen gefreut. Da hast du doch den Blumenstrauß auf Facebook gepostet, den dir Rodney geschenkt hat. Weißt du noch? Zum Hochzeitstag. Da hast du dich doch gefreut. Da stand ›wunderbar‹ und ›17. Hochzeitstag‹ mit ganz vielen Herzen.«

»Oh Mann«, murmele ich.

»Sag doch mal, da hast du dich doch gefreut«, wiederholt sie stur wie ein Maulesel, als würde das noch irgendetwas ändern können.

»So meinte ich das nicht. Ich freu mich auch, wenn Rod eine Klopapierrolle nachhängt … Außerdem posten alle immer so ’n Zeug, ich dachte, ich müsse das auch tun.«

»Weißt du was? Du kannst mich mal. Du kannst doch einen Hochzeitsblumenstrauß nicht mit einer Klopapierrolle gleichsetzen.«

»Kann ich wohl.«

»Du bist echt kindisch. Apropos kindisch …, was ist mit eurer Tochter? Weiß sie es schon?«

Der Punkt geht an Eva. Josephine hat tatsächlich noch keine Ahnung. Was nicht weiter tragisch ist, im Augenblick jedenfalls. Sie ist gerade achtzehn geworden und vor einem Monat für ein Jahr nach Kalifornien gegangen als Au-pair. Der Spaß wird uns ein Vermögen kosten, aber Rod und ich waren froh, als sie endlich aus der Schusslinie war. Die Abreise war gleichermaßen erleichternd wie katastrophal. Erleichternd, weil wir endlich rücksichtslos miteinander streiten konnten und sie das nicht mehr mitbekam, und eine Katastrophe für Josy, da sie wegen ihres Weggangs mit ihrem Freund Schluss machte. Sie war drei Jahre mit Toni zusammen, bevor sie ihm nun den Laufpass gab. Wie er die Trennung verkraftet, wissen wir alle nicht, denn er hat sich seit Josys Fortgang weder bei ihr noch bei uns gemeldet. Ob Josy den wahren Grund für unsere Auseinandersetzungen kennt, weiß ich nicht. Mein Bauchgefühl sagt mir, dass sie eine Ahnung hat, jedoch schlau genug ist, sich nicht einzumischen. Josy ist mein Ein und Alles, unser Ein und Alles. Unser Sechser im Lotto. Und ich glaube, sie hat sich lieber aus dem Staub gemacht, als Partei für einen von uns beiden zu ergreifen. Rod und ich wollten früh Eltern werden. Es hat über ein Jahr gedauert, bis Josephine sich endlich *auf den Weg machte*. Umso größer war die Freude, als wir sie endlich in den Armen halten durften. Ich bin mir sicher, alle Eltern lieben ihre Kinder, sind stolz auf sie, und doch war es gefühlt so viel mehr bei uns. Wir liebten sie nicht nur, wir waren regelrecht vernarrt in sie, verzaubert von ihr. Jeder Millimeter Wahnsinn. Sie schlief lange zwischen uns im Elternbett, wir waren einfach süchtig nach ihrem Baby- und Kleinkindgeruch, nach ihren winzigen Fingern, die nach unseren griffen. Sie war vier Jahre alt, als sie anfing, uns die kalte Schulter zu zeigen, und lieber allein in ihrem Zimmer schlief als zwischen ihren Eltern. Wir haben sie schon immer mit viel zu viel Zuneigung überschüttet. *Geht das überhaupt? Kann man Kinder auch zu viel lieben?*

»Sie weiß es noch nicht. Aber sie kommt ja erst in einem Jahr wieder. Bis dahin werden Rod und ich schon wissen, wie es weitergeht. Weißt du, Eva, manchmal glaube ich, wir haben sie aus dem Haus getrieben. Wir haben uns ja ständig nur noch angeschrien. Wie oft hat sie sich die Ohren zugehalten und uns gebeten, wir sollten endlich mal klarkommen.«

Eva schweigt einen Moment. »Ich wusste nicht, dass es so … schlimm ist. Mensch, Jasmin, du hast aber auch nie was gesagt.«

»Was hätte ich denn sagen sollen? Meiner Meinung nach haben wir uns meist wegen *nichts* gestritten. Ich bin schon explodiert, wenn er AC/DC laut gedreht hat. Und er nahm es persönlich, wenn ich aus Versehen Weichspüler in seine Sportklamotten gab. Weißt du, jedes noch so kleine Missverständnis artete jedes Mal in Grundsatzdiskussionen aus. Der Alltag hat uns aufgefressen. Und wenn es so weit ist, dass in deinem Leben laute Musik und Weichspüler eine größere, tragendere Rolle einnehmen als Liebe oder Gefühle, ist es halt besser, man geht auseinander.«

Das jedenfalls ist die Version, die ich Eva erzähle. Dass die Streitigkeiten über Weichspüler und zu laute Musik nur den Schmerz eines unvorhersehbaren und von mir selbst verschuldeten Intermezzos in meinem Leben vertuschen, darüber will ich weder nachdenken noch reden. Es ist und bleibt mein, nein, unser Geheimnis. Rods und mein Geheimnis. Er hat mir versprochen, darüber Stillschweigen zu bewahren. Und ich hoffe, er hält sich daran. Und jetzt regt sich wieder das schlechte Gewissen in mir, stößt sauer auf, wie so ’n beschissenes Chili con Carne, das man drei Tage isst, weil es sich nun mal schlecht verdaut. Rodney kennt die ganze Wahrheit gar nicht. Nein, das große Ganze habe ich lieber für mich behalten. Dabei weiß ich nicht mal, wen ich mehr beschützen will. Mich? Rod? Eva? Mike? Die ganze Wahrheit schmerzt, mehr noch als all die Halbwahrheiten, wegen denen Rod und ich uns letztlich getrennt haben, mit all ihren bequemen Ausflüchten. Lieber stelle ich ganz viele kleine unbequeme Tatsachen vor die große ganze Lüge, nur damit mich die Hauptlast nicht überrollt wie ein tonnenschwerer Sattelschlepper, der nur noch pure Vernichtung hinterlässt. In mir wabert eine widerliche Masse aus Schuld, Scham, Betrug und auch jede Menge Selbsthass. Was soll's? Endlich bin ich allein und kann mich in Ruhe damit auseinandersetzen. Wobei … will ich das überhaupt? Eigentlich will ich diese ganze Scheiße nur noch so schnell und so weit weg wie möglich auf meine inneren Schubladen verteilen und sie nie wieder öffnen müssen. Klappe zu, Affe tot.

»Du machst es dir zu einfach. Ihr macht es euch zu einfach. Du oder, besser gesagt, ihr beide hättet zu mir kommen sollen. Gemeinsam hätten wir bestimmt eine Lösung gefunden. Mensch, Jasmin! Das ist mein Beruf.« Unvermittelt höre ich eine männliche Stimme im Hintergrund. Mike. *Danke, lieber Gott. Ich bin erlöst.*

»Mist. Du, ich muss Schluss machen, Mike kommt gerade von der Arbeit, wir wollen noch schnell zu Ikea fahren. Wir sprechen die Tage, ja? Und ruf mich an, wenn du was brauchst oder … oder reden willst. Oder wenn ihr beide eine gemeinsame Sitzung wollt. Ich bin für euch da.«

»Ja, weiß ich doch. Jetzt erst mal nicht. Tschüss, Eva.«

Ich lege auf und atme tief durch.

Geschafft. Eva und Mike wissen nun Bescheid. Das muss für diese Woche reichen. Ich greife nach der Kerze und schnuppere an ihr. Abschied riecht also nach Vanille. Chemischer Vanille, total übertrieben. Vielleicht hat Rod diese Duftkerzen immer gekauft, um unser Herumgeschreie olfaktorisch auszubalancieren. Ich zünde sie an, stelle sie zurück auf den frisch polierten Glastisch und stöbere das erste Mal seit Jahren in unseren alten CDs. In Zeiten von Napster & Spotify hört kaum noch jemand CDs. Jeder, den ich kenne, hat eine Playlist auf dem Smartphone. Ich packe AC/DC zur Seite, nehme das *Cosmic Thing*-Album der B-52's in die Hand und lege es ein. Während die ersten Töne erklingen, erinnere ich mich an früher. Daran, wie ich mich fühlte, als ich noch allein war. Ich stehe auf und tanze, erst mal nur, um die Anspannung loszuwerden. Dann schon enthusiastischer, so wie früher in der Disco. Ich nehme den Zigarettenqualm um mich herum wieder wahr und weiß noch ganz genau, wie es war, dieses Gefühl, sich treiben zu lassen, Single zu sein, frei zu sein, ohne Sorgen, ohne Ängste. Oder waren sie nur anders? Und viel kleiner? Lächerlicher? Ich tanze, bewege mich mit jedem Lied ekstatischer. Ich singe laut mit. Nach dem vierten Lied wird meine Stimme heiser, fast wie auf einem der vielen Konzerte, die ich als junges Mädchen besuchte, sooft es mein Geldbeutel zuließ. Ich schwitze, ich tanze, ich singe, bis ich vollkommen leer bin. Endlich nicht mehr nachdenken. Über nichts und niemanden. Ich will den eigenen Körper so fertigspielen, dass er endlich Ruhe gibt. Beim letzten Lied, *Topaz*, lege ich mich auf den Boden und schöpfe Atem. Atem für die nächste Zeit. Für den zweiten Teil meines Lebens. Einen Teil, in dem alles besser, einfacher, freier, schöner und bunter wird. Eine neue Epoche: ohne Schuld, ohne Anklage und ohne Hass.

2

»Und was habt ihr Schönes vor am Wochenende?«

Cindy, meine Kollegin, schaut mich über den Schreibtisch hinweg an. Wir teilen uns seit über drei Jahren ein Büro und den Chef in einer der renommiertesten Berliner Werbeagenturen namens Strelitz & Partner. Cindy hat feuerrotes Haar, das sie meist zu einem Dutt auftürmt, und das Gesicht voller Sommersprossen. Äußerlich ist sie eine Mischung aus Peggy Bundy und Pippi Langstrumpf – bunte Klamotten, pinkfarbener Nagellack und immer knalliger Lippenstift. Ihr steht das sehr. Im Innern ist sie eine kreative Seele und beweist jeden Tag Mut zur Innovation. Eine Perle, finde ich.

»Nichts«, sage ich. Schon gestern hat sie mich gefragt, warum Rodney gar nicht mehr anruft. Seit seinem Auszug ist absolute Funkstille. Weder habe ich versucht, ihn zu erreichen, noch hat er mich angerufen. Es ist seltsam, nachdem wir einundzwanzig Jahre lang jeden Tag nebeneinander her gelebt und mindestens einmal am Tag miteinander telefoniert haben, nun rein gar nichts mehr voneinander zu hören. Vermutlich gehört das zum Trennungsprozedere dazu. Es fühlt sich an wie bei einem Abnabelungsprozess. Als Josephine nach San Francisco ging, war es ähnlich. Allerdings skype ich ein paarmal die Woche mit ihr, meist direkt nach der Arbeit, da wäre Rod sowieso noch nicht da, und Josephine fragt mich selten nach Papa. Auch er meldet sich regelmäßig bei ihr, er meinte, er würde sich einfach mit dem Tablet ins Bett legen, so würde sie nicht mitbekommen, dass er gar nicht mehr in unserer gemeinsamen Wohnung sei. Eine Lösung würde uns früher oder später schon einfallen, spätestens wenn sie in einem Jahr zurückkäme. Damit war ich einverstanden. In dieser Hinsicht sind wir uns immerhin einig. Die Tochter soll von alldem noch nichts erfahren, bis wir beide wissen, wie es weitergeht.

»Nichts? Ihr habt jeden Freitag etwas vor«, erinnert mich Cindy. »Holt er dich denn heute nicht ab?«

»Nein, heute nicht. Er muss, äh, er hat … er kommt heute nicht.«

Bis jetzt konnte ich mein kleines Geheimnis noch für mich behalten. Eigentlich dürfte sie mir auch nichts anmerken, da es mir so weit gut geht. Ich leide nicht. Überhaupt nicht. Wenn mich überhaupt etwas quält, dann der Gedanke, dass ich nichts empfinde. Das macht mich wirklich fertig.

»Ist alles in Ordnung?«, hakt Cindy nach und guckt mit diesem Übermutterblick, der mich schon an meiner eigenen Mutter nervt. Meine Mutter lebt in Süddeutschland und hält sich seit einigen Jahren weitestgehend aus meinem Leben heraus, was mir in meiner jetzigen Situation nur entgegenkommt.

»Klar!« Ich winke ab. »Er hat 'ne Grippe. Ich gehe jetzt noch einkaufen, und dann werde ich einen Eintopf für ihn kochen, irgendwas mit Ingwer, Möhren und Suppengrün. Ich bin froh, dass die Woche um ist.« Wie leicht mir diese Lüge doch von den Lippen geht, denke ich und lächle in mich hinein. Dabei wäre es doch so einfach auszusprechen: *Rod ist weg. Es ist Schluss.* Wieso spreche ich es nicht einfach aus?

Cindy fährt, genau wie ich, ihren PC herunter. »Na, dann grüß ihn mal schön, und auch von mir gute Besserung.«

»Richte ich aus. Tschüss, bis Montag.« Ich stehe auf, verlasse die Agentur und trete hinaus auf die Straße. Es ist nicht mal siebzehn Uhr. Cindy hat recht, Rod hat mich bis jetzt jeden Freitag abgeholt. Seit Jahr und Tag ist er in die Agentur gekommen, hat ein wenig mit Cindy geschäkert und sich dann bei ihr entschuldigt, dass er leider mit seiner Ehefrau mitgehen müsse. Er hatte ihr mehrfach versichert, dass es, wenn er nicht an mich gebunden wäre, nur eine Frau für ihn gäbe, nämlich sie. Vermutlich vermisst Cindy dieses alberne Ritual. Aus alter Gewohnheit halte ich Ausschau nach ihm. Natürlich ist er nicht da. Für gewöhnlich brachten wir dann den Wochenendeinkauf gemeinsam hinter uns, damit wir Samstag in aller Ruhe wirtschaften konnten. Wie ein altes Ehepaar. Heute ist mir nicht nach Einkaufen. Nach Hause will ich aber auch noch nicht. Ob ich mich allein in ein Straßencafé setze und Leute beobachte? Das mache ich ganz gern. Ich atme tief durch. Es sind über dreißig Grad, und die trockene Hitze verbindet sich mit Autoabgasen. Eine Mischung, die ich liebe. Berliner Smog, genau meins. Ich stehe immer noch da und überlege, wonach mir ist. Ich warte auf eine Eingebung. Ich schaue an mir hinab, und mein Blick bleibt an den Füßen hängen, die in Riemchensandalen stecken. Nagelstudio. Pediküre. Warum nicht? Das steht seit Urzeiten auf der Liste mit den Sachen, die ich schon immer mal über mich ergehen lassen will. Ich laufe den Kaiserdamm hinunter. Hier irgendwo war doch ein Nagelstudio. Ich gehe noch circa hundert Meter, dann finde ich es. Die Tür steht weit offen, und ich trete ein. Der Geruch von Chemikalien hängt in einer unsichtbaren Staubwolke. Ich atme automatisch durch den Mund.

»Guten Tag«, grüße ich und schaue mich um. Eine Vietnamesin feilt die Nägel einer Kundin. Diese wiederum hat einen Stöpsel im Ohr und telefoniert lauthals. Eine andere Vietnamesin tritt durch einen Vorhang in den Laden.

»Bitte?«

Ich zeige auf meine Füße. »Pediküre?«, frage ich.

Sie nickt eifrig, zeigt auf den ledernen Pediküresessel und sagt: »Setzen bitte.«

Ich folge ihrer Aufforderung und bekomme ein Fußbad eingelassen.

»Schön kühl, ja?«, fragt mich die Angestellte, während ihr Kopf nickt.

»Ja, von mir aus, schön kühl.« Ich bin angespannt, denn was keiner weiß, meine Füße sind zeit meines Lebens eine Tabuzone für jedermann. Das hier ist so was wie eine Mutprobe, die es zu bestehen gilt. Ich muss an meinen allerersten Freund denken, Jens hieß er. Der ist bis heute der Einzige, der es je geschafft hat, meine Füße so zu massieren, dass es mir sogar gefallen hat. Ich weiß noch genau, wie gut sich seine Hände angefühlt haben. Sie waren stets warm und berührten meine Füße genau so, dass nichts kitzelte. Jens war etwas Besonderes. Er war so was wie mein Fußflüsterer. Als er mich mit Ute betrog, war ich am Boden zerstört, nicht so sehr seinetwegen, sondern eher wegen dieser Fußsache. Keiner seiner Nachfolger konnte ihm in dieser Hinsicht das Wasser reichen, auch nicht Rodney. Der hat es schon beim allerersten Mal vermasselt.

»Da lein«, sagt die Vietnamesin und bedeutet mir, die Füße ins Wasser zu tauchen. Angespannt tue ich das. Sie stellt gleichzeitig den Fußsprudel sowie den Massagestuhl an, und schon nach kurzer Zeit fange ich an, mich zu entspannen. Auch zu Hause habe ich so ein Fußsprudelbad. Rod sagt immer, es sei völlig irrational, dass ich das aushalte, aber nicht eine einzige Fußberührung von ihm. Wobei diese Aussage so nicht stimmt. Er hatte seine Chance. Genau ein Mal! Ich lehne meinen Kopf nach hinten, schließe die Augen und denke an Jens. Ich frage mich, was wohl aus ihm geworden ist, als mein Handy klingelt. Ich greife in meine Handtasche. Im ersten Moment fühle ich eine Art Erleichterung. Vielleicht ist es ja Rod. Es wäre schön, wenigstens mal kurz seine Stimme zu hören. Ich schiele aufs Display und wische enttäuscht mit dem Daumen über die Oberfläche des Handys.

»Hallo, Eva.«

»Hey, ich hab gedacht, heute ist doch Freitag«, flötet sie überschwänglich.

»Hey, ja genau. Endlich Freitag«, gebe ich mich ebenso fröhlich.

»Und? Wo bist du gerade?«, fragt sie.

»Du wirst es nicht glauben, aber ich bin in einem Nagelstudio. Ich lasse mir jetzt eine Pediküre verpassen«, verkünde ich zuversichtlich.

»Genau«, prustet meine Freundin ungläubig. »Du und Pediküre! Sag! Wo steckst du wirklich?«

»Du, ehrlich. Meine Füße sind im Sprudler.«

Eva weiß um meine Fußpanik, weil Rod sich ständig darüber lustig gemacht hat.

»Wow, du scheinst dein Leben ja mächtig umzukrempeln«, bemerkt sie, und ich höre eine Prise Spott in ihrer Stimme.

»Was willst du eigentlich?«, lenke ich um.

»Ich wollte dich fragen, ob du nicht vorbeikommen möchtest. Mike trifft sich heute mit Rod, weißt ja … Männergespräche, und da dachte ich, wir könnten uns gemütlich auf die Terrasse setzen und vielleicht mal ein Frauengespräch führen. Lust?«

Mich überkommt das seit längerer Zeit bekannte unangenehme gemischte Gefühl. Es ist ein Mix aus schlechtem Gewissen und einem Funken Hoffnung. Worauf das schlechte Gewissen basiert, ist mir mehr als bewusst. Worauf ich genau hoffe, weiß ich hingegen selbst nicht so genau. Vielleicht darauf, dass Eva die ganze Wahrheit niemals erfährt. Oder dass sie sie erfährt und mir verzeihen kann? Irgendwann. Und dann ist da noch die lähmende Angst, dass ich am Ende alles verliere, was meinem Leben jemals einen Sinn gab. Die Chancen dafür stehen momentan leider sehr gut. Trotz all der Überlegungen gewinnt die Schauspielerin in mir schnell wieder die Oberhand.

»Frauengespräch oder Psychoanalyse?«, frage ich.

»Nur Frauengespräch. Versprochen.«

»Hm«, sage ich, »warum eigentlich nicht?! Bist du denn schon zu Hause?«

»Ja, ich mach uns einen Salat, du könntest von unterwegs noch Ciabatta mitbringen, okay?«

»Ja, okay, aber erst lass ich mir die Füße schön machen.«

»Okay, na dann viel Erfolg, du Irre. Bis später.«

Eva legt auf, und ich verstaue das Handy wieder in meiner Handtasche. Die Angestellte kommt zurück und beginnt mit ihrer Arbeit. Sie legt sich ein Frotteehandtuch auf den Schoß und bittet mich, meinen rechten Fuß darauf abzulegen.

Ein Gefühl des Aufgeregtseins jagt durch meinen Körper. Allein der Gedanke, dass sie meinen Fuß gleich anfasst, löst in mir schiere Panik aus. Ich versuche, Herr der Lage zu werden, und unterdrücke den Angstreflex. Trotzdem verweigere ich ihr kurz noch meinen Fuß.

»Äh, also …«, stammele ich. Mein Gegenüber schaut mich ungeduldig an.

»Fuß geben«, fordert sie. Die Mimik ihres Gesichtes sagt außerdem, dass »time money« ist. Das finde ich jetzt aber blöd. Ich bin schließlich ein Fußproblemfall.

»Äh, ich bin da sehr emp-find-lich.« Ich spreche betont deutlich, zeige auf meinen Fuß und schaue beunruhigt. Ihr Gesicht formt sich zu einem Fragezeichen.

»HERGEBEN«, herrscht sie mich an, wobei es sich wie »HELGEBEN« anhört.

Ich wiederhole mein Mantra: »SEHL EMPFINDLICH« und kneife ängstlich die Augen zusammen.

»Ah«, sagt sie und nickt. Ungeachtet dessen packt sie unsanft meinen Fuß und klemmt ihn sich zwischen ihre Knie. Mit klopfendem Herzen lasse ich es nur noch geschehen. Sie trocknet den Fuß mit entschlossenen Handgriffen ab und besieht ihn sich. Bis jetzt halte ich das aus. Mit zügigen und routinierten Bewegungen kürzt sie meine Zehennägel. Nicht ein einziges Mal streift sie meine empfindsame Fußhaut an Stellen, an denen ich sanfte oder kitzelnde Berührungen nicht ertrage. Es ist eine Mischung aus beherztem Zupacken und Ungeduld. Man merkt ihr an, sie will mit der Psychotante fertig werden. Nach einigen Sekunden bin ich gleichermaßen erstaunt wie froh. Es ist auszuhalten. Erst als sie einen Hornhauthobel zum Einsatz bringen will, hebe ich entschlossen die Hand und sage laut und deutlich: »Stopp.« Sie hält erschrocken die Hände hoch, grad so, als würde ich ihr eine Waffe vorhalten.

»Holnhaut?«, fragt sie und zeigt auf meine Ferse.

»Hab ich nicht«, winke ich ab, ziehe den Fuß weg und klemme ihr den anderen zwischen die Knie. Ergeben macht sie sich genauso an ihm zu schaffen wie am ersten. Zum Schluss zeigt sie ein weiteres Mal auf den Hornhauthobel und fragt: »Holnhaut hab ich nicht?«

»Ganz genau. Sie lernen schnell.« Ich hole mein Portemonnaie aus der Tasche und frage: »Wie viel?«

»Ohne Hobel funftehn Eulo.«

Vor lauter Freude, die Prozedur ohne großes Trara überstanden zu haben, gebe ich zwanzig. Endlich habe ich einen vietnamesischen Jens-Zwilling gefunden, denke ich froh, verlasse das Geschäft und laufe zum U-Bahnhof. Als ich beim Bäcker vorbeikomme, fällt mir ein, dass ich Ciabatta mitbringen soll. Ich besorge noch schnell das italienische Backwerk und fahre vier Stationen mit der U2 bis zum Ernst-Reuter-Platz. Von dort aus sind es noch wenige Minuten zu Fuß bis zur Hardenbergstraße, in der Eva wohnt.

3

»Komm rein«, sagt meine Freundin, nimmt mich in die Arme und zieht mich herzlich an sich. Ich erwidere die Umarmung und drücke ihr kurz darauf das Ciabatta in die Hand.

»Und Mike trifft sich mit Rod, ja?« Mit der Frage falle ich praktisch mit der Tür ins Haus, aber ich habe keine Lust, um den heißen Brei herumzureden, und es ist auch nicht meine Art.

»Ja, sie treffen sich in der Stadt.«

»Wer von beiden hat denn wen gefragt?«

»Also dafür, dass dich Rod furchtbar langweilt, bist du aber extrem neugierig.« Meine Freundin zieht mich auf. Zu Recht irgendwie, dennoch verdrehe ich die Augen.

»Und?«, stochere ich nach.

»Rodney hat Mike angerufen, und der hat sich natürlich sofort bereit erklärt. Ich glaube, dein Mann wollte an seinem ersten Freitag allein nicht allein sein.«

Ich nicke. »Das verstehe ich irgendwie. Als ich heute aus dem Büro kam, hab ich Ausschau nach ihm gehalten. Ist das nicht verrückt?«

»Überhaupt nicht«, findet Eva. »Schließlich habt ihr einundzwanzig Jahre lang jeden Tag miteinander verbracht.«

Wir durchqueren das Wohnzimmer und gehen direkt auf die Terrasse, auf der ich mich in einen bequemen Sonnenstuhl fallen lasse. Glücklicherweise ist die Markise ausgefahren, sodass wir im Schatten sitzen. Momentan sind es gefühlte vierzig Grad im Schatten, und der wolkenlose Himmel lässt erahnen, dass es sich über Nacht kaum merklich abkühlen wird. Ich ziehe mir einen Hocker heran und lege meine Beine drauf.

»Schau. Pediküre«, sage ich und wackle mit den Zehen. Ich weiß, dass Eva meine Füße herzlich wenig interessieren, dennoch schenkt sie mir ein Lächeln, als ich ihr von meinem vietnamesischen Jens-Zwilling erzähle. Es ist eines von diesen Lächeln, das Mitgefühl ausdrücken soll. Aber das brauche ich gar nicht.

»Hör zu«, sage ich, »mir geht's gut. Ich bin nicht traurig oder so. Du kannst mich behandeln wie eine richtige Erwachsene, weißt du?!«

Eva schüttelt ungläubig den Kopf. »Ich begreife das alles noch nicht so recht. Erklär's mir, ja?«

»Ach, Eva, da gibt's eigentlich nicht viel zu erklären.«

»Doch. So leicht ziehst du jetzt nicht den Hals aus der Schlinge. Ich will alles wissen. Wieso gleich Trennung? Rod und du, ihr liebt euch doch, oder nicht?«

Ich nehme eine Senfgurke aus dem Glas und beiße ab. Die Säure zieht mir bis in die Nase, und ich unterdrücke ein sich anbahnendes Niesen.

»Die Frage habe ich mir auch lange gestellt.«

»Ja und?«

»Doch, ich liebe ihn. Er ist ja der Vater unserer Tochter. Wie könnte ich ihn da nicht lieben. Außerdem ist er mein Rod. Schon immer.«

»Aber?«

»Kein aber. Ich liebe ihn schon noch. Er gehört halt zu meinem Leben, aber mehr noch ist er mir in letzter Zeit ständig zu viel. Ich hatte zuletzt immer mehr das Bedürfnis, für mich zu sein, allein zu sein, nicht reden zu müssen. Jedenfalls nicht mit ihm. Irgendwie ist schon alles gesagt. Hast du nicht auch manchmal das Gefühl bei Mike, dass du jeden seiner begonnenen Sätze blind beenden könntest und sich alles ständig wiederholt wie in *Und täglich grüßt das Murmeltier*?«

Eva denkt kurz nach. »Ja schon, aber ist es nicht das, was Paare ausmacht? Es ist doch schön, wenn man sich so genau kennt, dass man weiß, was der andere gerade denkt.«

»Echt jetzt?«, frage ich ungläubig und bin innerlich froh, dass ich Rods Gesicht nun nicht mehr ständig sehen muss, weil ich ganz genau weiß, was er denkt.

»Na ja, also ich finde es beruhigend und auch schön, zu wissen, wie Mike tickt.«

»Schön, ja?«

»Ja, schön! Nenn es, wie du willst. So ist es nun mal, oder nicht?«

Meine innere Stimme schnaubt. *Glaub mir, du weißt auf Garantie nicht in jeder Sekunde, was dein Mann gerade denkt. Sonst säße ich jetzt nicht hier.*

»Ich finde es furchtbar ermüdend, dass ich in jedem Augenblick weiß, was er als Nächstes tut. Die Routine macht mich wahnsinnig. Und ich glaube, ich habe Rodney auch verrückt gemacht. Aber das ist ja nicht alles.«

»Nicht?«

»Nein, natürlich nicht. Willst du diese Tür wirklich öffnen?«, frage ich und stecke mir die zweite Hälfte der Gurke in den Mund. Und dann frage ich mich, ob ich wirklich bereit bin, mich ihr anzuvertrauen. Das heißt, ihr den Teil zu erzählen, der nur Rodney und mich betrifft. Für den Rest der Wahrheit wird mir wohl auf ewig der Mut fehlen.

»Warum nicht? Wir haben Zeit, und ich bin extrem neugierig. Also, was ist da noch?«

Ich verschränke die Arme hinter dem Kopf und schaue in den wolkenlosen Himmel. Ich kann es ihr einfach nicht erzählen. Ich brauche keinen zweiten Menschen, der mich verurteilt, mir sagt, wie egoistisch ich gehandelt habe. *Vielleicht verurteilt dich Eva aber gar nicht. Vielleicht versteht sie dich sogar. Und was, wenn nicht? Nein, das Thema ist zu heikel, Eva wäre genau die Frau, die mein Handeln nicht verstehen würde. Außerdem … was ist, wenn ich mich aus Versehen verrate? Wenn ich an einen Punkt komme, an dem ich nicht mehr zurückkann? Wenn sie die Wahrheit von ganz allein errät? Nein!* Ich atme tief durch und höre mein eigenes Seufzen. Mein Hirn läuft auf Hochtouren, sucht nach passablen Ausreden.

»Jeder Tag war so vorhersehbar. Es ist nichts Neues mehr passiert. Zweimal im Jahr in den Urlaub, einmal Malle zum Sonnen, einmal Österreich zum Wandern. Immer in dieselben Hotels. Er will morgens die Brote geschmiert kriegen. Seit einundzwanzig Jahren eine Klappstulle mit Salami, eine mit Käse, dazu ein geschnittener Apfel. Zwanzig Uhr Abendschau. Sonntags ab dreizehn Uhr Briefmarken sortieren, fünfzehn Uhr Spaziergang, entweder Grunewald oder Tiergarten.« Während ich alles aufzähle, merke ich selbst, wie meine Stimme immer lauter wird. Natürlich sind das alles bornierte Rituale, die mich frustrieren, aber hätte ich mich deswegen von Rodney getrennt? Niemals! Dennoch. Mein Geheimnis bleibt unausgesprochen. Und ich fühle mich noch schuldiger. Ein Kreislauf, der so ermüdend ist und sich anfühlt, als würde ich ihn nie durchbrechen können, und wenn, dann nur mit der Scheißwahrheit.

»Aber das ist doch bei uns nicht anders. Und bei vielen Verheirateten ebenso. Man macht immer dieselben Sachen, weil man sie eben gerne macht.«

»Das ist doch Quatsch. Ich kenne im Tiergarten jeden Stein und jeden Weg namentlich. Und wenn ich mal vorgeschlagen habe, zum Beispiel ins Umland zu fahren, hieß es: *heute lie-*

ber nicht, nächstes Mal vielleicht. Rodney hatte einfach nicht den Anspruch, neue Orte kennenzulernen oder neue Dinge auszuprobieren. Wenn etwas funktionierte, wurde es eben so gemacht.«

»Aber da ist doch nichts Falsches dran.«

»Nein, natürlich nicht. Wenn es einem so gefällt, ist da nichts Falsches dran. Mich hat diese Routine um den Verstand gebracht. Alle Vorschläge meinerseits wurden immer so aalglatt abgebügelt. Weißt du, nicht böse, aber doch irgendwie dominant.«

Oh Gott, ich mache Rod zum Schuldigen. Wie kann ich nur?

»Und? Jetzt, wo er weg ist, machst du da Dinge anders?«, fragt Eva.

»Wir sind seit einer Woche getrennt. Was erwartest du? Ich sehe zu, dass ich mein Leben nun erst einmal allein bestreite, und es klappt ganz gut. Ich genieße, dass ich die Wohnung für mich allein habe. Ich höre meine Musik, ich schaue meine Sendungen. Ich bade jeden Tag. Ja, ich weiß, das ist Wasserverschwendung. Aber ich gönne mir den Luxus jetzt. Ich schmiere weder Salami- noch Käsebrote, und ich war bei der Pediküre. Und ich glaube, ich werde es wieder tun.«

»Ja, aber pass auf, dass das nicht zur Routine wird«, spöttelt Eva.

»Du verstehst mich vielleicht nicht, Eva. Aber den Anspruch habe ich auch gar nicht. Weißt du, ich habe nur dieses eine Leben, genau wie du. Wenn Mike und du glücklich miteinander seid, ist das unheimlich schön für euch. Ich freue mich, wenn du dich wohlfühlst, wenn in deinem Leben alles in Ordnung ist. Aber freu dich doch auch ein bisschen mit mir, wenn ich mich aus Zwängen und Konventionen befreie, damit es mir auch wieder ein wenig besser geht.«

Obwohl das, was ich sage, aus meinem Mund kommt, kann ich nicht glauben, dass ich die Person bin, die das alles von sich gibt. Wann kommt endlich der Zeitpunkt, an dem Eva all diese Lügen enttarnt? Ich meine, sie ist der Profi!

»Ging es dir denn wirklich schlecht?«

Die Schauspielerin zuckt mit den Schultern. »Definiere mal schlecht. Ich wurde ja nicht geschlagen oder misshandelt. Irgendwie ging's mir trotzdem nicht gut. Ich habe viel herumgegrübelt, hatte an nichts mehr Freude. Mein Herz schlug irgendwie ganz langsam, es war wie kurz vor dem Stillstand. Verstehst du?«

Eva mustert mich. »Kann es sein, dass du so etwas wie eine depressive Phase hast?«

»Quatsch, das ist keine Phase. Und depressiv bin ich auch nicht. Jedenfalls nicht pathologisch. Wobei ich nicht leugnen kann, dass mein Leben im letzten Jahr von depressiven Episoden geprägt war, nur eben nicht im klassischen Sinne. Nichts, wogegen eine Pille geholfen hätte. Weißt du, ich will mal wieder überrascht werden. Nichts ist doch tödlicher, als jeden Schritt, den der Partner tut, schon vorher zu kennen. Ich weiß zum Beispiel, dass Rodney aus Gründen der Zeitersparnis in die Dusche pinkelt. Und das erzähle ich dir nicht, um hinter seinem Rücken schlecht über ihn zu reden. Du wirst ja sicher auch irgendwelche spleenigen Geheimnisse über Mike wissen.«

»Rod pinkelt in die Dusche?« Eva rümpft die Nase, und ich fühle mich noch schlechter, weil ich eklige Nichtigkeiten über Rod preisgebe, wo doch meine eigene jämmerliche Unzulänglichkeit und die Fehler, die ich begangen habe, viel schwerer wiegen als Wasserlassen in der Dusche.

»Ja, ist doch jetzt egal. Er macht auch Bockwürste im Wasserkocher warm, darum geht's aber nicht.« Ich verdrehe angestrengt die Augen. »Du weißt, was ich meine.«

Bin ich das eigentlich gerade, die ihren Mann schlechtredet, nur um dieses vermaledeite Thema nicht aufs Tapet zu bringen?

Ich könnte kotzen über mich und meine offenbare Oberflächlichkeit und Feigheit.

»Ja, ich weiß, Mike macht ständig Achselfürze, weil ich vor fünfzehn Jahren ein einziges Mal drüber gelacht habe. Und da war ich stoned. Er freut sich einfach, wenn er mich zum Lachen bringt. Ich lass ihm den Spaß, lache und denke mir meinen Teil. Da breche ich mir keinen ab.«

»Solltest du aber!«, protestiere ich, wenn auch halbherzig.

»Wieso? Wenn Achselfürze meinen Mann doch glücklich machen …«

»Eben, sie machen deinen Mann glücklich«, murmele ich mehr zu mir selbst. Ich zucke mit den Schultern und lehne mich zurück. Wenn ich könnte, würde ich aus meiner Haut steigen und auf der Stelle jemand anderes sein.

Wir schweigen eine Weile, und ich trinke einen Schluck von der Weißweinschorle, die Eva mir hingestellt hat. Sie ist köstlich und kühl, und ich sehe, wie zwei Eiswürfel darin herumschwimmen, die sekündlich kleiner zu werden scheinen.

Eva mustert mich. »Sag mal, Jasmin, hast du eigentlich gar keine Angst, dass Rodney jetzt vielleicht eine andere kennenlernt? Ist die Trennung denn endgültig, oder ist das nur eine vorübergehende Auszeit?«

»Weiß ich gar nicht«, gebe ich ehrlich zu. »Als wir noch zusammengewohnt haben, fragte ich mich sogar oft, ob es nicht sogar gut für ihn wäre, wenn er jemanden kennenlernte, der ihm ähnlicher ist als ich. Auch häuslich, altbacken, betulich. Eine, die die gleichen Bedürfnisse hat wie er. Verstehst du?« *Eine, die ihn nicht hintergeht, und eine, die, wenn sie schon Fehler macht, auch dazu steht. Nicht so einen feigen Angsthasen wie mich,* denke ich bei mir.

»Das würde doch nicht funktionieren. Mensch, er himmelt dich an, weißt du das gar nicht? Er liebt dich abgöttisch.«

Die letzte Bemerkung trifft mich bis ins Mark, und für einen kurzen Moment spüre ich, wie mir Tränen aufsteigen.

Mit festem Blick schaue ich in die Ferne und hoffe, dass Eva mir den inneren Aufruhr nicht anmerkt. Ich fange mich, atme tief durch und spreche weiter: »Das mag sein. Aber er hat ja auch gar keine Vergleiche.«

»Wenn man wirklich liebt, braucht man die auch gar nicht«, sagt Eva. »Darf ich fragen, wie es im Bett lief?«

»Mensch, du fängst ja doch an herumzupsychologisieren.« Ich nehme noch einen großen Schluck Weinschorle und halte mir das kühle Glas an die Stirn.

»Ja, natürlich, was hast du erwartet? Dass ich tatenlos zusehe, wie du offenen Auges in dein Unglück rennst? Also … raus mit der Sprache. Hattet ihr noch Sex?«

Ich atme einmal tief durch. »Ja. Doch. Hin und wieder. Und es war auch schön. Vertraut eben. Vielleicht fehlte das ganz große Herzklopfen.«

Ich habe das Gefühl, Eva etwas liefern zu müssen. Einen plausiblen Grund, den sie gelten lässt.

»Nun ja, aber auch das ist normal, ihr seid über zwanzig Jahre zusammen. Was erwartest du? Multiple Orgasmen, verursacht durch heiße Blicke? Manchmal muss man der Liebe eben auf die Sprünge helfen.«

»Oh Mann, Eva, hör bitte auf. Sex war nie unser Thema. Gib endlich Ruhe!«

Eva lehnt sich resigniert zurück. »Sag mal, hast du gar keine Angst vor dem Alleinsein?«

Ich schüttle den Kopf. »Nö.«

»Das kannst du mir doch nicht erzählen. Stell dir vor, Rod und du – ihr sitzt in zwanzig Jahren auf einer Bank, und ihr füttert die Enten. Ich liebe Sinnbilder, verzeih also, dass ich es so veranschauliche. Hast du keine Angst, genau das nicht mit ihm zu erleben?«

»Enten zu füttern im Park, wenn Rod und ich sechzig sind?«

»Ja, genau.«

»Das kann ich doch immer noch mit ihm tun. Vielleicht ist ja dann die Frau nach mir schon längst tot.«

»Jasmin!«, ruft Eva aus. »Ich hatte echt keine Ahnung, wie gestört du bist.«

»Nein, mal im Ernst«, beschwichtige ich meine Freundin. »Ich war schon immer ein Mensch, der Angst hat, irgendetwas zu verpassen. Aber glaub mir, ich fürchte mich definitiv nicht davor, im Alter alleine die Enten zu füttern. Viel eher fürchte ich mich davor, neben meinem Mann zu sitzen und ihn zu hassen.« Die traurige Wahrheit ist, dass die Angst davor, dass er mich eines Tages hasst, noch viel größer ist.

»Hast du Angst, andere Männer zu verpassen?«

»Quatsch. Ich bin südwärts furztrocken wie die Mojavewüste. Ohne Scheiß. Ich glaube, ich brauche gar keinen Sex mehr. Ich habe einfach keinen Bock. Ich habe neulich sogar versucht, einen erotischen Roman zu lesen. Nichts. Null. Bin drüber eingeschlafen.«

Eva klatscht sich mit der Hand vor die Stirn. »Dann weiß ich, was du hast.«

Sie schaut mich an, als hätte sie Einsteins Theorie widerlegt.

»So? Na, was fehlt mir, Eva? Lass mich nicht im Dunkeln!«

»Jetzt mach dich doch nicht über mich lustig. Du leidest eindeutig unter Östrogenmangel. Das haben viele Frauen in deinem Alter. Und die haben dann auch keine Lust mehr auf Sex. Aber die gute Nachricht ist, das ist heilbar.«

»Also innerhalb der letzten Woche hast du mir eine Liaison unterstellt, eine tiefer gehende Depression und jetzt einen Östrogenmangel. Ich bin gespannt, welche Diagnosen du in nächster Zeit noch stellen wirst. Auf Männer jedenfalls habe ich erst mal keine Lust. Wenn du erlaubst, lerne ich mich nach über zwanzig Jahren ehelicher Domestizierung erst mal selber kennen, bevor sich mein Schoß unehelichem Testosteron unterwirft. Ist das in Ordnung für dich?« *Eva nervt nur noch. Dieses Gespräch ist eine Farce!*

»Ja, lass es langsam angehen. Ich bin jedenfalls gespannt, wie es mit euch beiden weitergeht. Wetten? In einem Jahr bereust du es. Ich bin mir sicher.«

»Worauf wetten wir? Wellnesswochenende in der *Bleiche*?«, frage ich.

Eva hebt überrascht die Augenbrauen. »Na, du scheinst dir deiner Sache aber ziemlich sicher zu sein. Aber in die *Bleiche* wollte ich schon lange mal wieder. Warum nicht?« Sie streckt mir die Hand entgegen, und ich schlage ein. »Abgemacht.«

4

»Ich rede nie, nie wieder ein Wort mit dir!«

Das ist die vermutlich nicht ganz ernst zu nehmende Beteuerung, mit der Cindy Montagmorgen in das gemeinsame Büro stürmt. Untermalt wird die Szenerie durch eine händische Geste, bei der sie den kleinen sowie den Zeigefinger genau vor meiner Nase in die Luft streckt. *Oh, ich scheine Satan zu sein, warum nur?* Sie knallt unsere Bürotür so fest zu, dass das von Cindy heiß geliebte Konterfei von John F. Kennedy von der Wand fällt. Marilyn Monroe, die daneben angepinnt ist, nuckelt weiterhin unbeeindruckt an ihrer Zigarette und beobachtet mit schmachtender Miene das wundersame Geschehen.

Obwohl wir es erst neun haben, ist unser Büro bereits eine Sauna. Der Sommer scheint alles zu geben. Angesichts der Hitze blicke ich betont träge auf und starre die Aufgebrachte an.

»Also? Was habe ich angestellt?«, frage ich emotionslos.

Sie holt tief Luft, setzt zum Sprechen an und winkt ab.

Oh, es scheint also ihr Ernst zu sein.

»Komm schon! Mach's nicht so spannend«, sage ich, während ich den Ventilator einschalte.

Cindy schweigt beharrlich. Während ihr PC hochfährt, schmettert sie die Beine auf den Tisch, sodass die Acht-Zentimeter-Pfennigabsätze ihrer Manolo Blahniks beinahe unser Kreativitätsmaskottchen aufspießen, eine kleine Ente namens Mister George.

»Hey, nun mal langsam«, sage ich und nehme die Ente an mich. »Was ist nur in dich gefahren?«

Cindy schaut mich mit großen Augen an und bewegt demonstrativ einen ihrer Füße auf und nieder.

Und jetzt schwant es mir.

»Sind das etwa die Stilettos, an denen dir in der letzten Woche ein Absatz abgebrochen ist?«, frage ich leicht verunsichert.

Cindy reißt die Beine vom Tisch und hebt den Zeigefinger: »Du hast es erfasst. Und? Hast du mir irgendetwas zu sagen? Mir? Deiner Lieblingskollegin? Der Frau, die alles für dich tun würde?« Nun zeigt sie auf sich selbst.

Mist, sie war bei Rodney. Und so, wie es aussieht, hat er ihr während der Reparatur der High Heels sein Herz ausgeschüttet und ihr von unserer Trennung erzählt. Dieser Idiot. Schwätzer! Ich könnte ihm den Hals umdrehen. Cindy ist natürlich zu Recht sauer. Bis jetzt hatte ich noch nichts erzählt, weil es, wenn sie es weiß, jeder in der Firma erfahren wird, sie ist nämlich ein Plappermaul erster Güte. Ein liebenswürdiges zwar, aber dennoch ein Plappermaul.

»Äh, ja, vielleicht habe ich dir da eine Kleinigkeit verschwiegen«, stammele ich kleinlaut.

»Wie konntest du nur? Wir erzählen uns alles. Wir menstruieren sogar gleichzeitig. Zusammen sind wir ein unschlagbares Team, und dennoch hältst du es nicht für nötig, mir mitzuteilen, dass du und Rodney euch getrennt habt, und zwar schon vor einer Woche? Orrr, ich bin stinksauer, echt, ey! Und dann erzählst du mir auch noch, dass er krank ist und du ihm ein Gesundheitssüppchen kochst. Schämst du dich gar nicht?«

Der Szene angemessen, geht sie um unsere Schreibtische herum, reißt mir die Ente aus der Hand und schmeißt sie mit voller Wucht auf den Boden. Immerhin, sie trampelt nicht noch auf George herum, was mich erstaunt. Sie scheint wirklich böse auf mich zu sein.

»Vielen Dank, Jasmin. Vielen Dank für, äh, für … für … ja, danke für gar nichts!«, faucht sie mir abschließend entgegen.

»Hey«, protestiere ich, »da kann doch Mister George nichts für.« Ich bücke mich, hebe ihn auf und stelle ihn zurück auf den Schreibtisch. Außerdem packt mich jetzt die Neugier.

»Wie geht es ihm denn?«

Cindy schnaubt. »Will wer wissen?«, fragt sie gedehnt, ohne mich anzusehen.

Ich ziehe einen Flunsch. »Mensch, Cindy, ich konnte noch nicht darüber sprechen, ich war eben noch nicht so weit.« Ich verschweige lieber, dass ich mich Eva anvertraut habe. Denn wenn Cindy das erfährt, kann ich einpacken, dann redet sie nie wieder ein Wort mit mir.

»Gut geht's ihm natürlich. Was will er auch mit einer Frau, die wichtige Geheimnisse für sich behält? Du bist wirklich eine schlechte Freundin. Und vermutlich eine noch schlechtere Ehefrau.« Ihre sommerbesprosste Nase hebt sich arroganterweise um einen Zentimeter. Wenn sie wüsste, wie richtig sie liegt, denke ich bei mir.

»Echt? Ihm geht's gut?«, hake ich nach. Ehrlicherweise muss ich eingestehen, es freut mich, wenn es Rod gut geht, nur vorstellen kann ich es mir nicht so recht. Er hat vor Cindy ganz sicher geschauspielert, weil er weiß, dass wir uns untereinander austauschen.

»Er war ganz normal. Und jetzt will ich um Himmels willen wissen, warum ihr euch getrennt habt.« Sie geht hinüber zur Kaffeemaschine und füllt Wasser in den Tank.

»Ach? Hat dir Rod das etwa nicht erzählt?«

Cindy dreht sich zu mir. »Ich schätze, er hätte es mir erzählt, aber so genau wusste er den Grund für eure Trennung wohl auch nicht. Also er faselte etwas davon, ihr hättet euch auseinandergelebt, würdet euch ständig streiten und dass jetzt jeder erst mal sein eigenes Ding machen will. Seid ihr bescheuert?«

Ich spüre, wie sich Erleichterung in mir breitmacht. Rodney hat sich an sein Versprechen gehalten. Ich bin unglaublich froh, dass er den vermeintlich wahren Grund für unsere Trennung für sich behalten hat. Nicht auszudenken, er hätte sich ausgerechnet Cindy anvertraut. Wenn wir nicht schon über eine Woche kein Wort miteinander gesprochen hätten, würde ich ihn auf der Stelle anrufen und mich bei ihm bedanken.

»Oh Mann«, murmele ich und kaue auf meiner Unterlippe.

»Und? Erzählst du mir den wahren Grund für eure Trennung?«

Ich habe keine große Lust, mit Cindy über Rod und mich zu sprechen. Ich weiß, wie sehr sie ihn mag, und ich befürchte fast, dass sie Partei für ihn ergreifen wird.

»Rod hat recht. Wir haben oft gestritten, und irgendwie ist alles aus dem Ruder gelaufen. Aber es ist gut so, wie es jetzt ist. Können wir uns nun um unsere Arbeit kümmern?«

Cindy holt tief Luft und setzt gerade zum Sprechen an, als Strelitz, unser Chef, ohne vorheriges Anklopfen ins Büro schießt.

»Okay, zuhören!«, sagt er grußlos. Unsere Köpfe fliegen herum, und gespannt hängen wir an seinen Lippen.

»Wir haben die einmalige Möglichkeit, einen großen Fisch an Land zu ziehen. Eine Singlebörse sucht nach einem Namen und einer Möglichkeit, sich zu vermarkten, und hat bei uns nach einem Konzept angefragt. Wir haben drei Wochen Zeit, um uns einen Slogan auszudenken und am Gesicht der Kampagne zu fummeln. Ich möchte, dass ihr euch darum kümmert, das heißt: voll reinhängen! Nachher kommt einer der Entwickler dieser Börse, um euch mit Details zu versorgen. Ihr wisst, was das bedeutet?«

»Überstunden und Junkfood?«, fragt Cindy frei heraus.

»Äh, ja genau, auch. Aber vor allem ein Batzen Kohle. Wenn ihr euch richtig anstrengt, gibt's dieses Mal einen Bonus«, verspricht Strelitz.

»Wir sollen eine Singlebörse vermarkten?«, frage ich und spüre direkt Unlust aufkommen.

»Ja, die brauchen ein passendes Layout, darum kümmerst du dich, Cindy. Und du, Jasmin, lässt dir ein paar gute Slogans einfallen. Orientiert euch ruhig an den erfolgreichen Online-Singlebörsen, und dann macht es einfach besser. Es darf nicht zu rosa und puffig wirken, eher seriös und vertrauenerweckend. Aber trotzdem fresh, versteht ihr?«

»Ein paar?«, frage ich bänglich. »Und kann man sich diese Seite denn schon mal ansehen? Ist sie schon on?« Ich suche den Profi in mir und versuche dem Auftrag etwas Positives abzugewinnen. Ich beschließe, dass er mich von der Trennung ablenken wird. Allerdings muss ich mir eingestehen, dass ich kopfmäßig von Slogans für Singlebörsen gerade so weit entfernt bin wie Ulla Popken von Size Zero.

»Jasmin fragt bestimmt, weil sie wieder einen Partner sucht. Der Job kommt ja wie gerufen«, lässt Cindy die Bombe platzen. *Dieses Miststück!* Ich werde auf der Stelle knallrot und bedenke Cindy mit einem Blick, der sie hoffentlich tötet. Da ich keine Zauberkräfte besitze, lächelt sie nur falsch und atmet ungerührt in ihren Morgenkaffee, den sie sich gerade eingegossen hat.

»Äh? Wie?« Strelitz schluckt und schaut mich aus geweiteten Augen an. »Du suchst einen Partner? Was ist mit Rodney?«

Da ich weiß, dass Strelitz schwul ist, fahre ich gleich mal die Krallen aus. »Er ist wieder zu haben«, bemerke ich, »vielleicht kannst du ja jetzt dein Glück bei ihm versuchen.«

»Was? Wie?« Strelitz fasst sich unbehaglich an den Hals.

»Schon gut«, winke ich ab. »Vergiss es.«

Strelitz kommt auf mich zu. »Nein, Jasmin, im Ernst jetzt? Ihr habt euch getrennt? Wann denn?« Na klar, er mimt den Verständnisvollen, und ich weiß ganz genau, dass er das nur tut, weil er Angst hat, ich könnte wegen depressiver Episoden oder etwaiger Nervenzusammenbrüche ausfallen, jetzt, wo wir die Möglichkeit haben, einen so dicken Fisch an Land zu ziehen. Strelitz ist seit Jahren auf der Suche nach einem festen Partner, und nach jeder Eroberung, die sich erst immer als die ganz große Liebe und kurze Zeit später als Reinfall entpuppt, ist er für mindestens einen Monat »out of order«.

»Hör zu«, versuche ich ihn zu beruhigen. »Mir geht's gut. Ich werde nicht ausfallen, und dir, liebe Cindy, sei gesagt: Ich suche keinen neuen Partner. Ich bin froh, den letzten los zu sein. Also können wir uns alle wieder beruhigen und uns der Arbeit zuwenden? Wann kommt denn dieser … dieser …« Ich schnipse ungeduldig mit den Fingern.

»Er kommt in zwei Stunden. Ralf Conrad heißt er«, informiert uns Strelitz, »und ihr werdet ihn auf Händen tragen, habt ihr verstanden?«

»Aber sicher doch«, murmele ich und gebe schon mal das Wort *Singlebörse* in die Google-Suche ein. Ich möchte schließlich vorbereitet sein.

»Klar doch, Jasmin wird in ihrer Situation ganz bestimmt die richtigen Worte für diese Website finden, nicht wahr, liebste Geheimniskrämerin?« Die Prise Sarkasmus überhöre ich geflissentlich und vertiefe mich in die fernen Welten des weiten Netzes. Es ist erstaunlich, wie viele Singlebörsen es doch gibt: Parship, Elitepartner, eDarling, neu.de, sogar Friendscout wirbt inzwischen mit seriöser Partnersuche. *Wieso wollen die Menschen nur alle einen Partner haben?*, frage ich mich.

»Na prost Mahlzeit«, murmele ich.

Strelitz verlässt unser Büro mit den Worten: »Ich verlass mich auf euch!«, und Cindy bückt sich nach dem heruntergefallenen John F. Kennedy, um sich wortreich bei ihm zu entschuldigen und ihn wieder neben Marilyn zu hängen. Sie setzt sich zurück an ihren Schreibtisch und schaut auf ihren Bildschirm.

»Na klasse. Was sagt der Strelitz? Nicht zu rosa, nicht zu puffig, dafür seriös und vertrauenerweckend?«

»Das sagte er wohl.« Ich schaue mich weiter um. Ich kann es kaum glauben, aber es scheint tatsächlich so, dass inzwischen bis zu sechzehn Prozent aller heute geschlossenen Ehen ihren Ursprung im Onlinedating finden, das besagt jedenfalls eine wissenschaftlich gesicherte Studie. Was ist eigentlich aus dem guten alten Disco- oder Kinobesuch geworden, oder wieso geht man nicht einfach in eine Cocktailbar? Für mich persönlich würde Onlinedating nie infrage kommen. Davon mal abgesehen, bin ich sowieso nicht auf der Suche, aber um besser recherchieren zu können, sollte ich mir vielleicht einen Fake-Account zulegen. Ich lehne mich zurück und starre zur Decke. Eigentlich möchte ich das nicht. Ist das nicht unheimlich zeitaufwendig, Männer kennenzulernen und einzuschätzen, ob es für die große Liebe passen könnte? Ich bin genervt. Ich werde das auf keinen Fall tun. Im Prinzip ist es überall das Gleiche. Man soll sich anmelden, kostenlos natürlich, ein Profil anlegen, eine Menge persönlicher Fragen beantworten, und dann werden einem infrage kommende Partner – oh Wunder – auf dem Silbertablett serviert. Wenn man für diesen Service auch noch Geld bezahlt, kann man sich sogar die Fotos der Bewerber ansehen und Nachrichten austauschen. Ich surfe noch ein bisschen herum und einige mich mit mir selbst darauf, dass ich erst mal abwarte, was dieser Ralf Conrad zu erzählen hat.

Es dauert nicht lange, da führt ihn Strelitz auch schon in unser Büro.

»Ladys, hier kommt er, Ralf Conrad, einer von zwei Betreibern der Online-Dating-Agentur, die wir demnächst werbetechnisch gern betreuen würden.« Strelitz wackelt freudig mit den Augenbrauen, eine Geste, die er nur an den Tag legt, wenn er extrem nervös ist. Cindy und ich wechseln einen kurzen, aber vielsagenden Blick. Wir denken mal wieder das Gleiche, nämlich, dass Strelitz kurz davor ist, auf seiner eigenen Schleimspur auszurutschen, um mit der Nasenspitze in Ralf Conrads Poritze zu landen.

»Jasmin Klinger.« Ich strecke ihm meine Hand entgegen. Er ergreift sie und stellt sich vor: »Ralf Conrad, sehr erfreut.« Er begrüßt auch Cindy, und ich beschaue mir unseren neuen Klienten erst einmal in Ruhe. Er sieht gut aus: stattliche Größe, helles, beinahe blondes Haar, gebräunte Haut und blaue Augen. Na klar, ein wahr gewordener Mädchentraum. Volle Lippen, eine schmale, fast aristokratische Nase und pure Symmetrie runden das Gesamtbild ab. Ich suche nach einem Fehler. Nichts. Jedenfalls nicht äußerlich und auf den ersten Blick. Da er ein Kurzarmhemd trägt, kann man sogar erkennen, dass er trainiert. Er riecht auch gut. Nicht zu aufdringlich, nur eben so, dass man denken möchte, er komme gerade frisch aus der Dusche. *Und einer wie der ist Entwickler einer Online-Singlebörse?*, denke ich so bei mir, und dann denke ich außerdem: *Genau das ist vermutlich sein Fehler.* Eines ist sicher, er ist mindestens zehn Jahre jünger als ich. Ich beäuge ihn vermutlich einen Moment zu lang, denn sein Blick klebt an mir und scheint tausend Fragen zu stellen.

»Entschuldigung«, sage ich, »nehmen Sie doch bitte Platz.« Er setzt sich und schlägt die Beine übereinander.

»Gut, dann lassen Sie uns beginnen«, schlägt er vor.

»Gerne«, sage ich und setze mich ebenso wieder hin.

»Möchten Sie zuerst mit Cindy über das Design sprechen oder mit mir über ein zu erarbeitendes Konzept für den Slogan?«

Herr Conrad zuckt mit den Schultern. »Mir egal, wer von Ihnen beiden hätte denn gerade Zeit für mich?«

»Wir beide haben Zeit, aber vielleicht nehmen Sie erst einmal mit mir vorlieb?«

»Gern«, sagt er und holt seinen Laptop hervor. »Ich würde Ihnen zunächst unsere Plattform zeigen, vielleicht kann Cindy uns ja über die Schulter schauen?«

Cindy steht auf, stöckelt um die Tische herum und stellt sich hinter uns, während sein Notebook hochfährt.

»Haben Sie etwas dagegen, wenn wir uns duzen?«, fragt er, während der Laptop bootet.

»Überhaupt nicht«, sagt Cindy und fasst den Schönling vertrauensvoll von hinten an die Schultern. Oh, sie scheint ja ganz hingerissen zu sein. Wenn sie jemanden mag, geht sie ständig auf Tuchfühlung. Ich finde das immer etwas übertrieben. Aber was soll's? Vielleicht macht man das so unter jungen Leuten. Cindy ist siebenundzwanzig und hat bis jetzt auch noch kein dauerhaftes Glück in der Liebe gefunden. Vielleicht ist Ralf Conrad ihr Typ.

Ich schaue auf seine gebräunten Hände und sehe weder einen Ring noch ein verräterisches Zeichen an seinem Finger, das einen vor kurzer Zeit abgenommenen Ring vermuten ließe – so wie bei mir. Der Ehering hat einen schmalen hellen Streifen an meinem Finger hinterlassen, und ich frage mich, ob und – wenn ja – wann dieser verschwinden wird.

Mit wenigen Mausklicks manövriert unser neuer Kunde zu seiner Website und meldet sich an.

»Diese Internetseite ist noch nicht online. Aber ich werde euch selbstverständlich Zugangsdaten senden, damit ihr euch in Ruhe umsehen könnt. Natürlich haben wir auch offene Ohren für Verbesserungsvorschläge. Zurzeit wird die Seite von etwa hundert Usern getestet.«

Ich nicke, während sich die erste Seite öffnet. Hier wird der Benutzer gebeten, seine E-Mail-Daten und ein Passwort einzugeben.

»Noch besser wäre es natürlich, wenn zum Beispiel du dich persönlich anmelden würdest«, sagt er und schaut mich direkt an.

»Äh, ich?«, frage ich verdutzt.

»Äh, ja?!«, antwortet er knapp und strahlt mich an.

»Äh, nein, aber ich suche ja nicht, also ich will nicht, ich brauche …«

»Meine Güte, Jasmin«, verdreht Cindy genervt die Augen, »jetzt, wo mit Rod Schluss ist, kannst du dich doch ruhig bei so was anmelden. In deinem Alter wird es sowieso immer schwieriger …«

»Es ist ja gut«, sage ich viel zu aufgebracht und schneide ihr beinahe hysterisch das Wort ab. Muss das sein, dass sie mich vor dem neuen Klienten so kompromittiert? Das ist wahrscheinlich die Retourkutsche dafür, dass ich ihr die Trennung verschwiegen habe.

»Ach, wie? Du bist also Single, ja?«, höre ich Ralf fragen. In seiner Stimme schwingt Enthusiasmus mit. Seine blauen Augen blicken mich unverhohlen an.

Ich schließe kurz die Augen und atme tief durch.

»Nein, ich bin … also ja, ich bin neuerdings Single. Allerdings bin ich glücklich damit und will auch nichts daran ändern, verstehen Sie?«

»Waren wir nicht schon beim ›du‹ angelangt?«, fragt er augenzwinkernd.

Ralfs strahlende Augen scheinen mir direkt in die Seele blicken zu wollen. Hat man Worte? Und er schafft es tatsächlich, mich nervös zu machen.

»Und dass du keinen Partner mehr haben möchtest, nehme ich dir nicht ab, Jasmin. Du bist jung. Du bist hübsch. Wieso solltest du alleine bleiben wollen?«

Ich werde rot. War das etwa ein Kompliment? Vorsichtshalber schüttle ich erst mal energisch den Kopf.

»Na ja, so jung ist sie nun auch nicht mehr«, frotzelt Cindy hinter meinem Rücken.

Ich drehe mich empört zu ihr um. »Kannst du mal aufhören, so zu tun, als würde ich mit dem Rollator zur Arbeit kommen?«

Cindy lächelt Ralf an. »Merkste? Sie ist empfindlich, was ihr Alter betrifft.«

»Bin ich nicht«, protestiere ich. »Und könnten wir uns jetzt auf die Arbeit konzentrieren?«

»Darf ich mal fragen, wie alt du bist?«, fragt Ralf jetzt neugierig.

Na toll. Danke, Cindy, du Aas!

»Ich möchte wirklich nicht unhöflich sein, aber nein, darfst du nicht«, sage ich bestimmt. Ich streiche mir eine lange Ponysträhne hinters Ohr und starre nun auf den Bildschirm, der blöderweise immer noch auf eine E-Mail-Adresse wartet.

»Ich wollte dir nicht zu nahe treten«, sagt Ralf beschämt.

»Sie ist aber heute auch empfindlich«, murmelt Cindy.

»Trotzdem, Jasmin, du kannst mir doch nicht weismachen, dass du von nun an für immer allein bleiben willst.«

»Doch kann ich. Ich will keinen Partner. Echt nicht. Ich bin durch damit.«

Ralf schnaubt, was mich gerade ziemlich nervt, weil ich doch gerne an dem Projekt weiterarbeiten würde. Wieso scheine ich auf einmal der Mittelpunkt des Geschehens zu sein? Ich finde es unprofessionell, auf meiner Singlesache herumzureiten, schließlich kennen wir uns gar nicht.

»Was?«, frage ich also so freundlich, wie mir zu diesem Zeitpunkt noch möglich ist.

»Niemand ist gern allein«, bemerkt er, während er sich zurücklehnt.

»Na gut, vielleicht ist niemand gern allein«, lenke ich ein, »also niemand außer mir.«

Er verschränkt die Arme vor der Brust, und Cindy gluckst.

»Ich hab dich auch lieb«, fauche ich sie an.

»Hab doch gar nichts gemacht.« Das breite Grinsen auf ihrem Gesicht straft sie Lügen.

»Also, wenn du tatsächlich das Alleinsein bevorzugst, dann muss dir aber jemand böse mitgespielt haben.«

»Also wirklich!«, sage ich und strecke den Rücken durch. »Könnten wir uns jetzt deiner Website zuwenden? Ich verspreche dir, dass ich mein Bestes geben werde, auch wenn ich gern Single bleibe und dort nicht angemeldet bin.«

Ralf scheint kurz zu überlegen. Er tippt sich nachdenklich mit dem Zeigefinger gegen die vollen Lippen.

»Nein, so geht das nicht. Ich würde es wirklich begrüßen, wenn du dich auf der Plattform anmeldest. So ist es doch authentischer, und so lässt es sich auch besser arbeiten, meinst du nicht?«

Cindy greift mir an die Schulter. »Natürlich wird sie das tun, nicht wahr, Jasmin?«, säuselt sie. Der Druck ihrer Finger verstärkt sich und soll bedeuten, dass sie es Strelitz petzen wird, wenn ich mich jetzt anstelle wie die Jungfrau vor der Defloration.

Genervt beuge ich mich dieser ausweglosen Situation und gebe meine E-Mail-Adresse ein: JasminKlingerxxx@aol.com.

»Zufrieden?«, frage ich bissig.

Ich klicke auf »Weiter«.

»So, jetzt musst du natürlich auch ein paar Fragen beantworten. Ist zwar alles sehr persönlich, aber wenn wir den richtigen Partner für dich finden wollen, ist das ja irgendwie auch das Mindeste, was du für dich selbst tun kannst, oder?« Ralf zwinkert mir motivierend zu, während ich spüre, wie mein

Gesicht zu einer starren Maske einfriert. Dennoch lasse ich meinen Blick über die ersten Fragen wandern.

»Ich hatte den richtigen Partner. Und jetzt will ich keinen mehr«, verleihe ich meinem festen Standpunkt Nachdruck.

»Komm schon, Jasmin, das ist ein wissenschaftlicher Test und alles ganz anonym. Wenn dir das lieber ist, weil dir die Fragen zu privat sind, kannst du ihn auch ohne unser Beisein ausfüllen. Was meinst du?«

Cindys Hand, die immer noch auf meiner Schulter liegt, krallt sich erneut in mein Schlüsselbein. Ich schwöre mir gerade selbst, irgendwann werde ich ihr das heimzahlen, und zwar mit doppelter Münze.

»Gut«, gebe ich mich vorerst geschlagen, »dann schaut ihr beide euch doch mal die Benutzeroberfläche an, die ist ja eher oldschool, wenn ihr mich fragt.«

»Gute Idee«, sagen die zwei unisono. Cindy stöckelt los, und Ralf prescht ihr hinterher.

Während sie sich nun an Cindys Rechner einloggen, widme ich mich der mir zugewiesenen Aufgabe. Ich hätte es nicht für möglich gehalten, aber heute hasse ich meinen Job wirklich. Dennoch werde ich mich wohl oder übel an die Beantwortung dieser dämlichen Fragen machen.

Wo möchten Sie leben? a) in einer großen Stadt, b) in einem Randbezirk, c) auf dem Land, d) egal, Hauptsache, mit dem Partner zusammen.

Ich unterdrücke ein Schnauben. Und jetzt kommt mir eine, wie ich finde, witzige Idee: Vielleicht sollte ich einfach lügen. Ich schaue über den Rand meines Bildschirms und sehe, dass Cindy und Ralf in ihre Arbeit vertieft sind. Ich glaube beinahe, sie flirtet mit ihm. Na, soll sie ruhig. Ich kreuze *c) auf dem Land* an und freue mich diebisch über meine Idee zu flunkern. Ich sehe mich direkt, wie ich in Gummistiefeln über den Hof renne, um die Hühner zu füttern.

Warum möchten Sie unbedingt einen Partner an Ihrer Seite? Es fällt mir wahrlich schwer, ein weiteres Schnauben zu unterdrücken, dennoch gelingt es mir.

a) zu zweit ist alles leichter, b) mit Partner fühlt man sich einfach geborgener, c) ich benötige Vertrautheit, d) regelmäßiger Sex ist mir wichtig, e) ein Partner bietet mir Sicherheit.

Na, dann kreuze ich doch mal d) an. Sex in einem großen Heuhaufen, das hat doch was, denke ich bei mir und vertiefe mich weiterhin in den Fragebogen. Man will wissen, worauf ich bei meinem Partner am meisten Wert lege. Das sind laut meiner Antwort selbstverständlich Äußerlichkeiten. Wehe, der Bursche trägt keine frisch gestärkten karierten Hemden und Sepplhosen! Woran es wohl meiner Meinung nach liegt, dass ich noch nicht den richtigen Partner gefunden habe? Natürlich liegt das daran, dass ich bis jetzt weder Zeit noch Gelegenheit hatte. Schließlich war ich mit Hühnerfüttern und Kälberaufzucht beschäftigt. Ich soll beantworten, wie ich auf Liebeskummer reagiere, was andere Menschen über mich denken, ob ich lange Spaziergänge mag und ob der Raum, in dem ich mich aufhalte, eher mehr oder besser weniger als einundzwanzig Grad haben soll. Bin ich eher Frühaufsteher oder Langschläfer? Treibe ich Sport? Welche Interessen habe ich? Ich beantworte gefühlt hundert Fragen und bin irgendwann am Ende angekommen, sowohl physisch als auch psychisch. Als mir das Programm mitteilt, dass es meine Daten auswertet und mir in Kürze Partnervorschläge unterbreitet, lehne ich mich zurück und beobachte Ralf und Cindy. Sie scheinen wunderbar voranzukommen.

»Ich bin fertig«, vermelde ich. Ralf und Cindy schauen überrascht auf.

»Gut«, befindet Ralf. »Dann hast du sicher auch schon erfahren, dass du bald erste Partnervorschläge bekommen wirst. Du kannst nun chatten, dein Foto zeigen und dir natürlich auch die Bilder von anderen anzeigen lassen, äh, du hast doch ein Foto hochgeladen?«

»Natürlich nicht«, sage ich energisch, »das Internet merkt sich schließlich alles.«

»Hör mal, die Bilder sind so gesichert, dass man sie nicht herunterladen kann. Du kannst also getrost ein Bild von dir einstellen. Das vervielfacht die Chancen.«

»Ich weiß schon«, sage ich. »Das wäre hilfreich, wenn ich tatsächlich einen Partner suchen würde, aber wenn du mir vorhin zugehört hättest …«

Cindy räuspert sich. »Natürlich wird Jasmin ein Foto hochladen, oder, Jasmin? Der Kunde ist König, und ich finde die Plattform wirklich super.«

»Dann melde du dich doch an«, schlage ich vor.

»Hör zu, Schätzchen. Josy ist in San Francisco, Rod ist weg. Was willst du denn jetzt mit deiner ganzen Freizeit anfangen? Dir wird schneller langweilig sein, als du *Extrem-Couching* sagen kannst.«

»Zerbrich dir doch bitte nicht meinen Kopf … und auf eines kannst du Gift nehmen: Bevor mir die Stricknadel in den Kamillentee fällt, begleite ich dich in den *KitKatClub*, versprochen.«

»Bitte wohin?« Cindy hebt panisch die Augenbrauen und schnappt hörbar nach Luft.

»Im Ernst, Ladys, streitet nicht. Für den Anfang geht es vielleicht auch ohne Foto, wenn Jasmin das zu heikel ist. Ich hätte nur gedacht, das erhöht die Chancen. Unser System ist so aufgebaut, dass es die Paare nach Auswertung des Fragebogens aufeinander abstimmt. Unser Motto ist: Gegensätze ziehen sich an.«

»Ach? Das ist euer Motto?«, frage ich.

»Ja, nach diesem Grundsatz läuft die Partnersuche bei uns. Es ist tatsächlich so, dass Paare glücklicher miteinander sind, die von Grund auf verschieden sind. Denen wird nie langweilig. Viele Portale machen das genau andersherum. Wir aber glauben an das Prinzip der Gegensätze.«

»Und du meinst, das funktioniert, ja?«, frage ich skeptisch.

»Auf jeden Fall«, beteuert Ralf.

Ich überlege einen kurzen Moment. Wir sollen den Fisch an Land ziehen. Meine Aufgabe besteht darin, ihm den Bart zu kraulen, und nicht, ihn infrage zu stellen. Deshalb werde ich jetzt gar nichts mehr sagen. Ich hänge an meinem Job, hier verdiene ich gutes Geld, und der Chef weiß meine Professionalität zu schätzen. Was geht es mich an, wie Menschen ihre große Liebe finden? Oder eben auch nicht?!

»Na dann bin ich ja mal gespannt«, sage ich und denke: »Schade um das herausgeworfene Geld, lieber Ralf.«

5

Es ist der zweite Freitagabend seit meiner Trennung von Rod. Ich sitze in einem mexikanischen Gartenlokal und warte auf Eva. Wir sind verabredet, und sie ist, wie immer, spät dran. Der Kellner bringt die Speisekarte, und ich bestelle fürs Erste eine Weißweinschorle. Ich blättere die Karte in Ruhe durch und freue mich auf die Tex-Mex-Platte. Als ich aufschaue, trifft mich fast der Schlag. Gemeinsam mit einer Frau und einem weiteren Mann betritt Ralf Conrad, mein neuer Klient, das Gartenlokal. Schnell halte ich mir die viel zu kleine Speisekarte vors Gesicht, bevor er mich entdecken kann. Auch das noch. Nachdem er mir in der letzten Woche nach jeder geschäftlichen Mail einen seiner Meinung nach zu mir passenden Partner in den Anhang getan hat, bin ich nur noch genervt von ihm.

»Jasmin?«, ertönt seine Stimme. Verdammt, er hat mich erkannt. Langsam lasse ich die Speisekarte, die nicht größer ist als ein Vokabelheft, auf meinen Schoß sinken und schicke meine Mundwinkel Richtung Norden. Auch versuche ich, die Augen mitlachen zu lassen. Gar nicht so einfach.

»Ralf«, flöte ich, mache ein überraschtes Gesicht und nicke ihm freundlich zu.

»Wieso sitzt du denn hier ganz allein?«, fragt er neugierig.

»Ach, weißt du nicht mehr? Ich bin Single«, rutscht es mir so heraus.

Sein Lächeln erstirbt und macht beinahe Platz für so etwas wie … Mitleid? Echt jetzt? Hallo?

»Das war natürlich ein Scherz«, beeile ich mich zu sagen, »ich warte auf meine Freundin. Keine Sorge. Ich bin noch nicht so vereinsamt, dass ich mich an einem Freitagabend allein in mexikanische Lokale setze und warte, bis mich fremde Männer ansprechen. Wobei …! «

»Natürlich nicht«, fällt er mir in meine nächste Überlegung ein. »Darf ich dir übrigens meinen Geschäftspartner und besten Freund Guido Hensler und seine Freundin Frauke vorstellen?«

Muss ich jetzt aufstehen? Ach nö. Meine schöne Freizeit. Dahin. Nachdem ich die ganze Woche – leider ziemlich erfolglos – über einen passenden Namen und mögliche Slogans für diese vermaledeite Website nachgedacht habe, fehlt mir diese Begegnung gerade noch zu meinem Glück.

»Freut mich«, lüge ich, stehe natürlich auf und reiche Herrn Hensler und der guten Frauke die Hand.

»Stell dir vor, Guido, das ist Jasmin Klinger von Strelitz & Partner. Und obwohl sie den Glauben an die wahre große Liebe verloren hat, wird sie uns zu ewigem Reichtum verhelfen.«

Guido grinst. »Ganz bestimmt, Ralf.« Er schaut zu mir: »Ralf ist ein Träumer, aber ich finde trotzdem gut, wie er denkt.«

Guido Hensler ist etwas kleiner und ein bisschen weniger attraktiv als Ralf Conrad, trotzdem hat er eine sympathische Erscheinung. Seine roten Haare und die grauen Augen lassen ihn jünger wirken, als er vermutlich ist. Dafür sieht Frauke ziemlich heiß aus. Schlank, blond und mit ihrer großen Nerdbrille dennoch intelligent.

»Ich verspreche Ihnen, mich, was Ihren zukünftigen Reichtum angeht, so richtig ins Zeug zu legen. Was den Glauben an die große wahre Liebe betrifft, hat Ralf mich aber missverstanden. Ich glaube schon noch an die große Liebe. Ich lebe sie nur gerade selbst nicht. Das ist ein großer Unterschied.«

»Hört, hört!« Hensler lächelt. »Endlich mal jemand, der unserem Freund hier Paroli bietet. Das wird aber auch Zeit.«

Das Klingeln meines Handys rettet mich. Denke ich im ersten Augenblick zumindest.

»Entschuldigung«, sage ich und nehme das Gespräch an. Eva ist dran und teilt mir ohne Umschweife mit, dass aus unserer Verabredung wegen eines psychologischen Notfalls nichts wird. *Das darf nicht wahr sein. Was mach ich denn jetzt?* An meinem Tisch stehen weiterhin die drei von der Tankstelle und starren mich an. *Wie blöd das alles!*

»Hm«, murmele ich. »Ist gut, dann lass uns einfach telefonieren, wenn du fertig bist. Ich lass mir was einpacken und fahre heim. Willst du später noch vorbeikommen? Ich kann dir etwas mitbestellen?« Eva lehnt wortkarg ab. Ihr Vorhaben würde sicher die halbe Nacht dauern. Sie muss mit einer Patientin in die Klinik fahren und die Einweisung betreuen. Sie würgt mich beinahe ab, und ich sage lachend Auf Wiedersehen, obwohl sie längst nicht mehr in der Leitung ist. Ist das alles peinlich. Ich stecke das Handy in meine Handtasche und schaue hoch. Drei Augenpaare sind erwartungsvoll auf mich gerichtet.

»Äh, also ja. Ich wünsche dann noch einen schönen Abend. Ich fahre jetzt heim«, sage ich und sehe mich nach dem Kellner um, in der Hoffnung, meine Weißweinschorle stornieren zu können.

»Das kommt überhaupt nicht infrage«, tönt Guido Hensler. »Sie essen natürlich mit uns.«

»Nein, nein«, winke ich ab. »Ich, ich …« Mir will keine passende Ausrede einfallen. Was ist eigentlich aus meiner Schlagfertigkeit geworden? Vermutlich zusammen mit Rod ausgezogen. Ralf starrt mich an und grinst.

»Es ist dir doch nicht etwa unangenehm, mit uns zu essen, oder?«

Klar, der Bursche will mich herausfordern.

»Nein, das nicht, aber ich bin … also ich war darauf … na schön, dann setzen Sie sich doch einfach zu mir.« Gefrustet nehme ich meine Handtasche vom Nachbarstuhl, hänge sie über meine Stuhllehne und setze mich wieder. Als hätten sie die ganze Zeit auf nichts anderes gewartet, nehmen die drei an meinem Tisch Platz.

»Und?«, geht Ralf in die Offensive. »Hat dir schon einer der Bewerber zugesagt, die das System dir vorgeschlagen hat?«

»Sie haben sich in dieser Singlebörse angemeldet?«, fragt Frauke gleichsam entgeistert wie interessiert.

»Natürlich nicht. Also doch, ja schon«, stammele ich.

Frauke schaut ratlos.

»Also ich habe mich dort nur angemeldet, um die Plattform besser kennenzulernen, das heißt zu Recherchezwecken. Je besser ich weiß, was verkauft werden soll, umso eher fällt mir ein, wie wir es an den Mann oder die Frau bringen«, erkläre ich. »Ich persönlich bin nicht auf der Suche.«

Jetzt nickt sie verstehend. »Ach so. Weißt du … ich darf doch *du* sagen?« Ich nicke, obwohl ich das gar nicht möchte. Wenn ich etwas möchte, dann nach Hause gehen.

»Wollen wir uns dann nicht alle duzen?«, schlägt Guido vor.

Ich schaue kurz zu Ralf, der mich immer noch anzustarren scheint. Grinst der jetzt etwa?

»Von mir aus«, sage ich und spüre, dass ich einen roten Kopf kriege. Dieser Typ macht mich langsam richtig sauer. *Was guckt der denn so?*

»Was ich sagen will«, fährt Frauke fort, »die Jungs machen sämtliche Leute im Freundeskreis verrückt. Sie mussten sich alle anmelden, damit sie testen können, welche Paare es wirklich gut miteinander getroffen haben. Hast du den Test auch schon gemacht?«, will sie von mir wissen.

»Äh ja, aber …« Am liebsten würde ich kurzerhand auf den Tisch knallen, dass alle Antworten glatt gelogen sind. Das kann ich natürlich nicht. Ich hänge ja an meinem Job.

»… aber ich persönlich glaube nicht an die Theorie, dass Gegensätze sich anziehen. Jedenfalls nicht auf Dauer.«

»Ach, das ist ja interessant«, sagt Guido. »Und wieso nicht?«

Ich nehme einen großen Schluck Schorle und weiß schon jetzt, dass ich mich um Kopf und Kragen reden werde, wenn ich nicht aufpasse.

»Aus Erfahrung einfach«, sage ich kurz und knapp. Das lässt man natürlich so nicht gelten.

»Was hast du denn für Erfahrungen gemacht?«, fragt Frauke.

Ich werfe einen kurzen Blick zu Ralf und sehe, dass er mich abschätzend anschaut.

»Ich war, also ich bin über zwanzig Jahre mit meinem Mann verheiratet, und wir sind sehr gegensätzlich. Nun ja, und jetzt sind wir nicht mehr zusammen. Ich möchte hier nicht ins Detail gehen. Aber ich glaube, wenn wir uns ähnlicher gewesen wären, wären wir heute noch zusammen.«

»Immerhin hat es aber über zwanzig Jahre gehalten. Das ist doch schon mal was«, hält Ralf dagegen.

»Stimmt«, sage ich und bedauere es sofort. Ich will ihm nicht recht geben müssen.

»Vielleicht ist es ja auch nur eine Krise«, sagt er.

Ich atme tief durch und schaue in die Runde. »Ob es eine Krise ist, wird sich früher oder später von allein zeigen. Wie gesagt, ich habe es nicht eilig. Mir rennt ja nichts weg. Aber was ist eigentlich mit dir, Ralf, wie sieht es denn bei dir aus in Sachen Liebe? Schon glücklich vergeben? Sicher doch, oder?«

Guido und Frauke schauen sich zerknirscht an, während sich Ralfs Augenbrauen verstört in der Mitte seiner Stirn treffen.

»Ja, Ralf, erzähl doch mal, wie oft du den Kurzen sehen darfst und wie viel Unterhalt du demnächst zahlen musst«, sagt Guido und haut seinem Kumpel amüsiert auf die Schulter.

Ralf räuspert sich und wischt sich die Hände an den Jeans ab. Ach wie schön, er ist tatsächlich ein wenig aus dem Gleichgewicht gebracht.

»Sag nicht, du hast gar keine so richtig gut funktionierende Beziehung!«, raune ich süßlich und spiele die Verwunderte, und so wie er mich jetzt anschaut, streue ich wahrscheinlich Salz in eine riesige klaffende Wunde. *Klasse!*

»Ja, also nein«, druckst er herum.

»Nein!«, staune ich, »das gibt's doch nicht! Wie kommt's denn? Hm, Ralf?«

»Tja, das ist mir jetzt eigentlich zu privat, um es auszubreiten.«

»Ach nein? Ist es das, ja?«

»Okay, okay, ich habe verstanden. Wir werden die Privatangelegenheiten jetzt außen vor lassen. Ist ja gut.«

»Ach wieso denn? Vielleicht sollten wir dir gleich einmal eine neue Freundin suchen. Was meinst du? Schon mal den eigenen Fragebogen ausgefüllt?«

Ralf hat sich wieder gefangen und Mühe, sich ein Lachen zu verkneifen. »Lass mal, ist ja lieb gemeint, aber ich stecke gerade beruflich in einer heißen Phase, das siehst du ja«, erklärt er. »Ich habe gar keine Zeit für eine neue Freundin. Darum kümmere ich mich, wenn unsere Seite am Start ist.«

»Ach?«, sage ich, »gerade dann solltest du dir eine suchen, die massig Zeit hat und nur darauf wartet, sie mit dir zu verbringen. Schließlich ziehen sich doch Gegensätze an.«

Frauke fängt an zu glucksen. Als Ralf sie unter dem Tisch tritt, was ich ganz genau sehe, erstirbt ihr Lachen.

»Solche Gegensätze sind doch gar nicht gemeint. Unsere Seite ist so aufgebaut, dass zum Beispiel Stubenhocker von Menschen, die gerne etwas unternehmen, mitgerissen werden.«

»Ja, das verstehe ich schon. Aber was ist, wenn der Stubenhocker gerne in der Stube hockt? Hast du schon mal drüber nachgedacht, wie anstrengend es für den Nichtstubenhocker ist, immer wieder den Motivationskasper zu spielen?«

»Ja, natürlich habe ich darüber nachgedacht, aber ich glaube, dass gerade diese Gegensätzlichkeiten Beziehungen beleben.«

Ich schnaube. »Ja klar, wenn man den ewigen Streit darum, ob man lieber im Grunewald durchs Laub stapft, statt den Amazonas zu bereisen, oder die Bettelei ums Frühaufstehen für einen Tagesausflug als belebend bezeichnet, magst du recht haben.«

»Du siehst das zu extrem«, findet Ralf. »Das Ergebnis der Analyse ist so aufgebaut, dass die Gegensätze der Partner nicht zu krass ausfallen, nur so ein bisschen zum Anfeuern. Es ist kompliziert«, sagt er, und ich muss an den gleichnamigen Facebook-Status denken, den Rodney seit gestern eingestellt hat. Er ist nun nicht mehr mit mir verheiratet, sondern wir sind *kompliziert*. Ich finde das albern und denke nicht im Traum daran, in meinem Profil den Status zu ändern. Schon allein, weil Josy das sehen könnte.

»Trotzdem«, mosere ich wie ein Kleinkind. »Ich spreche aus Erfahrung. Falls ich mich noch einmal auf einen Partner einlasse, dann muss der ähnlich ticken wie ich. Und so etwas findet man auch gar nicht in einer Singlebörse.«

»Wo dann? Wo würdest du denn suchen?«

Guido und Frauke folgen stumm, aber augenscheinlich interessiert unserem Gespräch.

Ich zucke mit den Schultern. »Daran habe ich noch keinen Gedanken verschwendet. Ganz ehrlich. Eigentlich will ich mein Singledasein erst einmal genießen. Ich war über zwanzig Jahre Ehefrau, achtzehn Jahre davon leidenschaftliche Mutter. Es muss doch noch mehr geben, als nach der großen Liebe zu suchen. Kann man nicht einfach auch glücklich mit sich allein sein?«

Frauke nickt lächelnd und fängt sich einen irritierten Blick von Guido ein.

»Was?«, fragt sie in seine Richtung. »Das hört sich doch plausibel an.«

Guido wendet sich an mich. »Darf ich fragen, wie alt du bist?«

»Darfst du nicht«, zickt Ralf.

»Darf *er* schon«, gifte ich zurück. »Ich bin zweiundvierzig.«

»Zweiundvierzig«, wiederholt Guido. »Das ist noch verdammt jung.«

Ich lächle. »Danke. Aber? Da folgt doch jetzt bestimmt ein *aber* …«

»Du willst uns also weismachen, dass du mit zweiundvierzig Jahren nie wieder einen Mann haben willst«, kommt Ralf seinem Freund zuvor.

Am liebsten will ich laut loskreischen. »Quatsch, das habe ich doch nie behauptet. Natürlich will ich irgendwann mal wieder einen Mann haben. Aber eben nicht mehr im klassischen Sinne.«

Ralf scheint erleichtert aufzuatmen. Guido und Frauke ebenso.

»Was?«, frage ich. »Was ist nur los mit euch?«

»Nichts«, sagt Frauke, »ich, und ich spreche sicher nicht nur für mich allein, habe bloß gedacht, du willst nie wieder einen Mann in dein Leben lassen.«

Ich spüre Ralfs Blick weiterhin auf mir ruhen. *Was er jetzt wohl denkt? Und wieso will ich wissen, was er denkt? Eigentlich kann es mir doch egal sein.*

»Nein, nein. Der Job, also euer Auftrag, hat mich nur gerade in einer Phase meines Lebens erwischt, in der ich mich neu sortiere. Das soll aber nichts heißen. Ihr seid gut bei mir aufgehoben. Ich kann mich nämlich noch sehr gut an die Anfangsphase erinnern, das Verliebtsein und all das Gedöns und Geschmachte. Ich war auch mal eine von denen, die unbedingt einen Mann finden wollte. Ich wollte wie jede andere Frau heiraten, Kinder kriegen, auf der Bank am Buddelkasten sitzen, über die Konsistenz des Stuhlgangs meines Säuglings sinnieren und über die ätzende Schwiegermutter lästern. Ich weiß noch genau, wie das alles war. Und deshalb werde ich meinen Job auch gut machen. Ich bin durchaus empathisch und kenne mich mit den ganz großen Gefühlen aus. Ich werde es euch ganz sicher beweisen.«

»Gutes Verkaufsgespräch«, sagt Ralf und schaut mich an.

»Ich, also, ich …, das sollte kein …«, stottere ich.

Der Kellner tritt an den Tisch, bereit, die Bestellung aufzunehmen. Er erscheint mir wie ein rettender Engel, weil ich mich gerade wirklich angegriffen fühle. Mir ist der Appetit vergangen, deshalb bestelle ich statt der vorgesehenen Tex-Mex-Platte nur einen Vorspeisenteller und einen kleinen mexikanischen Salat. Nachdem sich der Kellner wieder entfernt hat, ist es ruhig an unserem Tisch.

Guido räuspert sich. »Vielleicht sollten wir heute nicht mehr übers Geschäft reden. Schließlich läuten wir doch das Wochenende ein.«

Ralf schaut in meine Richtung. »Stimmt. Und ich wollte dir eben nicht zu nahe treten.«

Oh, ein Mann, der merkt, wann er einen Fehler gemacht hat.

Ich lächle.

»Ich bin mir sicher«, fährt er fort, »dass Jasmin die Richtige für den Job ist. Sie ist ein wahrer Profi, wenn ich den Vorschusslorbeeren von Herrn Strelitz Glauben schenken darf.«

»Ich hoffe nicht, dass da Sarkasmus mitschwingt, aber ja … ich bin ein Profi, und wir werden euer Produkt auch gut vermarkten. Darf ich fragen, was du beruflich machst?« Ich wende mich Frauke zu und hoffe, dass der Rest des Gespräches entspannter verläuft.

Sie grinst zerknirscht. »Äh, ich mache, ich bin … also ich bin Paartherapeutin.«

»Oh, das ist meine beste Freundin auch. Also eigentlich ist sie Psychologin, aber sie bietet auch Paartherapien an. Ich scheine immer wieder dieselbe Art von Menschen wie magisch anzuziehen«, stelle ich fest und lehne mich zurück. Das Beste wird sein, ich sage gar nichts mehr. Oder vielleicht sollte ich einen epileptischen Anfall vortäuschen.

»Hey, wir können doch trotzdem das Thema wechseln«, erwidert sie. »Schließlich habe auch ich irgendwann mal Feierabend. Und sollten du und dein Mann oder auch Exmann mal eine Paartherapie in Betracht ziehen, könnt ihr mich gerne kontaktieren.« Frauke holt eine Visitenkarte aus ihrer Handtasche und legt sie vor mich hin. Das ist sicherlich nett gemeint, dennoch bin ich nicht interessiert. Ich bedanke mich trotzdem und stecke ihre Karte in meine Handtasche. Schließlich will ich nicht unhöflich sein. Nervös lasse ich meinen Blick durchs Lokal wandern. Warum nur klingelt jetzt nicht mein Telefon, um mich zu einem Notfall zu rufen? Richtig, weil ich kein Arzt bin, beantworte ich mir selbst die Frage im Stillen. Und im gleichen Moment bleibt mir fast das Herz stehen. Ich sehe, wie Rod mit einer Unbekannten – nein, mit einer unbekannten Schönen – das Lokal betritt. Er hat sich herausgeputzt wie ein Pfau auf Speed, das sehe ich sofort. Oh, und er hat abgenommen. Ich schätze, drei oder vier Kilo. Ich greife panisch nach der viel zu kleinen Speisekarte und halte sie mir ein weiteres Mal vors Gesicht. Wie kann es eigentlich sein, dass sich das Schicksal heute so abartig gegen mich wendet? Ist das am Ende schlechtes Karma?

»Jasmin?«, vernehme ich Rodneys Stimme. Drei weitere Köpfe wenden sich um, und ich lasse ein weiteres Mal die verfluchte Speisekarte in den Schoß sinken.

»Rod«, sage ich. Mehr nicht. Ich schaue nach oben, und dann scanne ich seine Begleitung ab. Ah, selbes Beuteschema. Circa eins siebzig groß, dunkles kurzes Haar, braune Augen, hübsches Gesicht, zierliche Statur. Das bin – zumindest äußerlich – ich, nur in anders. Vielleicht sogar etwas jünger, aber da täusche ich mich sicher. Ich schaue wieder zu Rod und bemerke, dass er mich immer noch anstarrt.

»Hm.« Er hebt abschätzig eine Augenbraue. »Doppelpärchenscheiß, sieh an.« Seine Äußerung ist unhöflich und macht mich nervös. Allerdings höre ich auch die Verletztheit in seiner Stimme. Es scheint ihn wirklich getroffen zu haben, als ich meinte, mir gehe dieses ganze Pärchengedöns auf die Nerven.

»Du schaust doch auch nach vorn«, setze ich mich zur Wehr und deute kurz mit dem Kopf in Richtung seiner Begleitung. Ich bin jetzt sehr nervös und hoffe, Rod lässt sich nicht noch zu anderen abfälligen Bemerkungen hinreißen. Besser, ich halte mich zurück.

»Wer ist sie denn?«, fragt die Frau neben ihm unsicher, während sie mich mustert.

»Äh, das ist meine Frau«, antwortet Rod, »äh, Exfrau. Also vielleicht baldige Exfrau. Also, ich meine, das ist Jasmin.«

»Genau«, sage ich, »und wo das jetzt geklärt ist, wäre es vielleicht möglich, dass ihr euch ein anderes Lokal sucht?« Die Situation wird immer grotesker. *Kann sich mal bitte der Boden auftun und mich verschlucken? Oder Rodney? Oder diesen Abklatsch von myself? Hier sind definitiv ein oder zwei Leute zu viel.*

Rodney verdreht die Augen. »Kommt gar nicht infrage. Claire wollte mexikanisch essen. Claire bekommt mexikanisches Essen«, sagt er bestimmt, nimmt seine Begleitung bei der Hand, wünscht einen guten Abend und führt sie zwei Tische weiter, wo sie dann auch Platz nehmen.

Claire, rast mir der Name seiner Begleitung durchs Hirn und leider auch der Song von Gilbert O'Sullivan … *Claire, the moment I met you, I swear I felt as if something, somewhere had happened to me, which I couldn't see …*

Während mein Innerstes singt, bemerke ich, wie mich drei Augenpaare anstarren. Sind die genauso entsetzt wie ich? Oder habe ich jetzt etwa laut gesungen? Mein Wunsch zu gehen wird übermächtig. Ich will nicht sehen, wie Rod mit einer anderen Frau Händchen hält, wie er ihr gefühlvoll Tortillas in den Rachen schiebt und mich über zwei Tische hinweg angrinst. So weit bin ich dann doch noch nicht. Rod ist immer noch mein Rod. Irgendwie.

»Alles in Ordnung?«, fragt Frauke, während mein Herz in der Brust wummert und ich beinahe befürchte, es könne jemand hören.

»Ja klar.« Ich nicke, obwohl mir richtig, richtig übel ist.

Mit zittrigen Fingern krame ich in meiner Handtasche nach dem Portemonnaie. Ich hole zwanzig Euro heraus und lege sie auf den Tisch.

Nach den Worten: »Entschuldigt mich, ja? Mir ist irgendwie …« schaffe ich es nicht mal mehr, den Satz zu beenden. Ich stehe auf und tue das, was ich die ganze Zeit über längst hätte tun sollen. Mit wackeligen Knien verlasse ich endlich das Lokal.

6

Eine halbe Stunde später schließe ich die Tür zu meiner Wohnung auf. Ich trete ein und schmeiße meine Handtasche in die Ecke. Unachtsam streife ich die Sandalen von meinen Füßen und lasse sie da stehen, wo ich sie ausgezogen habe. Noch vor zwei Wochen wäre das ein Ding der Unmöglichkeit gewesen. Bei Rodney hatte es immer aufgeräumt und sauber zu sein. Umso mehr genieße ich es, einfach auch mal locker zu lassen. Insgeheim verwünsche ich Eva. Wäre sie zum Mexikaner gekommen, wäre mir so allerhand erspart geblieben. Zum einen wäre ich jetzt satt, und zum anderen könnten wir nun gemeinsam über Claire *ma chère* lästern. Es ist immer noch Freitag, einundzwanzig Uhr. Zeit, eine Flasche Rotwein zu öffnen, und vielleicht auch Zeit, sich ein ganz klein wenig zu betrinken. Obwohl mir der Appetit vergangen ist, knurrt mein Magen. Ich greife ins Tiefkühlfach und hole eine Pizza heraus, die ich in den Ofen schiebe. Ich gieße mir ein großes Glas Wein ein und schlendere damit durch die Wohnung. Vor dem großen Flurspiegel bleibe ich stehen. Ich mustere mich. Gehe noch näher heran und betrachte die kleinen Fältchen um meine Augen herum. *Eigentlich ja Lachfältchen*. Rod hat mich oft zum

Lachen gebracht, denke ich bei mir und nehme einen großen Schluck Wein.

Ja, begehrt etwas in mir auf, er hat dich aber auch oft in den Wahnsinn getrieben. Ich spüre, wie sich meine Urteilsfähigkeit verclairt? Stimmt, aber weißt du noch? Die Nacht, in der er um deine Hand angehalten hat? Als er das mit der Buchhandlung für dich gemacht hat? Ich erinnere mich zurück. Wir waren knapp über ein Jahr zusammen, als er direkt vor dem Kulturkaufhaus der Innenstadt vorgab, ihm gehe es nicht gut. Wir rannten hinein und suchten schnurstracks die Toiletten auf. Es ertönte bereits die Ansage, man solle sich zu den Kassen und Ausgängen begeben, weil das Kaufhaus in Kürze schließe. Rodney zerrte mich kurzerhand mit sich in die Herrentoilette und presste den Zeigefinger auf den Mund. Er faselte etwas von, ich müsse jetzt ganz still sein, und er habe so was wie eine Überraschung für mich, eine, die unsere Zukunft verändern werde. Als ich panisch versuchte, mich von ihm loszumachen, hatte er mich gebeten, ihm zu vertrauen – nur dieses eine Mal. Stinkwütend, angespannt und auch nervös verhielt ich mich ihm zuliebe mucksmäuschenstill. Es vergingen bestimmt vierzig Minuten, bis es gespenstisch ruhig wurde. Das Kaufhaus hatte seine Pforten geschlossen, und wir waren eingesperrt. Ich fühlte mich wie in *Bonnie & Clyde*, nur eben ohne Mord und Totschlag, wobei ich kurz davor war, Rod zu erwürgen. Wie konnte er nur?! Während ich mir eine Zukunft hinter schwedischen Gardinen ausmalte, war Rodney die Ruhe selbst. Er las mir die halbe Nacht aus Shakespeares *Romeo und Julia* vor. Das und seine einzigartig schöne Vorlesestimme, die ich schon immer liebte, hatten mich irgendwann einigermaßen beruhigt, und ich fing an, mich zu entspannen. Was konnten wir auch sonst tun, schließlich waren wir eingesperrt. Um Mitternacht dann hatte er eine Flasche Champagner aus dem Rucksack gezaubert, dazu zwei Gläser, italienische Snacks und den goldenen Ring seiner Großmutter. Rodney war auf die Knie gegangen und hatte feierlich um meine Hand angehalten. Ich kann den Moment noch heute nachempfinden, in dem mir vor Fassungslosigkeit die Luft weggeblieben war, und die daraus resultierende Sprachlosigkeit. Mein Mund war immer wieder auf- und zugegangen, aber ein Wort zu sagen war mir im ersten Moment nicht möglich gewesen. Mit jeder Sekunde, die ich nichts sagte, hatte sich Rodneys Blick mehr und mehr verdunkelt und seine sonst so freundliche Miene sich letztlich in Besorgnis gewandelt. »Willst du nicht?«, hat er gefragt. »D… d… doch schon, a… a… aber meinst du nicht, wir sind zu jung dafür?«, habe ich mit klopfendem Herzen stotternd geantwortet. Als ich mich etwas beruhigt hatte, erklärte ich ihm, dass ich große Bedenken hätte. Wir waren noch so jung, und ich hatte kaum Erfahrung und obendrein noch ein Jahr Studium vor mir. Meine Eltern würden toben. Ich erbat mir Bedenkzeit. Rod war am Boden zerstört. Er hat die ganze Nacht auf mich eingeredet, mich angefleht und mir geschworen, er würde mich für immer auf Händen tragen. Letztlich hat er mir dann fest in die Augen geschaut und mich gefragt: »Jasmin! Kann etwas ein Fehler sein, das sich so richtig anfühlt?«

Und das tat es wirklich. Wenn wir zusammen waren, fühlte sich alles richtig an. Worauf also warten? Ich würde sein sonniges Gemüt, all seine Zuversicht für uns, unsere Lebensträume und Pläne, die wir schon vom ersten Tag an schmiedeten, und sogar seinen nervigen Ordnungsfimmel für immer lieben können. Innendrin wusste ich es. Schon allein, weil ich selbst so ein riesiger Chaot war. Wie hatte ich nur zögern können? Wir ergänzten uns fantastisch. Angesteckt von seiner Liebeseuphorie, verließen wir morgens als heimliche Verlobte das Kulturkaufhaus, und es begann das große

Abenteuer »Rodney und Jasmin«. Und auch in der Rückschau finde ich, dass er recht hatte mit all seinem Optimismus. Wir hatten wunderschöne Jahre, ich beendete gerade mein Studium, als wir uns trauen ließen. Dann kam Josy, unser größtes Glück. Und jetzt? Jetzt hab ich alles versaut. Ich trage die Schuld an unserem Untergang. All unser Glück habe allein ich auf dem Gewissen. Meine Brust wird eng, und eine Träne läuft mir die Wange hinunter. Ich gehe zur Kommode hinüber und öffne die kleine Schatulle, in der mein Verlobungsring liegt. Nur für einen kurzen Moment. Ich berühre das Gold mit den Fingerspitzen und schließe den Deckel schnell wieder, damit die Erinnerung nur ja nicht die Oberhand gewinnt. Nun ja. Jetzt wird er Claires Herz erobern. Ich weiß nicht, was mehr schmerzt, dass ich es verbockt habe oder dass Rod tatsächlich nach vorn blickt, mich hinter sich lässt. Uns hinter sich lässt. So traurig ich bin, so gut tut der Schmerz auch irgendwie. Es geschieht mir ganz recht, dass es wehtut, und endlich, so allein, wie ich mich auch im Augenblick fühle, so gut tut es trotzdem, genau diesen Schmerz zu spüren und zulassen zu können. Selbst wenn ich zusammenbräche, würde es niemand sehen. Endlich würde niemand mehr in mich dringen und Fragen stellen.

Mein Handy klingelt und holt mich zurück in die Gegenwart. Ich ignoriere den Anruf und nehme noch einen großen Schluck Wein. Ich habe keine Lust zu sprechen. Mit niemandem. Irgendwie ist heute alles gesagt. Wer weiß, wer mich um diese Uhrzeit noch ärgern will. Mein Bedarf an Widrigkeiten ist für heute auf jeden Fall gedeckt. Eigentlich möchte ich mir nur noch die Decke über den Kopf ziehen und exzessiv vor mich hin leiden. Ich schlendere zurück zum Backofen und schaue nach der Pizza. Der Käse zerläuft bereits, noch wenige Minuten, dann müsste sie gut sein. Das Handy terrorisiert mich weiter. Diesmal mit einer WhatsApp-Nachricht. Die ist bestimmt von Eva, die nun doch noch vorbeikommen will. Da ich keine besondere Lust auf späten Besuch verspüre und das auch gleich klarstellen möchte, hebe ich nun doch meine Tasche auf und krame das Handy hervor.

Eine mir fremde Nummer wird angezeigt mit einer WhatsApp-Nachricht: »Alles in Ordnung bei dir?«

Von wem ist die? Das ist sicher ein Missverständnis, das sich gleich klärt.

»Ich kenne Ihre Nummer nicht. Sie müssen sich vertan haben, schönen Abend noch«, schreibe ich zurück. Dann hole ich die Pizza aus dem Backofen und lege sie auf einen großen Teller. Ich trinke noch einen großen Schluck Rotwein, als eine weitere Nachricht ankommt. Verdammt! Du hast dich verwählt, du Idiot!, denke ich und schaue nochmals aufs Display.

»Ich bin's, Ralf.«

Oh.

Ralf.

Und jetzt?

Ich kippe den Rest des im Glas befindlichen Rotweins hinunter und teile die Pizza in gleich große Achtel. Woher hat der nur meine Nummer?, frage ich mich. Die muss er vom Strelitz haben oder von Cindy.

»Ralf Wer?«, schreibe ich zurück, um Zeit zu schinden. Was glaubt der? Ich kenne Tausende von Ralfs. Pfff.

»Conrad«, kommt es blitzschnell.

Ich beiße genüsslich vom ersten Stück Pizza ab und kippe ein weiteres Glas Rotwein hinterher. Er steigt mir zwar schon mächtig zu Kopf, aber genau dieser Effekt ist mehr als erwünscht. Er wärmt mich. Nicht, dass die Nacht so abgekühlt wäre … er wärmt meine Seele und betäubt ein wenig den Schmerz in meiner Brust. In meinem Hinterkopf summt immer noch Gilbert

O'Sullivan, und leider malt sich mein heute schon enorm verausgabtes Hirn noch mehr unschöne, detailgetreue Sachen aus. Was, wenn Rod sie küsst? Küssen ginge ja noch. Aber was, wenn er mit ihr …

Es piepst erneut. Missmutig schiele ich aufs Display.

»Und? Geht es dir gut?«

Muss ich darauf jetzt antworten? Ich bin mir sicher, er meint es nett, andererseits will ich nicht, dass er sich in meine Privatangelegenheiten einmischt. Einer, der noch nicht mal selber eine funktionierende Beziehung hat und andere belehren will. Hungrig stopfe ich mir noch ein Stück Pizza in den Mund, nehme das Handy und antworte nun doch: »Ja, danke. Alles gut. Schönen Abend noch.« Dann drücke ich auf »Senden« und lege das Handy in die Besteckschublade. Von mir aus kann sich dort der Akku totpiepsen. Ich will endlich essen und mich in Ruhe wegen Rod und dieser Claire schlecht fühlen. Was ist, wenn das jetzt die Frau ist, die es fertigbringt, ihn so richtig glücklich zu machen? Sind unsere gemeinsamen Jahre dann umsonst gewesen? Bin ich dann jetzt die nervige Ex? Und wieso fühle ich auf einmal wieder etwas? In mir war doch alles tot. Richtig tot. Ist das etwa Eifersucht? Ich wollte ihn doch nicht mehr. Er konnte mir doch gestohlen bleiben. Er und seine anklagenden Blicke. Er sollte sich endlich eine Frau suchen, die ihn wirklich glücklich macht, und er sollte damit aufhören, mich zu bedrängen. Und jetzt? Jetzt schmachtet ihn diese Claire an. Und ich? Ich habe da so ein Gefühl. Ich horche in mich. Ist das vielleicht gar keine Eifersucht, sondern Angst? Angst wovor? Los, Jasmin, kühle Analyse … was ist das? Angst, übrig zu bleiben? Doch allein zu enden? Angst, niemals im Alter Enten zu füttern mit Rod auf einer einsamen, verlassenen Parkbank am Teich? Vielleicht wird er mit Claire Enten füttern. Du wirst allein vor dem Seniorenteller sitzen und vereinsamen. Wenn du Pech hast, wird ein seniler alter Fremder neben dir sitzen, der seine Leibwinde nicht mehr im Griff hat.

In mein Stakkatoherzklopfen mischt sich ein erneutes Piepsen, das nun aus der Besteckschublade kommt.

»Verdammt, kann man hier nicht mal in Ruhe nachdenken?«, fluche ich lauthals und reiße das Schubfach so heftig auf, dass die Löffel und Gabeln durcheinanderfliegen.

»Wenn du jemanden zum Reden brauchst …?«, lese ich die nächste Nachricht.

Hat der 'ne Macke? Darauf antworte ich nicht, das ist doch grotesk. Er ist mein Auftraggeber, wobei mir gleich wieder übel wird. Wie soll ich in zwei Wochen einen Slogan für ein Thema finden, das ich momentan selbst so wenig greifen kann? Während ich noch vor vierzehn Tagen dachte, alles so richtig schön im Griff zu haben, so geht jetzt gerade alles so richtig schön den Bach hinunter. Was ist nur los mit mir? Wieso fühle ich auf einmal wieder etwas? Ich habe über ein Jahr nichts mehr gefühlt, abgesehen von Schuld, Wut, Scham und Trauer. Und jetzt? Ich atme tief durch, stelle mir Rod vor, wie er in die Dusche pinkelt. Widerlich. Soll er in Claires Dusche urinieren. Punkt. Ich muss Rod loslassen. Ich muss ihn gehen lassen. Ich wollte doch immer, dass er glücklich wird. Und mit mir wird er das nicht. Soll er mit Claire Enten füttern. Ich werde mit dem Rucksack durch Indien wandern und beim Sonnengruß Körper, Geist und Seele in Einklang bringen.

Mein Handy klingelt.

Das darf nicht wahr sein! Ich schiele aufs Display und sehe, es ist Ralfs Nummer. Na, der hat Nerven. Entrüstet nehme ich das Gespräch an.

»Welchen Teil von ›Ja, danke. Alles gut. Schönen Abend noch‹ hast du jetzt genau nicht verstanden? He?«, maule ich ins Telefon.

»Tut mir leid, ich habe mir Sorgen gemacht und dachte …«

Seine Stimme klingt wirklich besorgt. Shit. Und ich keife ihn so an. Sofort habe ich sein attraktives Gesicht vor Augen. Und wenn jemand eine solche Ausstrahlung hat und sich auch noch um mich sorgt, fühle ich mich gleich gar nicht mehr so allein und schlecht. Blöd nur, dass er mein Auftraggeber ist. Mein Auftraggeber, der mir pausenlos Männerprofile in den Mailanhang schaufelt, rufe ich mir ins Gedächtnis.

»Was dachtest du? Brauchst du noch meine private E-Mail-Adresse, um mich mit weiteren Partnervorschlägen vollzuspammen? Oder siehst du endlich ein, dass ich momentan wirklich andere Sorgen habe?«

Ich vernehme ein leises Seufzen. »Ja, das war wirklich blöd von mir. Es tut mir leid.«

»Heißt das, du hörst damit auf?«

»Vielleicht.«

Will der mich provozieren? Der macht mich echt sauwütend. »Jetzt will ich dir mal eines sagen …«, hebe ich an.

»Hey, schon gut, das war ein Scherz. Ich werde dir natürlich keine Profildaten mehr von fremden Männern schicken. Ist ja auch völlig überflüssig.«

»Hä? Wie meinste das jetzt?«, frage ich und bin auf der Hut. Jetzt kommt gleich wieder etwas Gemeines.

»Na ja, es war offensichtlich, dass du noch Gefühle für deinen Mann hast.«

Wusste ich's doch!

»Das stimmt überhaupt nicht. Und wenn, dann sind sie negativ besetzt. Außerdem, auch wenn es so wäre, würde dich das verdammt noch mal nichts angehen.«

»Stimmt auch wieder.«

»Sieh an.«

»Und? Ist es so? Hängst du noch an ihm?«

»Sag mal, rede ich Kalmückisch?«

»Kal-was?«

»Vergiss es!«

»Nein, sag doch, was soll das sein?«

»Kalmückisch ist die Amtssprache in der zur Russischen Föderation gehörenden Autonomen Republik Kalmückien«, erkläre ich und verkneife mir nun ein Feixen. Das habe ich heute durch Zufall bei einer Online-Recherche herausgefunden und fand es ziemlich witzig.

»Aber sonst geht's dir gut?«, fragt Ralf.

»Ja. Doch!«, fauche ich.

»Und? Was ist nun mit deinem Mann? Ich verspreche auch, nichts zu bewerten. Ist doch normal, wenn man nach über zwanzig Jahren nicht gleich loslassen kann.«

»Ist es auch«, sage ich trotzig. »Dennoch … lieber Ralf … hör zu, du bist mein Auftraggeber. Ich möchte ungern Privates mit Geschäftlichem vermischen, das gibt nur Ärger und ist obendrein ziemlich unprofessionell.«

»Ich verstehe dich ja. Aber ich dachte, ich könnte dir vielleicht behilflich sein.«

»Wobei willst du mir denn helfen, hm?«

»Nun ja, ich habe inzwischen mitbekommen, dass die Singlebörse zurzeit nicht so dein Lieblingsthema ist. Ich sorge mich einfach, dass sich das auf deine Arbeit auswirkt. Ich meine, es ist zur Hälfte meine Firma, und wir brauchen ein richtig gutes Konzept, verstehst du?«

Ich schlucke. »Soll das etwa heißen, du traust mir auf einmal nicht mehr zu, dass ich meine Arbeit gut mache?«

»Nein, Quatsch, das traue ich dir ganz bestimmt zu. Ich wollte dir nur meine Unterstützung anbieten. Du bist schließlich ganz allein mit dieser Sloganaufgabe betreut worden. Und ich kann mir einfach vorstellen, dass das gerade in deiner momentanen Situation nicht so einfach ist.«

»Quatsch, das schaffe ich schon«, sage ich und bin mir da unglücklicherweise selbst gar nicht mehr so sicher. Leider hat er den Nagel auf den Kopf getroffen. Ich grübele seit einer Woche über einen Slogan nach, und mir will und will einfach nichts Gescheites einfallen. »Ich habe doch noch zwei Wochen Zeit«, rede ich mich heraus.

»Du hast noch nichts, stimmt's?«

Schweigend kaue ich auf meiner Unterlippe und kneife die Augen zusammen.

»Dachte ich mir«, murmelt er.

»Ja, das heißt aber noch lange nicht, dass ich auf Hilfe seitens meines Auftraggebers angewiesen bin. Zur Not muss ich das intern klären. Du bezahlst uns schließlich dafür.«

»Nun, da magst du recht haben. Allerdings habe ich bis zum Start unserer Website sowieso nichts zu tun. Cindy kümmert sich ums Layout, was sie by the way ganz hervorragend macht …«

»Na, wie schön für Cindy«, murmele ich vergnatzt.

»Ach, nun sei doch nicht so gemein. Sie gibt wirklich ihr Bestes.«

»Ich weiß«, lenke ich ein. »Entschuldige, eigentlich bin ich das nicht. Neid ist mir fremd. Ich freue mich für Cindy, wenn's bei ihr läuft. Wenigstens bei einer von uns beiden.«

»Okay, pass auf«, sagt Ralf. »Lass es uns einfach ausprobieren. Wenn es nicht funktioniert, kannst du den Auftrag immer noch allein zum Abschluss bringen.«

»Und dir geht's nur um die Sache, ja?«

»Klar, um was denn sonst?«, fragt er meiner Meinung nach einen Deut zu großspurig.

»Keine Ahnung. Nicht, dass du mein Profil mit deinem … Dings … gekreuzt hast und meinst, wir passen gut zusammen.« Beinahe muss ich lachen, weshalb ich mir die flache Hand auf den Mund presse.

»Ganz sicher nicht. Wenn du es genau wissen willst, habe ich deine Angaben überprüft und ganz genau gemerkt, dass du mich auf den Arm nehmen willst. Aber davon mal ganz abgesehen, passt du sowieso nicht in mein Beuteschema. Das weiß ich auch, ohne unsere Profile miteinander zu dingse … ähm … kreuzen. Überleg mal, wie alt du bist!«

»Jetzt werd mal nicht frech, Jungspund!«, schnaube ich.

»Nein wirklich, und auch rein äußerlich bist du überhaupt gar nicht mein Fall.«

»Wie bitte? Was soll das denn heißen? Findest du mich hässlich?« Mein Puls rast vor Empörung.

»Das nicht gerade. Nur stehe ich eher auf blond mit üppiger Figur, also rein äußerlich.«

»Wie tiefgründig du bist«, sage ich.

»Nicht wahr?«, haucht er selbstverliebt. »Aber das kennst du bestimmt. Tendenziell sprechen einen doch immer erst mal äußerliche Merkmale an. Das lässt sich nicht abstreiten. Nehmen wir Dieter Bohlen. Der fährt sein Leben lang auf ein und denselben Frauentyp ab.«

»Ja, Dieter Bohlen eben … Außerdem kann er sich's leisten.«

»Vielleicht kann ich das auch bald, das heißt, wenn deine Agentur sich so richtig ins Zeug legt. Womit wir wieder beim Thema sind. Könntest du dir also vorstellen, morgen mit mir frühstücken zu gehen? Rein geschäftlich, versteht sich«, schiebt er rasch nach.

»Solange ich mich keiner Verjüngungskur unterziehen und mir die Haare nicht blondieren muss«, gebe ich mich gelangweilt. »Wobei … Ralf, ich halte das wirklich für keine so gute Idee. Wie sieht denn das aus? Ich mit dir samstags beim Frühstück in aller Öffentlichkeit? Du mit deiner brünetten Oma?«

Er seufzt. »Nun ja, manchmal muss man im Leben eben Opfer bringen. Und ehrlich, ich will es riskieren.«

Ich verkneife mir ein Lachen. So langsam amüsiert mich seine freche Art. Ich kaue auf meiner Unterlippe.

»Frühstück morgen um zehn in der Buchkantine in Moabit?«, drängt er mich.

Mein Herz flattert. Ist das jetzt ein Date? Nein, ein Arbeitstreffen, beantworte ich mir die Frage selbst.

»Herrje! Na gut. Abgemacht. Wenn ich später oder gar nicht komme, habe ich den Termin vergessen. Passiert in letzter Zeit öfter. Du weißt schon … Alzheimer …« Ohne ein weiteres Wort lege ich auf.

7

Während ich mit schwerem Kopf und leerem Blick die ebenso leere Weinflasche vom gestrigen Abend anstarre und in meinen heißen Kaffee puste, klingelt mein Handy. Ah, ob Ralf absagt? Das käme mir gar nicht ungelegen.

Aber nein, es ist Eva.

»Guten Morgen«, begrüße ich mit Reibeisenstimme meine Freundin.

»Hab ich dich geweckt?«, fragt sie.

»Nicht wirklich.« Ich schiele zur Uhr. Halb neun. In anderthalb Stunden muss ich im Stadtteil Moabit sein.

»Und? Bei dir alles gut? Notfall eingewiesen?«, frage ich.

»Ja, frag nicht, ich bin erst gegen Mitternacht nach Hause gekommen. Meine Patientin war extrem uneinsichtig.«

Da Eva keine Einzelfälle mit mir bespricht, obwohl ich sehr oft neugierig bin, hake ich diesmal gar nicht erst nach. Kopfmäßig bin ich sowieso schon in der Buchkantine.

»Weshalb ich anrufe …, Lust auf Frühstück?«, fragt Eva.

»Oh.«

»Oh?«

»Äh, ja, ich meine, nein. Also, was ich sagen will, ich bin schon zum Frühstück verabredet.«

»Wie schön! Mit Cindy? Dann komm ich mit«, erklärt Eva spontan.

»Äh, nein. Mit einem Mann. Also eigentlich doch nicht. Ich meine, er ist schon primär männlich, aber in erster Linie ist er mein Auftraggeber. Und es ist jetzt nicht so, wie du denkst, sondern tatsächlich ein Arbeitsfrühstück.« Gott, was fasele ich da?

»Klar doch.«

»Ja, genau. Geschäftlich.«

»An einem Samstag«, stellt sie lakonisch fest.

»Ja, während der Woche bin ich doch im Büro. Da geht das nicht … einfach mal so frühstücken.«

»Aber wenn es geschäftlich ist, kann er doch in dein Büro kommen. Das hier ist ein Date, mein Schatz«, ertönt die Stimme meiner Freundin im Singsang.

»Ist es ni-hicht«, trällere ich zurück. »Und hör auf, so viel zu schnattern. Ich habe einen Brummschädel vom Feinsten.«

»Erzähl! Migräne oder Alkohol?«

»Alkohol.«

»Oh, du Schnapsdrossel. Sag, ist denn irgendwas passiert? Ich meine, gab es einen Anlass?«

»Nun ja«, sage ich gehetzt, »eigentlich passt es mir gerade gar nicht, weil Restauration in meinem Alter schon einen gewissen Zeitaufwand verlangt. Aber das muss ich dir schnell noch erzählen.« Also schildere ich in knappen Sätzen das Desaster des gestrigen Abends und bin gespannt, wie Eva darauf reagiert.

»Nein!«, platzt es aus ihr heraus. »Rod hat schon eine Neue?«

»Claire«, hauche ich mit ersterbender Stimme.

»Oh Mann, auch noch was Französisches! Wie grausam! Bestimmt so ein Luder, das es auf verheiratete Männer abgesehen hat … Nie hätte ich gedacht, dass Rod so … so …«, Eva sucht nach den richtigen Worten.

»… pragmatisch ist?«, helfe ich ihr.

»Na, wohl eher schwanzgesteuert«, entrüstet sie sich. Die wenigen Worte meiner Freundin wirken in mir wie ein Brandbeschleuniger. Die Ängste von gestern erwachen aufs Neue und durchdringen mich bis in die letzte Faser.

»Meinst du, sie haben …« Ich kneife furchtsam die Augen zusammen.

»Keine Ahnung, sag du es mir. Du kennst Rod eindeutig besser. Ist er so ein Schnellschuss-Casanova?«

Ratlos raufe ich mir die Haare. »Hm, weiß nicht. Wenn's passt, dann vielleicht. Sie sieht mir sehr ähnlich. Es war unheimlich, fast so, als würde ich meinem jüngeren Ich gegenüberstehen.«

»Oh Gott. Auch noch eine Jüngere! Wie fies.«

Einen Moment lang schweigen wir ins Telefon.

»Und dein Date ist jetzt die Rache? Wollen wir nicht lieber eine von diesen Voodoo-Puppen kaufen?«

»Quatsch, nee. Weder Date noch Rache. Der Auftraggeber ist nur sehr hartnäckig. Leider hat er mitbekommen, in was für einer Lage ich mich gerade befinde, und will mir unter die Arme greifen. Stell dir vor, ich soll mir einen Slogan für eine Singlebörse ausdenken.«

Eva lacht laut auf. »Na, das passt ja. Ausgerechnet!«

»Wie fein, dass du mich verstehst, mein Herz. Jetzt lass mich in Ruhe. Ich will unter die Dusche hüpfen und mich zurechtmachen, nicht dass ich ins Gerede komme.«

»Halt mich auf dem Laufenden, ja?«

»Immer«, verspreche ich und lege auf.

Nachdem ich aus mir völlig unverständlichen Gründen meine Beine rasiert, die Haare conditionert, die Nägel lackiert und Make-up aufgelegt habe, fühle ich mich gleich ein bisschen besser. Ich verlasse mit einem Anflug von Arbeitseifer die Wohnung Richtung Buchkantine. Überpünktlich, so wie es meine Art ist, rangiere ich meinen kleinen Citroën in eine gefühlt noch kleinere Parklücke. Als ich meinen Blick über die Terrasse des Lokals wandern lasse, sehe ich, dass da jemand noch überpünktlicher ist. Das gefällt mir spontan. Ich steige aus, schließe das Auto ab und gehe hoch erhobenen Hauptes an den Tisch, an dem Ralf schon wartet. Der Hitze geschuldet, trage ich nur ein leichtes blaues Sommerkleid und dazu passende Sandalen. Auch Ralf hat diesmal auf Businesskleidung verzichtet. An der Stuhllehne neben ihm hängt ein Fahrradhelm. Als er mich sieht, steht er auf und begrüßt mich.

»Schön, dass du da bist. Ehrlich gesagt war ich mir unsicher, ob du kommst. Und dann dieser grazile Gang, so ganz ohne Krückstock. Wahnsinn!« Belustigt zwinkert er mir zu.

»Ich habe extra für dich etwas gegen die Arthritis genommen, sonst wäre ich gar nicht aus dem Bett gekommen«, kontere ich vorwitzig. Wir setzen uns und schauen uns einen Moment lang in die Augen. Aus Verlegenheit senke ich zuerst den Blick, greife nach der Speisekarte und schaue hinein. Während ich das für mich obligate Käsefrühstück suche, spüre ich seine Blicke auf mir. *Er hat verdammt blaue Augen, das muss man ihm lassen. Und auch in Freizeitkleidung macht er mehr als eine gute Figur. Tzz, was denk ich mir nur? Es ist doch schnurzpiepegal, wie er aussieht. Er ist ein verdammtes Baby mit seinen einunddreißig Jahren. ›Toyboy‹ würde Eva sagen.*

»Also Ralf«, sage ich, lege die Karte zurück auf den Tisch und nehme seinen Blick wieder auf. »Da wir geschäftlich hier sind, ist dir denn schon etwas Sinniges eingefallen?«

Sehr businesslike krame ich einen Schreibblock und einen Kugelschreiber aus der Handtasche, falls er wirklich eine zündende Idee hat, wovon ich erst mal nicht ausgehe.

»Nein, leider nicht. Aber darf ich fragen, wie deine übliche Vorgehensweise ist?«

»Ah, der Nachwuchs will also noch etwas von der alten Garde lernen«, ziehe ich ihn auf.

»Warum nicht? Vielleicht kann ich von der allwissenden Müllhalde profitieren. Bitte lass mich nicht dumm sterben.«

Mir entweicht ein Lächeln. »Also schön, Ralf, dann werde ich dir mal erklären, wie mein Job so funktioniert. Zumindest theoretisch. Zunächst einmal schreibe ich sämtliche Wörter auf, die mir im Zusammenhang mit dem Slogan einfallen. Bei deinem Projekt wäre das dann alles rund um Liebe und Partnerschaft. Wenn ich genügend Wörter gesammelt habe, versuche ich, daraus ein gutes Konstrukt zu basteln. Eines, das ins Ohr geht. Eines, das man nicht so schnell vergisst. Es muss anders sein als alles, was du je gehört hast, und es muss einfach inhaltlich perfekt sein und perfekt klingen. Verstehst du? Der Sound muss stimmen.«

»Aha.« Er schaut mich verunsichert an.

»Findest du das blöd, oder warum guckst du so?«

»Nein, nein, ich nehme an, die Methode ist effizient, und mich würde interessieren, ob du dir schon mal ein paar Gedanken über Wörter gemacht hast.«

»Hab ich, aber die liegen alle im Büro«, flunkere ich. Es kann wohl nicht so schwer sein, spontan ein paar Wörter zu finden, die mit dem Oberbegriff *Liebe und Partnerschaft* zu tun haben. Und vielleicht fallen ihm ja auch ein paar Begriffe ein, auf die ich im Leben nicht kommen würde.

»Im Büro, na, da liegen sie gut«, erwidert er vorwurfsvoll.

Die Kellnerin tritt an unseren Tisch, um die Bestellung aufzunehmen. Ich ordere das Käsefrühstück und Ralf das Komplettpaket mit gekochtem Ei und Schinken. Ich muss an Rod denken, der zeit unseres gemeinsamen Lebens immer genau das Gleiche bestellt hat wie ich.

»Nun ja. So viele Wörter waren es auch wieder nicht«, nehme ich das Gespräch wieder auf. »Was fällt dir denn spontan zur Liebe ein, hm?«, frage ich und blinzle in die Sonne, die langsam an Intensität zunimmt.

Ralf springt sofort auf und dreht den Sonnenschirm so, dass ich wieder gänzlich im Schatten sitze.

»Das wäre doch nicht nötig gewesen«, winke ich ab.

»Doch, doch, in deinem Alter weiß man nie. Und bei der Hitze … besonders ältere Menschen sollen auch viel trinken, aber das weißt du ja sicher aus der Apothekenzeitschrift«, stichelt er.

Ich schaue konsterniert und frage: »Ist das da eigentlich ein Pubertätspickel an deinem Kinn, oder hast du dich beim Rasierversuch geschnitten?«

Ralf räuspert ein Grinsen in seine Faust und kommt wieder zur Sache. »Du suchst also Begrifflichkeiten, die mir zum Thema Liebe einfallen, ja?«

Ich nicke.

Er bläst die Backen auf und lächelt dann. »Liebe, Sex und Zärtlichkeiten«, haut er raus und guckt, als hätte er schlank machenden Zucker erfunden.

»Oje, und Petting. Ich habe ganz vergessen – in deinem Alter liest man ja noch die *Bravo*«, sage ich die Augen verdrehend.

»Genau. Deshalb solltest du etwas Nachsicht mit mir haben. Und jetzt schreib es auf. Du hast gesagt, alles, was mir einfällt.«

»Na schön.« Ich nehme den Kugelschreiber und schreibe die albernen Wörter auf den Notizblock.

»Jetzt du«, sagt er.

»Vertrauen, Spaß und Lachen«, schlage ich vor.

»Okay, rauf auf den Zettel«, fordert er, und ich schreibe.

»Das war also gestern dein Mann, ja?«, sagt er recht unvermittelt, und es ist mehr eine Feststellung als eine Frage.

»Wollten wir nicht arbeiten?«, kontere ich, die Augen starr auf den Schreibblock gerichtet.

»Zuneigung, Gunst, Gefühl«, diktiert er mir geistesgegenwärtig. »Und war er's?«

»Ja, aber das geht dich gar nichts an, das ist privat, und du bist für dein zartes Alter ganz schön neugierig. Wie wäre es mit … Hass, Streit, Langeweile?«, frage ich und notiere es.

Ralf bläst die Backen auf. »Oh, das fällt dir zum Thema *Liebe* ein?«

Ich zucke mit den Schultern. »Klar, irgendwann wird Liebe genau das sein.«

»Muss es doch aber nicht.«

»Wird es aber«, beharre ich.

Ralf lehnt sich zurück und hält sein Gesicht in die Sonne.

»Wahrscheinlich hast du recht.«

»Natürlich habe ich recht. Oder warum siehst du deinen Sohn so selten?«

Ralfs Miene versteinert sich abrupt, und seine blauen Augen sind plötzlich sehr erwachsen.

»Wollten wir Privates nicht außen vor lassen?«, fragt er, und ich spüre, wie er sich in sich zurückzieht.

»Nö, *ich* wollte Privates außen vor lassen, das heißt nicht, dass du mir nicht erzählen kannst, was dich bedrückt. Wer weiß, vielleicht kann ich dir mit meiner langjährigen Erfahrung als Ehefrau, Mutter und gute Zuhörerin behilflich sein. Vielleicht kann ich der Jugend auf die Sprünge helfen. Was ist euer Problem? Wer trägt die Schuld? Du oder sie? Oder am Ende ihr beide?« Ich spüre, dass meine Neugier geweckt ist.

»Hey, so war das jetzt aber nicht abgemacht.« Er schüttelt den Kopf.

»Komm schon, erzähl mir, was schieflief. Ich bin ganz Ohr.«

Ralf atmet tief durch und lässt die Luft mit langem Atem aus seinen Lungen entweichen. »Also schön, ich öffne mich dir, wenn du mir von deinem Mann und dir erzählst. Quid pro quo.«

»Jetzt mal halblang. Das hier sollte ein geschäftliches Treffen werden, oder etwa nicht?«

»Ja, eigentlich schon. Aber wenn wir uns besser kennenlernen wollen, und ich gebe zu, mich würde das wirklich freuen, müssen wir wohl Dinge von uns preisgeben. So macht man das nämlich. Allerdings, wenn du das nicht willst … ich meine, du hast genügend Lebenserfahrung …, vielleicht sollten wir es wirklich beim Geschäftlichen belassen. Was meinst du?«

Die Bedienung kommt an unseren Tisch und serviert das Frühstück, so bleibe ich ihm die Antwort auf die prinzipiell ungestellte Frage, ob auch ich ihn näher kennenlernen möchte, schuldig. Wieder allein, beginnen wir stumm unsere Brötchen aufzuschneiden, jeder in seine Gedanken vertieft. Wir sind wie zwei Katzen, die umeinander herumschleichen. Keiner will auch nur die Spur eines Zugeständnisses machen. Ich beobachte, wie er sein Ei köpft. Zack und Hut ab. Im Gegensatz zu Rod, der immer von allen Seiten mit dem Löffel draufgehauen hat, um dann akribisch die kleinen Splitter abzupulen, gefällt mir Ralfs Kopf-ab-Methode sehr. Auf den Punkt eben. Ralf hat das Ei längst aufgegessen, bevor Rod überhaupt daran gedacht hätte, es mit Salz zu bestreuen. *Wird es jetzt eigentlich immer so sein? Dass ich Vergleiche anstelle?* Ich bestreiche eine Brötchenhälfte mit Butter, lege eine Scheibe Käse drauf und schmiere dann Marmelade drüber.

»Eine Frau, die sich nicht entscheiden kann, ob sie süß oder deftig will«, stellt Ralf nüchtern fest, während ich herzhaft ins Brötchen beiße.

»Doch, ich kann mich entfeiden, ich will beides, wüf und herfhaft«, sage ich beim Kauen.

Ralf lächelt. Als ich hinuntergeschluckt habe, sage ich: »Entschuldigung, ich weiß, dass man nicht mit vollem Mund spricht.«

»Bei mir darfst du alles, was du willst. Sogar mit vollem Mund sprechen«, verkündet Ralf grinsend.

Ich grinse zurück.

»Okay, nun zu deiner Frage, ob wir uns näher kennenlernen wollen oder es besser beim Geschäftlichen lassen.«

»Und?«

»Ich weiß es, ehrlich gesagt, nicht. Ich weiß nur eines, dass ich momentan sehr müde bin.«

»Wie meinst du das?«

»Weiß ich auch nicht so genau, das ist mir gerade in den Sinn gekommen. Ich bin eben müde. Das letzte Jahr war sehr anstrengend für mich«, sage ich und meine es auch so.

»Kämpfe sind anstrengend. Ich weiß«, entgegnet Ralf.

»Besonders die, die man gegen sich selbst führt«, entgegne ich, und erst jetzt wird mir bewusst, dass ich den Gedanken laut ausgesprochen habe.

»Wieso kämpfst du denn gegen dich selbst?«

Ich ärgere mich. Wieso kann ich nicht einfach meine Klappe halten? Allerdings ist Ralf die erste Person, die, wenn ich mich ihm anvertrauen würde, nicht parteiisch wäre. Wobei – das stimmt so auch nicht. Er würde vermutlich Partei für mich ergreifen.

»Ich kämpfe nicht wirklich gegen mich selbst. Das habe ich blöd ausgedrückt. Vergiss es einfach.«

»Nein, sag doch. Wieso ist deine Ehe eigentlich am Ende?«

»Weißt du überhaupt, dass du eine riesige Nervensäge bist?«, frage ich.

»Wenn schon: unvoreingenommene Nervensäge. Komm schon, Jasmin. Lass es raus. Es wird dir hinterher besser gehen. Versprochen!«

Ich lehne mich zurück und schaue ihm tief in die Augen. Er hat etwas Vertrauenerweckendes an sich. Mir ist beinahe so, als würden wir uns schon eine Ewigkeit kennen. Das ist natürlich nur ein Gefühl, das ist mir bewusst. Jedoch wäre es reizvoll, mich ein Stück näher auf ihn einzulassen. Vielleicht kann es meinem Seelenfrieden tatsächlich nicht schaden, mich endlich jemandem anzuvertrauen. Wie viel ich ihm erzähle, bleibt schließlich mir überlassen. Ob ich es wagen kann?

»Ich habe einen sehr großen Fehler begangen«, platzt es aus mir heraus.

Ralf legt sein Brötchen auf den Teller und sieht mich spannungsgeladen an.

»Okay. Aber was genau für ein Fehler das war, möchtest du mir nicht sagen.«

»Richtig.«

»Und wie groß war der Fehler?«

Ich schmunzele und sage: »Riesengroß.« Ich hebe die Arme und beschreibe einen großen Kreis.

»Also richtig riesengroß? So richtig unverzeihlich? Oder eher nur so semi?«

»Nee, wirklich mega. So richtig unverzeihlich und nicht wiedergutzumachen, und ich habe nicht nur eine Person in meinem Umfeld verletzt. Ich habe so richtig Schaden angerichtet. Man nennt mich seitdem *Charlottenburger Abrissbirne*«.

»Oh, das ist hart.«

»Sehr hart.«

»Und dein Mann hat Wind davon bekommen und hat dich verlassen?«

Ich seufze. »Wenn es doch so einfach wäre. Ist es aber nicht. Mein Mann kennt die volle Wahrheit gar nicht und wird sie hoffentlich auch nie erfahren.«

»Oh Mann, was hast du nur getan? Ich hoffe, nichts Illegales!«

Ich lege die Hand auf die Brust. »Gott bewahre! Wobei … im weitesten Sinne war es auch illegal. Aber was genau es war, darüber kann ich wirklich nicht sprechen. Aber glaub mir, ich schäme mich seit über einem Jahr in Grund und Boden. Und deshalb ist es ganz gut, dass mein Mann und ich uns getrennt haben.«

»Vielleicht war das aber auch ein großer Fehler. Möglicherweise wäre es besser, die Karten aufzudecken, sonst findest du doch nie deinen Seelenfrieden. Wie willst du sonst mit dieser Sache abschließen?«

»Gute Frage«, murmele ich. »Wenn ich die Antwort weiß, gebe ich Bescheid. Fakt ist, mein Geheimnis kennen nur zwei Personen, nämlich ich und Charlottenburger Abrissbirne Nummer zwei.«

»Oh Mann. Verstehe. Und ich nehme an, die zweite Birne ist auch verheiratet.«

»Da nimmst du richtig an. So! Und jetzt lass uns das Thema beenden. Ich rede mich ja um Kopf und Kragen. Erzähl mir lieber etwas von dir. Was ist mit der Mutter deines Sohnes, hm?«

»Ich sage es nicht gerne, aber wenn du die Charlottenburger Abrissbirne bist, ist Lara die Spandauer.«

»Lara ist der Name deiner Exfreundin?«

»Genau.«

»Und lebst du von deiner Freundin und Kindsmutter getrennt?«

»Ja, seit einem halben Jahr etwa«, gibt er bereitwillig Auskunft.

»Darf ich nach dem Grund der Trennung fragen?«

»Jetzt willst du es aber genau wissen, oder?«

»Komm schon. Du weißt jetzt auch schon einiges über mich.«

»Hm, ich glaube, unsere Beziehung stand von Anfang an unter keinem guten Stern.«

»Und wieso nicht?«

»Lara ist schon kurz nach unserem Kennenlernen aus Versehen schwanger geworden. Also ich räume mir da eine gewisse Mitschuld ein …« Ralf rutscht unbeholfen auf seinem Gartenstuhl hin und her. »Na ja, dann haben wir uns nach einigem Hin und Her für das Kind entschieden, und die Entscheidung war letztlich auch die richtige. Ich will Tim, meinen Sohn, nicht eine Sekunde meines Lebens missen. Aber mit Lara … das klappt einfach nicht. Vermutlich haben wir zu gegensätzliche Vorstellungen vom Leben.«

»Ach nein?«, platzt es aus mir heraus. »Und trotzdem bist du der Meinung, dass sich Gegensätze anziehen? Basiert nicht genau darauf deine Singlebörse?«

»Klar, aber ich meinte nicht so krasse Gegensätze, wie du wahrscheinlich vermutest. Mein Konzept basiert auf einem ausgeklügelten System, vertrau mir mal.«

Wie er so dasitzt und lächelt, wirkt er zuversichtlich auf mich. Außerdem imponiert mir die Tatsache, dass er und seine Freundin sich, ungeachtet der Tatsache, sich erst kurz zu kennen, für das Kind entschieden haben. Ich bewundere so viel Mut, und es versetzt mir beinahe einen schmerzenden Stich. Ich atme tief durch. Weiter im Text.

»Aha …, aber ausgeklügeltes System hin oder her: Wann ist die Sache bei euch aus dem Ruder gelaufen?«, frage ich.

Ralf lächelt mit traurigen Augen. »Na gut. Den traurigen Showdown willst du dir natürlich nicht entgehen lassen. Nun, ich habe immer zu viel gearbeitet, wie das eben so ist, wenn du dich in eine Sache verbeißt. Und dann bin ich eines Tages überraschend früher vom Dienst nach Hause gekommen. Großer Fehler, wie sich herausstellte. Oder auch nicht – wie man's nimmt.«

»Oh.«

»Ja. Oh. Das volle Programm. Unseren Sohn hatte sie bei der Nachbarin geparkt, und Lara hatte sich auch in etwas verbissen. Nur leider nicht in mich.«

»Kacke«, entfährt es mir.

»Oberkacke«, stimmt er zu. »Hat ziemlich wehgetan.« Ralf nimmt einen Schluck aus seiner Kaffeetasse und weicht meinem Blick aus. Es ist ihm unangenehm, darüber zu sprechen, das spüre ich.

»Glaube ich dir. Und dann?«

»Na ja, nach zahlreichen Diskussionen haben wir es noch eine Weile miteinander versucht, schon allein wegen Tim. Aber ich habe das Bild, wie sie es mit diesem Typen … also das hab ich nicht aus dem Kopf gekriegt, und wie ich erst vor Kurzem erfahren habe, hat sie ihn wohl auch nicht vergessen können. Jetzt bekomme ich Tim jedes zweite Wochenende und mache eben Karriere.«

»Ah, und die Liebe bleibt dabei auf der Strecke oder wie?«

»Vorerst ja. Durch das Start-up habe ich sowieso keine Zeit für Frauen und das Werben um sie. Und ich will mich auch in Ruhe um Tim kümmern und die Zeit mit ihm genießen. Er wird so schnell groß. Außerdem möchte ich nicht, dass er eines Tages Papa zu einem anderen Mann sagt, verstehst du?«

»Das verstehe ich. Trotzdem – du bist im besten Alter. Du solltest deine Website nutzen, um eine neue Frau zu finden. Du musst ja nichts übereilen.«

»Keine Sorge, früher oder später werde ich diesem Thema auch wieder mehr Zeit und Raum geben. Jetzt im Moment haben in meinem Leben eben andere Dinge Vorrang. Ich habe es nicht eilig, eine neue Frau zu finden. Ich warte einfach darauf, dass es wieder funkt.«

Beim letzten Satz sieht er mir tief in die Augen und grinst. Ich spüre, wie ich rot werde.

Verlegen räuspere ich mich und komme wieder auf den Punkt. »Und was machen wir jetzt mit dem Slogan? Mir wollen partout nur sarkastische Phrasen einfallen«, sinniere ich.

»Nur raus damit, wenn du dich dann besser fühlst. Her mit dem Sarkasmus«, fordert Ralf.

Ich räuspere mich. »Also gut. Wie wär's mit: *Liebe, Sex und Co. – geht auch ohne Griff ins Klo.*«

»Ernsthaft?«, fragt Ralf mit vorgetäuschter Erschütterung.

»Tja, du hast es nicht anders gewollt. Willst du mehr davon?«

Ralf macht ein Verstopfungsgesicht. »Wenn du nicht anders kannst … lass es raus, aber ist das der Sache dienlich? Und weiß dein Chef eigentlich Bescheid über diese dunkle Seite in dir?«

Ich überlege und schaue in den wolkenlosen Himmel. »Mein Chef weiß, dass ich gut in meinem Job bin. Zu gegebener Zeit wird mir auch etwas Zündendes einfallen. Ich habe übrigens noch einen ganz persönlichen, nur für dich.«

»Maßgeschneidert also, ja?«

Ich nicke. »Voilà! *Will die Liebe dich betören, häng ein Schild raus: Bitte nicht stören!*«

Ralf schmunzelt. »Ich weiß ja, wir sind nur geschäftlich hier, und wir kennen uns noch nicht sehr lang, aber darf ich dir trotzdem sagen, dass du eine kleine Meise hast?«

»In meinem Alter bezeichnet man das, bitte schön, als *Schrulle*. Und eigentlich darfst du alles, außer mit mir flirten, dann werden wir ganz sicher gute Freunde.«

Ralf horcht auf und blickt mich direkt an. Seine Augen haben die Farbe eines kühlen blauen Bergsees.

»Bist du auf der Suche nach einem Freund? Also einem Menschen, der über Freundschaft hinaus nichts von dir will?«

Ich zucke mit den Schultern. »Auf der Suche bin ich nicht. Aber wenn ich zufällig einen Menschen treffe, der mich nicht müde macht, dann bin ich vielleicht bereit, eine Ausnahme zu machen. Ich kann und will nicht mehr tun, als momentan alles auf mich zukommen zu lassen und zu lernen, mich selbst wieder zu mögen. Und vielleicht kann ich auch einen Freund gut gebrauchen. Wer weiß?« Ich weiß selbst nicht so recht, weshalb ich das sage, aber die Aussicht auf einen Freund, der nichts von mir will, außer eben Freundschaft, ist verlockend. Für seine schicken blauen Augen kann er ja nichts. Und einen Mann nur als Freund hatte ich noch nie, abgesehen von Lutz, allerdings – da war ich vier Jahre alt und er der Einzige, der in der Kita dafür sorgte, dass ich regelmäßig auf die Schaukel kam. So einen muss man sich einfach warmhalten.

»Gut, denn vielleicht könnte ich auch eine Freundin gebrauchen, mit der ich hin und wieder etwas unternehme, ohne dass sie nur auf das eine aus ist.«

»Also da hast du bei mir rein gar nichts zu befürchten. Wenn jemand auf überhaupt gar nichts aus ist, dann bin ich das. Und du hast mir schon unmissverständlich klar gemacht, dass ich nicht in dein Beuteschema passe. Von daher …«

Die Kellnerin tritt an unseren Tisch. »Darf es noch etwas sein?«

Ralf schaut mich fragend an, woraufhin ich den Kopf schüttle. »Danke, nein«, sagt er daraufhin. »Oder doch, bringen Sie mir bitte die Rechnung.«

Nachdem er bezahlt hat, sitzen wir noch einen Moment so da, und ich schaue auf meinen Notizblock, auf dem es leider genauso trist aussieht wie vor dem Frühstück. Ich klappe ihn zu und verstaue ihn in meiner Handtasche.

»Das war wohl nichts«, sage ich kapitulierend.

»Hm, vielleicht beim nächsten Mal?« Ralf legt seinen Kopf schief und schaut fragend.

»Vielleicht.« Ich stehe auf und strecke ihm zum Abschied meine Hand entgegen. »Danke für das Frühstück«, sage ich.

»Gerne. Ich danke fürs Gespräch. Und wenn ich noch irgendwie helfen kann, ruf mich an, okay? Du hast ja jetzt meine Telefonnummer.«

»Klar, mach ich. Und wenn dir etwas einfällt, schreib ruhig eine WhatsApp-Nachricht«, entgegne ich.

»Bis bald«, sagt er und wartet ab, bis ich mich umdrehe und zum Auto gehe. Ich spüre seine Blicke noch im Rücken, und als ich einsteige, setzt er seinen Fahrradhelm auf. Ich beobachte, wie er auf sein Rad steigt und davonfährt, und denke so bei mir, dass es ein echt nettes Treffen war. Auch wenn er mir bei meiner Arbeit nicht wirklich weiterhelfen konnte.

8

Es ist Montagmorgen. Das Wochenende verging, wie man es von Wochenenden nun mal erwartet, wie im Flug. Den Sonntag verbrachte ich im Schwimmbad, ganz allein. Es war herrlich. Ich hatte mir den neuen Roman von Jojo Moyes in die Strandtasche gepackt und mein gemütliches Nackenkissen, auf dem es sich besonders bequem liest. Ich hatte auch meinen Ideennotizblock dabei, um mir eventuelle Geistesblitze zu notieren, allein ein Geistesblitz blieb – oh Wunder – aus. Ich muss zugeben, das nagt inzwischen etwas an mir. Es ist wie ein mich piesackender großer Mückenstich, der durch äußere Reize immer wieder anfängt zu jucken und inzwischen ziemlich lästigen Schorf bildet. Äußere Reize sind zum Beispiel glückliche Familien, fröhliche Paare, streitende Menschen, überhaupt Leute, die in irgendeiner Beziehung zueinander stehen und miteinander agieren. Wenn ich diese beobachte, und das tue ich, seitdem ich allein bin, ziemlich oft, fängt der noch nicht aufs Papier gebrachte Slogan an zu jucken. Er kreist in meinem Hirn, macht sich dort breit, wabert hin und her, aber er lässt sich nicht greifen, er stört einfach nur. Um mich davon abzulenken, beobachtete ich in kleineren Lesepausen Familien, die sich um ihre meist kreischenden und quengelnden Kinder kümmerten. Eincremen, Essen auspacken, Schwimmärmel aufpusten, die Quälgeister beaufsichtigen, planschen gehen, abtrocknen, erneut eincremen. Es dauerte nur wenige Augenblicke, bis ich bemerkte, wie herrlich es war, meine Ruhe zu haben und mich um nichts als mich selbst kümmern zu müssen. Ein paarmal dachte ich sogar an Rod, wie es war, wenn wir zusammen am See lagen. Josy kam schon lange nicht mehr mit. Seit sie mit Toni zusammen war, verbrachte sie ihre gesamte Freizeit mit ihm oder der Clique, der sie angehörten. Wir Eltern waren meist uncool, peinlich, altmodisch, out, alt und im allerbesten Fall nur von hinten anzusehen. Aber egal, woran ich dachte, immer wieder schloss sich der Kreis mit diesem ätzenden Mückenstich, der einfach nur noch dauerjuckt.

Einige Stellen, an die ich beim Eincremen selbst nicht herankomme, insbesondere der obere Rücken, ziert heute ein leichter Sonnenbrand. Den Rest meines Körpers scheine ich ausreichend geschützt zu haben, sodass meine Haut dezent golden schimmert. Ich liebe den Sommer und die Seen in und rund um Berlin. Es ist eine Leidenschaft von mir, neue Badeorte zu erkunden. Selbst Rod hatte immer Spaß an solchen Ausflügen. Er war früher immer für die Lunchpakete zuständig und hat sich da nie lumpen lassen. Eierbrote, frischer Salat, kleine Buletten und manchmal sogar Hühnerbeine. Für mein Essen bin ich jetzt selbst verantwortlich. Salamibrot und geschnittener Apfel. Nicht ganz so feudal wie Rods Picknickkörbe, allerdings – man kann nicht alles haben. Dafür hatte ich meine Ruhe. Keine Gespräche. Keine Nähe. Keine Anklage. Nur ein leichter Sonnenbrand und die Deadline sitzen mir im Nacken, sonst nichts. Vierzehn Tage habe ich noch, um mir ein gutes Konzept für diese verfluchte Singlebörse aus den Fingern zu saugen, was mich tatsächlich etwas unruhig macht. Und ich spüre, je mehr ich mich anstrenge und auf die Sache konzentriere, umso deutlicher rückt mein Ziel in weite Ferne. So etwas kenne ich gar nicht von mir.

Hinzu kommt, dass sich Ralf seit unserem gemeinsamen Frühstück nicht mehr bei mir gemeldet hat. Ich ertappe mich immer wieder dabei, wie ich verstohlen aufs Handy schiele, weil ich mir einbilde, dass es gepiepst hat. Ich habe keine Ahnung, warum ich das tue, aber ich bin irgendwie davon ausgegangen, dass er sich spätestens Sonntag bei mir meldet. Jedoch: Fehlanzeige.

Als ich nun das Büro betrete, sitzt Cindy überraschenderweise bereits an ihrem Schreibtisch und haut fleißig in die Tasten. Ich überlege kurz, ob das in all der Zeit unserer Zusammenarbeit überhaupt schon einmal vorgekommen ist, da sie einen ausgeprägten Hang zur Morgenmuffelei besitzt, und komme zu dem Schluss, dass wir heute Premiere feiern.

»Guten Morgen«, sage ich und nehme meinen Platz ein.

»Du glaubst es nicht«, flötet sie fröhlich, während sie weiterhin auf ihre Tastatur eintippt und mit der Maus hin und her klickt.

»Was glaube ich nicht?«, frage ich.

»Die Website steht. Ich liege in den letzten Zügen«, vermeldet sie spannungsgeladen.

»Meinst du etwa die Singlebörse?«, frage ich und spüre, wie sich mein Magen unangenehm zusammenzieht.

»Ja klar. Was denn sonst?« Cindy wirft mir einen kurzen irritierten Blick zu.

»Wow«, entfährt es mir. »Dann hast du wohl das ganze Wochenende daran gesessen, oder?«

Cindy winkt mit erhabener Miene ab. »Nein, nur gestern. Aber ich hatte auch wirklich großartige Hilfe.«

Ich horche auf. »Echt? Von wem denn?«

Cindy blickt jetzt auf und schaut sehr geheimnisvoll.

»Nun sag schon.«

»Nur, wenn du es vor Strelitz geheim hältst. Der macht sonst Hack aus mir.«

»Wieso? Was hast du angestellt?«, frage ich.

»Eigentlich nichts. Also nicht direkt …«

»Aber?« Cindy stellt meine Geduld bereits am frühen Morgen auf die Probe.

»Nichts aber. Ich habe mich gestern mit unserem Auftraggeber getroffen.«

»Mit Ralf?«, frage ich und merke, wie sich meine Stimme beinahe überschlägt.

»Ja, genau. Aber es war nur geschäftlich. Wir haben zusammen gefrühstückt.« Cindys Blick gleitet träumerisch aus dem Fenster, von wo aus man einen tollen Ausblick auf Berlin-City hat. Ich spüre, wie gleißende Wut in mir hochkriecht. *Was bildet sich dieser Typ eigentlich ein? Lädt der nacheinander die gesamte weibliche Belegschaft von Strelitz & Partner zum Frühstück ein? Was denkt der, wer er ist? Der verdammte Breakfast-Casanova?* In meine Wut mischt sich dummerweise tatsächlich ein Funken Enttäuschung, den ich zu unterdrücken versuche. Hatte ich doch angenommen, die Einzige zu sein, mit der er sich außerhalb der Firma trifft. Nun ja, weit gefehlt. Ich weiß, dass ich total überreagiere, aber mein Puls rast. Dieser promiskuitive Verräter! Kein Wunder, dass er sich nicht gemeldet hat. Und so einem habe ich mich anvertraut. Wie blöd kann man sein?

»Und … und … und wo habt ihr euch getroffen?«, frage ich und hoffe, nicht allzu neugierig zu klingen.

»Du, ein ganz tolles Restaurant am See im Jungfernheidepark in Spandau. War das idyllisch!«, schwärmt meine Kollegin. »Hach, und er hat so gute Manieren. Und er ist so freundlich.

Und hast du eigentlich schon mal seine blauen Augen bemerkt? Außerdem fährt er Fahrrad und trägt gar nicht immer nur gebügelte Hemden. Ach … und er scheint zu trainieren!«

»Idyllisch, ja? Und gute Manieren? Und seine blauen Augen? Muskeln?«, entfährt es mir. »Wenn das der Chef erfährt, dass du hier mit unserem Auftraggeber herumflirtest, macht der nicht nur Hackfleisch aus dir, dann killt der dich, aber softly! Bist du eigentlich noch bei Trost?«

Cindy wickelt sich nervös eine rote Haarsträhne um den Finger und schaut mich schuldbewusst an. »Aber wir haben doch nur gearbeitet.«

»Natürlich! Nur gearbeitet! Im Haus! Am See! Mit blauen Augen! Und athletischen Oberarmen!«, argwöhne ich. Ich bin stinksauer. Nicht so sehr auf Cindy, dafür umso mehr auf Ralf.

»Doch, doch. Es war alles ganz harmlos, und er war wirklich nur an dieser Website interessiert. Überhaupt nicht an mir.« Nach einem tiefen Seufzer fügt sie noch ein »leider« hinzu, während mir ein klitzekleiner Stein der Erleichterung vom Herzen plumpst.

»Wieso denn jetzt *leider*?«, hake ich nach. »Sag nicht, du hast dich in den verknallt! Er ist unser Auftraggeber! Cindy!«

Und denken tue ich, dass ich es ihr keineswegs verübeln könnte, wenn es tatsächlich so wäre. Er hat wirklich Charme und ein unverschämt gutes Aussehen dazu. Leider.

»Meine Güte. Jetzt mach mal halblang. In vierzehn Tagen ist seine Website am Start, und danach sehen wir ihn im Prinzip nie wieder. Wir sind doch keine Angestellten im öffentlichen Dienst! Was nach dem Job passiert, interessiert hier doch keine Sau.«

Doch mich!, kreischt mein Innerstes, und gleichzeitig will ich, dass es aufhört, mir … mir … mir etwas auszumachen?! Ich verstehe mich selbst nicht mehr. *Ist das etwa Eifersucht in meiner Brust? Ist das jetzt schon wieder so ein … ein … Gefühl? Woher kommen die denn so plötzlich? Ich hatte es mir so bequem ohne sie eingerichtet.*

»Hast ja recht«, höre ich mich sagen. »Ich meinte auch eigentlich nur, dass du auf dich aufpassen sollst. Du hängst an deinem Job, und ich will auch nicht, dass er dir wehtut. Typen wie der haben doch ständig etwas am Laufen mit irgendwelchen … Frauen. Und du darfst auch nicht vergessen, der betreibt eine Singlebörse! Na? Klingelt's da vielleicht bei dir? Der braucht nur ein Knöpfchen zu drücken, dann hat er gleich zehn in der Pipeline. Ich wäre mir ja zu schade für so einen.« *Und außerdem bist du mitnichten die Einzige, mit der er sich zum Frühstück trifft*, füge ich im Stillen hinzu.

»Jasmin. Du. Nee. Der ist nicht so drauf. Der hat sich gerade von seiner Freundin getrennt, mit der er einen gemeinsamen Sohn hat. Der konzentriert sich jetzt erst mal nur auf den Job und in seiner spärlichen Freizeit um das Kind. Für etwas anderes, insbesondere Frauen, hat der doch gar keine Zeit. Außerdem bist du überhaupt nicht der Maßstab. Du bist dir ja auch zu schade für Rod, und das ist nun wirklich unverzeihlich!«

Aha! Ralf hat ihr also genau das Gleiche erzählt wie mir. Sehr interessant. Das ist also seine Masche. Und ich wäre beinahe darauf reingefallen, ich Opfer! Nun gut, nach einundzwanzig Jahren Partnerschaft ist das ein Anfängerfehler auf freier Wildbahn. Ich muss wohl anfangen umzudenken.

»Nee genau, für Frauen hat der gar keine Zeit«, echoe ich und schlucke den aufkommenden Sarkasmus herunter.

»Na ja, also ich wäre nicht traurig, wenn er an mehr interessiert wäre, aber ich befürchte, an ihm beiße ich mir die Zähne aus.«

»Na hoffentlich«, entfährt es mir, und ich ernte einen verständnislosen Blick.

Mein PC fährt hoch, und ich warte gespannt, bis ich mich anmelden kann.

»Übrigens«, beginnt Cindy erneut, »ich wäre längst viel weiter, wenn ich endlich den Namen der Singlebörse und den Slogan von dir erfahren könnte. Das kann doch nicht so schwer sein. Hast du denn schon etwas für mich?«

Ich blase die Backen auf und verdrehe die Augen.

Cindy interpretiert meine Mimik richtig und sagt: »Na toll. Was ist nur los mit dir?«

Ich bin kurz davor, ihr zu erzählen, dass auch ich mich mit Ralf getroffen habe und er mir leider nicht mal ansatzweise so gut helfen konnte wie ihr. Allein Cindys Seifenblase will ich nicht schon am frühen Morgen zerplatzen lassen. Das wäre unfair und auch gemein.

»Ich bin kurz vor dem Durchbruch«, lüge ich deshalb.

»Aha. Was heißt denn kurz vor dem Durchbruch? Hast du wenigstens schon einen Produktnamen?«

»Meine Güte. Nein«, murre ich.

»Und was ist mit dem Slogan?«, piesackt sie mich weiter, und ich bedenke sie mit einem Blick, der ihr eigentlich sagen müsste: *Noch ein Wort, und es knallt.*

»Ist ja gut«, murmelt Cindy, hebt kurz die Hände und wendet sich dann wieder ihrer Arbeit zu. Ich öffne derweil mein E-Mail-Fach und entdecke unter anderem eine Mail von Ralf Conrad. Neugierig öffne ich sie mit einem Doppelklick. Bevor ich die Nachricht lesen kann, öffnet sich ein Fenster, das mir mitteilt, der Absender habe eine Lesebestätigung angefordert. Ich unterdrücke ein ungläubiges Schnauben. Widerwillig klicke ich auf OK, und die Mail öffnet sich. Eine Lesebestätigung benötigt man doch wohl nur, wenn man Geschäftspost versendet oder aber – sollte es privat sein – um nicht den Überblick zu verlieren. Oder ist er am Ende so ein Kontrollfreak? Das hätte ich ihm gar nicht zugetraut. Im Grunde genommen sind das genau die Sachen, die mich so müde machen. Wieso fordern Menschen Lesebestätigungen an?

Nachricht von R. Conrad, Samstag, 18.07.2015, 21:32 Uhr

Guten Morgen, Jasmin,

ich wollte Dir nur kurz schreiben, wie sehr ich unser gemeinsames Frühstück genossen habe. Vielleicht könnten wir das Treffen bald mal wiederholen. Rein freundschaftlich natürlich und von mir aus auch gern abends. Wie wär's?

Liebe Grüße, Ralf

Jetzt bin ich perplex. Glaubt der tatsächlich, ich gehe ein weiteres Mal mit ihm aus, wenn er parallel Cindy datet? Hat der einen Sockenschuss? Mir juckt es mächtig in den Fingern, ihm eine gepfefferte Antwort zu schreiben. Allerdings wäre das taktisch desaströs, da er immerhin noch mein Auftraggeber ist. Verflixt und zugenäht. Außerdem, und das muss ich ihm zugestehen, hat er mir ja klar zu verstehen gegeben, dass ein nächstes Treffen, sollte denn eines zustande kommen, nur rein freundschaftlich wäre. Und Freunde hat man viele. Jedenfalls er, das ist offensichtlich.

»Sag mal, Cindy«, taste ich mich behutsam vor. »Hast du dich eigentlich für ein weiteres Mal mit Ralf Conrad verabredet?« Ich versuche, so beiläufig wie nur möglich zu klingen, und spüre nun Cindys wachsamen Blick auf mir.

»Wieso fragst du?«

»Ach, nur so. Mir liegt dein Glück am Herzen, das weißt du doch.« Und das ist nicht gelogen. Seit ich sie kenne, gerät

Cindy an die falschen Typen, meistens Marke: sexy, verheiratet und bereit zum Seitensprung. Der letzte Mann, mit dem sie zwei Monate liiert war, besaß eine Immobilienfirma in Hamburg und eine komplett eingerichtete Singlewohnung in Berlin. Wie hätte sie ahnen sollen, dass der gute Mann eine Frau und zwei Kinder in Eimsbüttel ebenso sein Eigen nennt? Herausbekommen hatte sie es nur, weil er manchmal das Zimmer verließ, um zu telefonieren, was sie irgendwann stutzig machte.

»Also, er hat nicht angerufen oder so, aber wenn er fragen würde …, warum nicht?«

Aha, ihr hat er also keine E-Mail geschrieben. Sehr interessant! Auch wenn ich es mir nicht so recht eingestehen will, so spüre ich doch einen Funken Erleichterung, was mich nun wieder ärgert. Ich wollte doch nichts mehr fühlen! Und schon gar nicht, wenn diese bescheuerten Gefühle nicht auch irgendwie erwidert werden.

»Ah, das verstehe ich. Nun, vielleicht meldet er sich ja noch bei dir«, sage ich beiläufig, als Strelitz ins Büro fegt.

»Und, gibt's was Neues? Habt ihr was für mich?« Er baut sich vor uns auf und seine für gewöhnlich homoerotische Mundart weicht einem entschlossenen Haifischgeschäftston.

»Ich bin fast fertig«, verkündet Cindy mit klimpernden Wimpern und einem Grinsen im Gesicht, das ich ihr am liebsten verbieten würde.

»Ah, und wieso nur fast? Woran mangelt's, hm?«, will Strelitz wissen, womit er mich stante pede noch mehr unter Druck setzt, da ich nicht nur *fast nicht* fertig bin, sondern obendrein noch überhaupt gar nichts vorzuweisen habe.

»Äh, äh, äh …«, stottert meine Kollegin und schaut mich hilfesuchend an.

Ich atme einmal tief durch und setze eine schuldbewusste Miene auf. »Also, Cindy meinte, sie wäre längst fertig, wenn sie endlich den Slogan und den Markennamen von mir bekäme.«

Strelitz trampelt ungeduldig auf der Stelle. »Willst du mir damit etwa sagen, dass du noch gar nichts hast? Also wirklich gar nichts? Niente? Null? Nada?«

»Tja nun, von wollen kann keine Rede sein«, entgegne ich.

»Also, junge Dame, jetzt wirst du aber nicht auch noch frech!«, schulmeistert mich mein Chef.

»'tschuldigung, aber mal ehrlich, wir haben doch noch vierzehn Tage.«

»Das kann durchaus zutreffen, aber je eher wir etwas präsentieren können, umso wirkungsvoller. Du weißt doch, wie sehr ich Deadlines hasse und wie gerne ich vor dem Termin abliefere. Das macht unsere Firma aus!«, nörgelt Strelitz jetzt doch im weinerlichen Ton.

»Die Deadline werde ich einhalten, Chef, das verspreche ich dir hoch und heilig. Aber wenn du mich unter Druck setzt, machst du es nur schlimmer, das weißt du doch. Gut Ding will Weile haben, also lass uns in Ruhe kreativ sein, okay?«

Strelitz hebt beschwichtigt die Hände. »Ist ja gut. Ich wollte auch gar nicht hetzen. Nur habe ich bereits einen neuen Auftrag an Land gezogen, für den ich euch eigentlich auch bräuchte.« Nervös geht er vor unseren Schreibtischen auf und ab und fasst sich an die Stirn. Das macht er immer dann, wenn er sich selbst unter Druck gestellt fühlt. Wobei das totaler Quatsch ist. Er ist der Chef. Er allein hat die Macht, sich nicht das Messer an die Kehle setzen zu lassen. Außerdem hängt das Wohl unserer Firma nicht an einem einzelnen Auftrag.

»Um was geht's denn?«, fragt Cindy. »Ich bin so gut wie fertig. Ich könnte mich darum kümmern. Den Slogan füge ich dir in drei Minuten ein. Also immer her mit den Aufträgen.«

»Streber«, murmele ich und verdrehe die Augen.

»Es geht um einen weiteren Slogan für eine Selbstbräunerstudiokette.«

»Berlin oder deutschlandweit?«, fragt Cindy.

»Leider nur Berlin. Du kannst dir den Laden ansehen, eine Filiale ist hier ziemlich um die Ecke. Die Adresse habe ich in meinem Büro. Komm doch nachher zu mir.«

»Au, das wäre fein«, jauchzt Cindy. »Das werde ich gleich am Freitag ausprobieren, damit ich auf meiner Geburtstagsfeier am Samstag aussehe wie nach zwei Wochen Malle. Hier sind übrigens die Einladungskarten, ich hoffe, ihr habt euch nichts vorgenommen.« Sie greift in ihre Schreibtischschublade, holt zwei Umschläge hervor und drückt sie uns feierlich in die Hand.

»Hey, du wirst dreißig, meinst du, wir vergessen einen runden Geburtstag? Wo geht's denn hin?«, fragt Strelitz und reißt neugierig den Briefumschlag auf.

»Ins Palace in Mitte, ab zwanzig Uhr. Und tut mir einen Gefallen. Keine Stripper oder andere Anzüglichkeiten! Meine Eltern und Großeltern kommen auch«, warnt sie uns vor.

»Tja, Strelitz, dann musst du den Gogo-Dancer wohl wieder abbestellen«, unke ich und grinse breit.

»Zu spät«, steigt er mit ein, »der ist schließlich schon bezahlt. Aber keine Sorge, der ist ultraheiß, da wird deine Oma Augen machen. Sag ihr, sie soll ihr Riechsalz einstecken.«

Cindy schaut uns entgeistert an. »Das habt ihr nicht drauf!«, haucht sie mit zittriger Stimme.

Ich zucke unbeeindruckt mit den Achseln. »Sei froh, dass es nur ein Stripper ist. Strelitz wollte zuerst diesen Discjockey vom Oktoberfest engagieren, du weißt schon …«

»Nee oder? Der hat doch alle Frauen befummelt und war vor Mitternacht schon sternhagelvoll.«

»Deshalb gibt's jetzt auch den Stripper«, spinne ich den Unfug weiter.

»Genug jetzt, Jasmin. Cindy ist schon ganz blass«, fällt mir mein Chef ins Wort. »Also, ich muss dann auch wieder. Du, Jasmin, lässt dir endlich einen Slogan für den Singleverein einfallen, und deine Deadline für die Bräunungskette, Cindy, ist leider schon Ende nächster Woche. Also legt euch ins Zeug.« Mit diesen Worten verlässt Strelitz unser Büro.

Ich wende mich wieder Ralfs E-Mail zu und beschließe, sie nicht zu beantworten. Pffff, als hätte ich es nötig …

9

»Warst du schon mal im Palace?«, fragt mich Eva. Sie zieht sich gerade die Lippen nach, wirft dabei ihrem eigenen Spiegelbild Luftküsse zu und schmachtet es an.

»Nein, aber ich weiß, wo es ist.«

»Schön, dann kannst ja du fahren«, tönt es aus meinem Wohnzimmer. Während Mike darauf wartet, dass wir endlich aus dem Badezimmer kommen, zappt er sich durchs Vorabendprogramm.

»Nö«, rufe ich zurück, »ich werde heute Champagner trinken und das Fest feiern, wie es fällt!«

»Wohl eher, bis du fällst«, gluckst Eva.

Ich bedenke sie mit einem »Ha ha!« und rufe zu Mike rüber: »Aber wenn du willst, nehmen wir einfach ein Taxi, dann kannst du auch was für Erwachsene trinken!«

»Nein, ist schon gut. Eigentlich habe ich gar keine Lust auf Feiern. Wie schön war es doch früher, als ich immer daheim bleiben durfte und mir mit eurer Tochter einen gemütlichen Abend vor der Glotze machen konnte.«

»Ja, mein Lieber, die Zeiten sind vorbei. Dein Alibi macht jetzt die Bars in San Francisco unsicher. Aber keine Bange, so wild wird die Party sicher nicht. Cindys Eltern und Großeltern kommen auch. Wir müssen uns also gesittet benehmen.«

»Weißt du, wer noch alles kommt?«, fragt Eva.

»Nein, keine Ahnung. Darüber haben wir gar nicht mehr gesprochen. Cindy hatte in der letzten Woche auch ständig Außentermine, sodass wir uns kaum gesehen haben.«

Nachdem Eva und ich weitere dreißig Minuten unser Make-up optimiert, unsere Oberweite gepushupt, die Nägel lackiert und die Augen concealert haben und Mike auf der Couch schon am Wegdämmern war, machen wir uns endlich, bewaffnet mit einem riesigen Blumenstrauß und zwei Geschenkpaketen, auf zur Party des Jahres.

Kurz nach zwanzig Uhr betreten Mike, Eva und ich das Palace. Eine aufgeregte Cindy läuft uns entgegen und nimmt uns überschwänglich in Empfang, und schon beim ersten Hingucken traue ich meinen Augen kaum. Die Haut ihres Gesichtes sieht merkwürdig orange aus, und Cindys Gesichtsausdruck schwankt zwischen bekümmert und hysterisch. *Selbstbräunerunfall* ist das Erste, was ich denken kann und womit ich aller Wahrscheinlichkeit nach auch richtig liege, und dann habe ich Mühe, mir mein Entsetzen nicht anmerken zu lassen.

»Sagt ja nichts!«, raunt sie uns zu, während ich sie umarme und »sch, sch« mache, um sie zu beruhigen. »Alles Liebe zum Geburtstag, Lieblingskollegin!«, sage ich und beiße mir ansonsten auf die Zunge. Ich überreiche meinen Blumenstrauß und das Geschenk und schaue sie fragend an.

»Dieser scheißneue Auftrag«, knurrt sie. »Ich könnte Strelitz töten«, schiebt sie weinerlich nach, während sich Mike in Holzhackermanier sehr frei heraus äußert. »Oh je, angehendes Leberversagen mit dreißig?«, fragt er und grinst Cindy breit an.

»Ach, halt doch die Klappe!«, schimpft diese mit verhaltener Mimik und haut ihm in gespielter Empörung auf die Brust.

Auch Eva gratuliert ihr sehr tapfer, natürlich ohne einen blöden Spruch zu machen, allein ihr Blick spricht Bände. Nach uns, und das schockiert mich fast noch mehr als Cindys rote Rübe, kommt plötzlich Rodney zur Tür herein. Mit Claire im Schlepp. *Das darf nicht wahr sein!* Er nimmt Cindy in die Arme und starrt sie sekundenlang erstaunt an. »Hab ich irgendwas verpasst? Was ist das? Eine neue Form von Orangenhaut?!« Für einen Moment schäme ich mich fremd, aber nur so lange, bis die Stimme seiner Begleitung zum Einsatz kommt.

»Sei doch nicht so trampelig, Rodney«, tadelt Claire. Auch sie beglückwünscht Cindy und bedankt sich für die Einladung. Hätte ich gewusst, dass Cindy Rod samt Begleitung einlädt, hätte ich den Stripper klargemacht, ebenfalls samt Gespielin. Ich möchte platzen vor Wut. Cindy hätte mich zumindest vorwarnen können. Immerhin hält sich nun mein Mitleid bezüglich des Selbstbräunerdesasters in Grenzen. Die Orangenhaut geschieht ihr ganz recht!

»Hast du es mal mit Zitronensaft oder Essig versucht?«, fragt Rods Neue vertraulich an Cindy gewandt.

Ich schnaube. »Wo haben Sie denn den Tipp her? Aus der *marie claire* oder was?«, frage ich mit zynischem Unterton und bereue es sofort, da Rodney drauf und dran ist, mich mit Blicken hinzurichten. Na, der Abend kann ja heiter werden.

»Jasmin«, begrüßt er mich mit kalter Stimme und versucht, dennoch freundlich zu bleiben. »Claire kennst du ja bereits.« Er deutet auf sie und greift nach ihrer Hand, die sich bereitwillig in seine fügt. Ein merkwürdiges Bild, und ich muss plötzlich an unsere Tochter Josephine denken, die von all dem noch nichts ahnt. Und was sie wohl sagen würde, wenn sie ihren Vater und mich und diese Claire jetzt so sehen könnte. Und wenn sie sehen würde, wie einigermaßen unaufgeregt ich reagiere, obwohl ich innerlich sterbe. Na gut, vielleicht nicht sterbe, aber ich leide. Sehr sogar. Und jetzt im Augenblick vermisse ich Josephine wie verrückt. Sie würde stellvertretend für mich ihren Vater anschreien, ihm eine Szene machen und dieser lästigen Begleiterscheinung an seiner Hand die Augen auskratzen. In meiner Vorstellung tut sie das. In Wirklichkeit wäre sie für so ein Theater viel zu gut erzogen. Leider.

»Claire«, sage ich und nicke ihr kühl zu. »Schön, Sie wiederzusehen«, lüge ich. Das Beste wird sein, ich gehe für den Rest des Abends beiden aus dem Weg. Vielleicht lässt es sich ja so in friedlicher Koexistenz leben. Wenigstens für heute. Es geht schließlich um Cindy und nicht um mich. An mir jedenfalls soll dieser Abend nicht scheitern. Ich habe die Trennung gewollt, jetzt muss ich mit den Konsequenzen leben. Auch wenn sie heiß, augenscheinlich sehr viel jünger als ich ist und einen französischen Namen trägt.

Eva hakt mich unter und zieht mich Richtung Bar. Es tut gut, wie sie sich so vertraut bei mir einhenkelt. Es fühlt sich ein bisschen an wie Körpertrost.

»Ist das diese Claire?«, zischt sie mir hinter vorgehaltener Hand zu.

»Genau, das ist sie«, bejahe ich.

»Und wieso bringt er sie mit hierher? Cindy hätte wenigstens *ohne Anhang* sagen können, wenn sie euch schon beide einlädt.«

Ich schaue sie aus großen Augen an. »Da sagst du was! Exakt dasselbe habe ich auch so bei mir gedacht. Ich finde das alles sehr merkwürdig. Vielleicht hat ihm Cindy auch noch keine neue Flamme zugetraut, und er hat sie ohne ihr Wissen einfach mitgebracht. Wer weiß? Zuzutrauen wäre es ihm.«

»Nein, nein«, erinnert mich Eva, »schließlich hat sie sich bei Cindy für die nette Einladung bedankt.

»Stimmt«, gebe ich ihr recht. »Und Rod genießt es jetzt, mir sein neues Glück unter die Nase zu reiben. Dieser Arsch!«

»Zwei Caipirinhas«, ordert Eva, und gemeinsam lassen wir uns an der Bar nieder.

»Kann es sein, dass die um Einiges jünger ist als wir?«, fragt Eva, während sie sich auffällig unauffällig nach Claire umschaut.

»Guck doch nicht auch noch hin«, dränge ich sie.

»Hallo? Ich schaue nur nach Mike, ich glaube, der fällt ihr gleich in den Ausschnitt.«

»Pfff, vor zehn Jahren habe ich so was auch noch tragen können«, sage ich. Claire trägt ein tief dekolletiertes Sommerkleid, das ihren wohlgeformten Busen und die durchtrainierten Arme optisch spektakulär in Szene setzen. Ihre Waden sind die eines Teenagers, wobei ich nicht mal als Jugendliche solche Unterschenkel besaß. Das muss der Neid ihr lassen – sie wirkt natürlich schön. Wenn ich so einen Körper hätte, würde ich ihn zweifelsohne ebenso zur Schau stellen wie sie. Ich höre, wie Mike, Rod und Claire über irgendetwas ziemlich laut lachen, und nehme einen ersten großen Schluck Caipi, um meine Nerven zu beruhigen.

»Und? Wie bekommt dir das Singledasein?«, will Eva wissen.

Ich zucke mit den Achseln. Im Grunde ist das geradezu die letzte, nein, die allerletzte Frage, die ich im Augenblick beantworten möchte, trotzdem reiße ich mich zusammen und sage: »Eigentlich ganz gut. Bis jetzt ist alles ziemlich unspektakulär.«

»Wie war denn das Frühstück mit deinem Date, das gar keines war?«

»Ganz nett, und es war tatsächlich kein Date. Der ist einer von der Sorte, die versucht, ziemlich vielen Frauen gleichzeitig den Kopf zu verdrehen. Ganz ehrlich, das brauche ich gerade überhaupt nicht.«

»Was brauchst du nicht?«, hakt Eva nach.

»Na, du weißt schon, einen, bei dem du nie sicher sein kannst, woran du bist. Dafür bin ich mir zu schade. Mir ist inzwischen sehr klar, was ich will. Und vor allem auch, was ich nicht will.«

Wie aufs Stichwort gesellt sich von hinten kein Geringerer als Ralf Conrad zu uns. Er muss die letzten Worte, die ich gesprochen habe, mit angehört haben, denn er fragt: »Ich habe da so eine Ahnung, was unsere Jasmin nicht will.«

»Ach?« Ich ziehe eine Augenbraue hoch. »Das weißt du also?« Seit der letzten Mail, die ich unbeantwortet ließ, habe ich nichts von Ralf gehört.

»Nun ja, zumindest kenne ich zwei Dinge, die du nicht magst.«

Eva lächelt breit. »Da bin ich jetzt aber mal gespannt«, sagt sie und mustert den gut aussehenden Ralf von oben bis unten. Optisch gefällt er ihr, das erkenne ich an ihrem Gesichtsausdruck.

»Zuallererst reagiert sie ungern auf E-Mails.«

»Falsch«, falle ich ihm ins Wort. »Ich reagiere ungern auf ganz bestimmte E-Mails.«

»So lass mich doch bitte aussprechen – und zweitens hat Frau Klinger offenbar genug Freunde, um keine neuen in ihr Leben zu lassen.«

»Wieder falsch«, sage ich und nehme noch einen Schluck Caipi.

»Und warum hast du dann nicht auf meine Mail reagiert?«, fragt er mich und schaut mich aus seinen stechend blauen Augen an.

»Ja«, mischt sich Eva ein, »wieso antwortest du nicht auf seine Mails?«

Ich überlege fieberhaft. Sollte ich ihm auf den Kopf zusagen, dass ich von der Sonntagsverabredung mit Cindy weiß? Lieber nicht. Es ist schließlich sein gutes Recht, sich mit anderen Frauen zu verabreden. Trotzdem ärgert es mich, dass er es so offensichtlich tut.

Ich räuspere mich. »Also, wie du vielleicht weißt, habe ich einen Auftraggeber, für den ich mir einen Slogan ausdenken soll, was sich momentan als ziemlich schwierig erweist. Und wenn ich mich mit dir treffen würde, hätte ich das Gefühl, abliefern zu müssen. Es hat sich ja gezeigt, dass du mir keine besonders große Hilfe bist.« Die Ausrede muss jetzt einfach reichen.

»Ach?«, wendet sich Eva nun an Ralf. »Du bist also das Date, das eigentlich keines war.« *Wie peinlich. Kann sie nicht einfach nur die Klappe halten?*

»Hör doch mal auf, dich da jetzt einzumischen.« Ich funkele sie an.

»Lass sie doch«, fährt mir Ralf über den Mund und grinst frech. Mein Geduldsfaden will reißen. In drei Metern Entfernung turteln mein Mann und Mike mit dieser Jolie für Arme, und hier will man mir die Worte im Munde umkehren.

»Was machst du überhaupt hier?«, frage ich Ralf.

»Na was wohl? Ich bin zur Party eingeladen.« Er guckt mich verwundert an.

»Wenn ihr beide meint, dass das so sinnvoll ist, Geschäftliches mit Privatem zu vermischen …«, sage ich, ohne den Satz zu beenden.

Noch bevor Ralf auf meine Äußerung antworten kann, stößt wie aufs Stichwort die Orange zu uns. Ich beobachte Ralf dabei, wie er Cindy begrüßt. Küsschen rechts, Küsschen links, und dann gratuliert er ihr mit einem warmen Händedruck. Orange-Cindy schmachtet ihn unter ihren extra für heute aufgeklebten Wimpern freudestrahlend an und bedankt sich, indem sie ihm vertrauensvoll über seinen Arm samt Bizeps streichelt. Dann wendet sie sich an uns: »Auch wenn ihr euch an der Bar am wohlsten fühlt, im hinteren Raum ist für uns gedeckt. Wir können essen.«

Wir gehen hinüber in den Saal und setzen uns an einen großen ovalen Tisch, an dem schon Cindys Eltern, ihre Großeltern und Strelitz Platz genommen haben. Auch ihre Cousine Anja und deren Mann Torsten sowie zwei weitere Freundinnen namens Lisa und Katrin sind ins Gespräch vertieft. Wir begrüßen uns gegenseitig und setzen uns dazu. Links neben mir platziert sich Eva, und rechts lässt sich ungefragt Ralf nieder. Direkt uns gegenüber nehmen Rod und Claire Platz. *Auch das noch!*

»Mit Tischkärtchen wäre das nicht passiert«, raunt mir Eva hinter vorgehaltener Hand zu. Ich lächle gequält und frage mich, wie ich den Abend unbeschadet überstehen soll. Ich spüre, dass Claire mich immer wieder taxiert, was mich ziemlich nervös macht. Ständig treffen sich unsere Blicke, abschätzend und scheu. Und in Sekundenschnelle prallen sie aneinander ab wie zwei Bälle, die man aus Versehen gegeneinander geworfen hat. Eigentlich will man seiner Konkurrenz, wenn man sie denn so nennen möchte, ja zeigen, dass man die Coolere von beiden ist. Dass es einem nichts ausmacht, mit anzusehen, was für tolles glänzendes Haar die andere hat oder wie der Ex die Hand der Neuen hält, und schon wieder tut Rodney genau das. Verstohlen blicke ich auf die ineinander verschränkten Hände und sehe, wie Claire gedankenverloren mit ihrem Daumen über die Narbe auf seinem Handrücken fährt. Eine Narbe, die er sich vor Jahren meinetwegen zugezogen hat. Sie gehört also mir. Ich will nicht, dass sie unsere Erinnerung streichelt. Rodney ist damals mitten in einer tiefschwarzen Augustnacht über einen rostigen alten Zaun geklettert, um mir eine Rose aus dem Vorgarten einer Stadtvilla zu pflücken, und hat sich dabei am kaputten rostigen Maschendraht verletzt. Was für ein Akt der Liebe! Noch heute sehe ich den grässlichen Riss und seinen Versuch, die starke Blutung mit einem Trainingsshirt aus seiner Sporttasche zu stillen. Und ich weiß noch genau, wie er später blässlich und mit trotzdem stolzem Blick auf dem Badewannenrand saß, während ich die Wunde reinigte und verarztete. Beinahe spüre ich jetzt im Augenblick die andere, unverletzte Hand unter meinem T-Shirt, die währenddessen meine Brust liebkoste. Und plötzlich ist er da, der Schmerz. Meine Seele brennt bei dem

Gedanken, dass er mir nie wieder dieses liebliche Verlangen entlocken wird wie einst in jenen Tagen, in denen noch alles ganz frisch, sehr romantisch und neuartig war. Da reichte nur eine Berührung, mich zu entflammen. Was sag ich? Ein stummes Lächeln und ein tiefer Blick in seine Augen allein machten mich willenlos, brachten meine Hormone in Wallung.

»Na? Und schon einen Slogan gefunden?«, holt Ralf mich aus meinen Gedanken, worüber ich froh bin, weil mir völlig irrational Tränen aufsteigen wollen.

»Nein, Ralf, mir ist noch nichts eingefallen. Aber du wirst der Erste sein, der erfährt, wenn mich die Muse küsst.«

»Hört! Hört!«, ruft Rod aus, der uns offenbar belauscht hat. »Jasmin will sich küssen lassen. Das ist ja mal was ganz Neues.« Alle Köpfe fliegen in meine Richtung.

»Danke für die Steilvorlage«, zische ich Ralf zu. Dann schaue ich Rodney zum ersten Mal an diesem Abend direkt in die Augen. Er ist das genaue Gegenteil von Ralf. Seine Augen sind braun und seine Haare beinahe schwarz, nur ganz vereinzelt gesellen sich inzwischen an den Schläfen graue hinzu, was ihm wirklich gut steht. Rodney sieht fantastisch aus. »Du kennst aber schon den Unterschied zwischen einer Muse und einem Claire-Werk, oder?«, spiele ich den Ball an ihn zurück. Ich spüre beinahe körperlich, wie jeder hier am Tisch die Luft anhält. Eva legt ihre Hand auf meinen Schoß.

Claire schnappt nervös erst nach Luft, dann nach ihrem Sektglas und kippt die Hälfte mit einem Satz hinunter.

»Und, was machen Sie so beruflich?«, fragt Eva an Claire gewandt.

Meine Freundin, unverkennbar Psychologin, greift in die Farce ein und lenkt damit gekonnt von mir auf den ursprünglichen Störenfried in dieser Runde. Ausgezeichnet.

»Ich, äh …, ich bin Fitnesstrainerin«, stottert sie verlegen, als hätte sie uns gerade gebeichtet, der Prostitution zu frönen.

Na klar. Fitnesstrainerin, denke ich. Er wird sie im Studio kennengelernt haben. Rodney trainiert seit einem Jahr. Nachdem er sich einen Bandscheibenvorfall zugezogen hatte, musste er erst in die Reha, und danach hatte er sich ein Studio gesucht, um seine verkümmerte Rückenmuskulatur zu reaktivieren.

»Ist ja auch eher so ein Nischenberuf, oder?«, erkundigt sich Cindys Großmutter distinguiert.

»Äh, wieso?«, fragt Claire und fasst sich betroffen an den straff trainierten Brustmuskel.

»Na ja, ich meine, das ist doch kein richtiger Beruf. So was kann man machen, wenn man jung ist, aber werden Sie mal vierzig, da fängt es schon an, hier und da zu ziehen. Sie wissen schon, die Zipperlein.«

Ob des Kommentars der alten Dame und der nun entgleisten Mienen meiner beiden Gegenüber möchte ich ein wenig vor mich hin lachen. Geht natürlich nicht, daher huste ich einmal kräftig in meine Faust, um Selbstbeherrschung bemüht.

Jetzt räuspert sich Rodney und schlägt mich und Cindys gesamte Gastschar mit nur einem einzigen beschissenen Satz k.o. »Da muss ich Sie leider enttäuschen. Ich weiß, man sieht es ihr nicht an, aber Claire *ist* zweiundvierzig und immer noch so gelenkig wie eine Zwanzigjährige.«

Betretenes Schweigen. Offene, staunende Münder, und da nehme ich mich nicht aus.

Rodneys Mund umspielt ein James-Bond-Lächeln, während er fortfährt: »Wenn man sich fit hält, kann man diesen Beruf auch bis sechzig ausüben. Man muss ja dann kein Streetdance oder Lambada mehr unterrichten.«

Claire nickt zustimmend. »Wobei ich mir auch das mit sechzig zutraue. Solange man im Herzen jung bleibt – was mir nicht schwerfällt mit meinen drei Kindern.«

»Sie ist zweiundvierzig und hat drei Kinder? Und noch so einen Körper«, grummelt mir Eva betroffen ins Ohr und präsentiert mir ihr What-the-fuck-Gesicht. Völlig unnötig, da mich diese Info ebenso schockiert wie sie und alle anderen Anwesenden.

Ich kann überhaupt nicht mehr aufhören, ihre schlanken, durchtrainierten Arme anzustarren, und das hat nichts damit zu tun, dass sie ausgerechnet neben meinem Mann sitzt und mit neunundneunzigprozentiger Wahrscheinlichkeit ihren Spagat auf ihm übt. Viel eher bin ich empört, dass sie genau mein Alter hat und tatsächlich zehn Jahre jünger aussieht als ich, dreimal so viele Kinder bekommen hat. Eine nonverbale Ohrfeige mitten in mein krähenfüßiges Gesicht. Frechheit!

»Nun ja«, ätze ich. »Die einen arbeiten eben mit dem Geist und die anderen mit dem Körper. Jeder, wie er kann.«

Ich erhebe als Einzige mein Glas und genieße Claires herabstürzende Mundwinkel. *Wie schön.*

»Und, Kindchen«, wendet sich Cindys Großmutter an ihre Enkelin, »erzählst du uns nun endlich, wieso du aussiehst wie eine Karotte?«

Cindy seufzt tief und beginnt die Selbstbräunerunfall-Story zu erzählen, deren Ausgang für jedermann unübersehbar ist. Ich höre nur mit halbem Ohr hin, da mich die Zahl zweiundvierzig in Kombination mit drei Kindern noch in Beschlag nimmt. Währenddessen wird der erste Gang serviert. Eine Kürbiscremesuppe, die zufällig den gleichen Farbton hat wie das Geburtstagskind, was die Gäste zu weiteren Scherzen animiert und mich auf eine geniale Idee bringt. Ich werde Cindy vorschlagen, dass sie sich um meinen Liebesslogan kümmern darf, wenn ich ihren Tanningauftrag bekomme. Das ist nur fair. Ich kann momentan nichts mit dem Thema Liebe anfangen, und ich denke, sie wird den Hals voll haben vom Selbstbräuner.

Der Rest des Essens verläuft eher steif, besonders in meinem näheren Umfeld wird verkrampft geschwiegen. Ich muss an frühere Feste denken. Meist war es so, dass Eva und ich uns unterhielten, während Mike und Rod sich den neuesten Männertratsch erzählten. Mike ist jetzt in einer prekären Situation. Er will seiner Frau gegenüber loyal sein, die wiederum mir gegenüber loyal ist. Das ist nicht einfach, da er, wenn er mit Rod spricht, auch irgendwie gezwungen ist, Claire ins Gespräch mit einzubeziehen. Das verbietet sich aber, da er in erster Linie seiner eigenen Frau und in zweiter Linie deren bester Freundin, also mir, gegenüber verpflichtet ist. Das alles ist natürlich totaler Blödsinn. Aber gefühlt läuft es gerade genauso ab. Auch ist niemand mehr besonders scharf darauf, die mediale Aufmerksamkeit auf sich zu lenken. Deshalb schweigen wir mehr oder weniger betreten und einvernehmlich in unsere Kalbsmedaillons, was auch Cindy nicht entgeht. Einerseits tut sie mir irgendwie leid, andererseits frage ich mich immer noch, was sie sich wohl dabei gedacht hat, uns alle zusammen an diesen runden Tisch zu setzen. Ihr hätte doch klar sein müssen, dass dieser Schuss nach hinten losgeht. Blöderweise werden sogar drei Gänge serviert, die von allen Beteiligten mehr oder weniger schweigend hinuntergeschlungen werden, nur damit man sich so schnell wie möglich in lockerer Atmosphäre endlich an die Bar zurückziehen oder in eine andere Ecke des Saals verkrümeln kann, um endlich ungestört über wen auch immer abzulästern. Irgendwie beobachten wir uns alle gegenseitig verstohlen. Ich Rod, er mich, ich Claire, sie mich, ich Ralf, er mich, Rod Ralf, Ralf Rod. Jeder beäugt jeden, und jeder versucht, auf das Gedankenkarussell des anderen aufzuspringen, was natürlich nicht gelingt. Ich zum Beispiel frage mich, ob Rodney denkt, dass Ralf zu mir gehört. Wenn ich diese These weiterspinne, fragt er sich doch bestimmt, ob wir ein Paar sind und schon miteinander geschlafen haben. Das Gleiche frage ich mich nämlich über Rodney und Claire. Ich kann es mir einfach nicht vorstellen, dass er sich so kurz nach seinem Auszug schon auf etwas Neues einlässt. Ich kenne Rodney einfach zu gut, um ihm dieses Schauspiel – mehr ist es in meinen Augen nicht – abzunehmen. Dafür hat er im letzten Jahr zu verbissen um mich, um uns und unsere Ehe gekämpft. Immer wieder wollte er von mir wissen, wie ich das, was wir haben, so mit Füßen treten kann. Eine Antwort darauf bin ich ihm infolge meiner Unfähigkeit, die Wahrheit auszusprechen, schuldig geblieben. Rodney kennt sie bis heute nicht. Und von mir wird er sie auch nie erfahren.

10

Es ist kurz vor Mitternacht. Die Party ist in vollem Gange, und ich sitze neben Eva an der Bar mit dem Rücken zur Tanzfläche, die knackevoll ist. Zur Party sind nach dem Essen noch viele Leute aus der Agentur sowie einige von Cindys Freundinnen gekommen, die sie noch aus dem Studium kennt. Vermutlich hatten es die Spatzen von den Dächern gepfiffen, dass sie heute groß ihren Dreißigsten feiert, denn sie hatte, was ihre Gäste betrifft, schon um zweiundzwanzig Uhr den Überblick verloren. Ich selbst habe bis jetzt noch kein einziges Mal getanzt. Die Ausrede, ich sei schon zu angeschickert, ging bis jetzt bei allen Männern durch, die mich auffordern wollten.

»Wir haben noch gar nicht.« Ralf wanzt sich von hinten an mich heran, legt distanzlos sein Kinn auf meiner Schulter ab und lächelt breit. »Komm schon, liebste Freundin, schenk mir ein Tänzchen.«

»Guck lieber, ob du was Junges, Blondes, Üppiges findest«, sage ich und grinse breit.

Ralf lacht auf. »Ich habe für den heutigen Abend mein Beuteschema geändert, und du passt perfekt hinein.«

Jetzt muss ich auch lachen. Ralf scheint, wie ich, auch nicht mehr ganz nüchtern zu sein, was mich nicht weiter stört, und irgendwie ist es vielleicht gar nicht schlecht, wenn ich mir mal die Füße vertrete. Also stehe ich auf und lasse mich von ihm auf die Tanzfläche ziehen.

Seit etwa einer halben Stunde spielen sie Hits der Siebziger, Achtziger und Neunziger, was mir gefällt, weil mich diese Musik an eine unbeschwerte Zeit in meinem Leben erinnert. Als Ralf mich nun an sich zieht, spielt plötzlich Kim Carnes mit *Bette Davis Eyes*. Na klar, ein Rod-Lied. Zu diesem Lied tanzten wir auf unserer Hochzeit. Meine Augen wandern über die Köpfe der Tanzenden hinweg, suchen und finden ihn. Als sich unsere Blicke treffen, schauen wir nicht weg. Ich weiß nicht, wer von uns beiden wen gefangen hält, loszulassen jedoch ist gerade unvorstellbar. Unsere Augen reden miteinander. Weißt du noch? Klar, weiß ich noch. Für einen kurzen Moment halte ich meinen Mann in den Armen, der gerade *ja* zu mir oder besser *ja* zu uns gesagt hat. Ein eiskalter Schauer läuft mir über den Rücken, und tief in mir drinnen schmerzt das Bedauern. Das Bedauern über unser Scheitern. Unsere Blicke sind immer noch ineinander verhakt, als Ralf mich plötzlich eine Drehung vollführen lässt und Rod und mich damit auseinanderreißt. Mir ist ein wenig schwindlig. Vom Tanzen, vom Alkohol und von den Blicken meines Mannes, der immer noch diese andere Frau in seinen Armen hält. Wieso tut er das? Wieso muss er sie hierherbringen, sie vor all meinen Freunden und Arbeitskollegen präsentieren? Will er mich herausfordern? Oder demütigen? Ralf zieht mich enger an sich. Ich bin mit meinem Gesicht ganz nah an seinem Hals. Ich kann ihn riechen und stelle fest, dass ich ihn sogar recht gut riechen kann. Er duftet nach einem edlen Männerparfum. Ich kenne es nicht, aber irgendwie macht es mich an. Wir tanzen sehr eng, und unsere Körper schmiegen sich aneinander. Kein unangenehmes Gefühl, nein, sogar ziemlich sexy.

»Wirst du nächste Woche mit mir essen gehen?«, fragt er unvermittelt, und ich spüre seinen Atem beim Sprechen an der empfindlichen Haut meines Halses.

»Wieso sollte ich?«, frage ich zurück, ohne ihn anzusehen. Meine Arme liegen locker auf seinen Schultern, und seine Hände ruhen auf meinen Hüften, kurz über meinem Po.

»Weil gute Freunde doch gerne mal gemeinsam essen gehen können, schon vergessen?«

»Ich bin mir noch nicht ganz sicher, ob wir wirklich Freunde werden sollten«, sage ich, ziehe den Kopf etwas zurück und lächle ihn an.

»Oh, ich dachte, über diesen Punkt seien wir längst hinaus.«

»Tja nun. Wie soll ich es sagen? Ich weiß, dass du auch mit Cindy frühstücken warst, und falls da irgendetwas zwischen euch beiden läuft, möchte ich nicht dazwischenfunken, weißt du?«

Ralf grinst. »Ach, so ist das? Das Treffen mit Cindy war doch nur geschäftlich.«

»Nun, das war unser Frühstück zuerst auch.«

»Ja schon, aber wir hatten uns doch darauf geeinigt, dass wir versuchen wollen, Freunde zu werden. So eine Abmachung habe ich mit Cindy nicht getroffen. Du kannst sie fragen.«

Jetzt muss ich lächeln. »Was du nicht sagst.«

Wir tanzen eine Weile schweigend weiter, wiegen uns zum Takt der Musik. Unsere Körper berühren sich an Stellen, die ich lange nicht gespürt habe. Und irgendwie bin ich wie elektrisiert. Meine Brüste berühren seinen harten Oberkörper, und unsere Hüften treffen beim Tanzen immer wieder aufeinander. Ich hatte vergessen, wie vertraut so ein Tanz sein kann. Ich spüre Ralfs Fingerspitzen auf meinem Rücken, und es fühlt sich an, als würde er mich streicheln. Plötzlich greifen meine Hände in seinen Nacken, und im nächsten Moment bin ich selbst erschrocken über diese intime Geste. Unsere Gesichter sind dicht nebeneinander. Ich kann die Wärme seiner Haut spüren, ohne dass wir uns berühren. Ich spüre, wie Ralf mich noch näher an sich heranzieht, und atme tief ein.

»Hier steckt ihr also!«, ruft Cindy lauthals zwischen uns und reißt uns irgendwie auseinander. Sie nimmt uns beide gleichzeitig in den Arm und durchbricht den Zauber oder das, was auch immer eben zwischen uns war.

»Jetzt bin ich mal dran«, nörgelt sie und schmeißt sich Ralf an den Hals. Ralf runzelt die Stirn und sucht meinen Blick. Seh ich Bedauern in seinen Augen? Ich hebe beide Hände und zeige mit dem Daumen Richtung WC. »Wollte mich sowieso mal rasch frisch machen«, rufe ich und kämpfe mich nun durch die tanzenden Menschen. Ich öffne die Tür zu den Toiletten und laufe direkt in Rodneys Arme. Auch das noch. Ich bin noch ganz durcheinander vom Tanz mit Ralf, deshalb will ich einfach weitergehen. Ich senke den Blick und will mich an Rod vorbeistehlen.

»Hey, nun warte doch mal«, sagt er und greift nach meiner Hand. Ich bleibe stehen und lass es zu. Irgendwie ist gerade alles so surreal. Der Tanz mit Ralf, die Angst, Rodney an diese Claire zu verlieren. Meine Gefühle stehen kopf, und eigentlich sollten sie das nicht. Der Alkohol tut sein Übriges. Wir sind allein in diesem Flur. Von draußen ertönt auf einmal der Soundtrack aus *Pulp Fiction*, unserem Lieblingsfilm: *Girl You'll Be a Woman Soon*, und Rodney muss lächeln. »Zwei Zufälle hintereinander … oder hast du nachgeholfen und dir die Lieder gewünscht?« Ich lächle auch, weil es naheliegend ist, dass ich genau das getan habe. Insbesondere, wenn man dieses Lied hören möchte, muss man es sich in der Regel wünschen. Auf die Idee, es von allein zu spielen, kommen die wenigsten DJs. Und schon gar keiner, der nur die gängigen Radiohits spielt. Rod macht einen Schritt auf mich zu und zieht mich in seine Arme. Ich lass es zu, genieße einen Augenblick seine Nähe. Lege meinen Kopf an seine Brust und schließe die Augen. Wir tanzen plötzlich. Weil wir schon immer zusammen zu diesem Lied getanzt haben. Er weiß, wie sehr ich es liebe, und unsere Körper bewegen sich dazu.

Bis mich Rod sanft an die Wand drückt. Er hält mich fest, und ich lass es zu, und es fühlt sich plötzlich so gut und so richtig an. So vertraut und so, als wäre es eben noch nicht vorbei. So, als würde es Claire nicht geben.

»Weißt du eigentlich, wie sehr ich dich vermisse?«, fragt Rod mit rauer Stimme.

Ich berühre seine Wange, die feine Haut unter seinen Augen, die so vertraut ist, und nicke. »Hast du sie schon gevögelt?«, frage ich. Es klingt härter als beabsichtigt, und ich schäme mich dafür, dass ich so direkt bin.

Rod schaut mir direkt in die Augen. »Spielt es denn eine Rolle?« Dann lässt er mich los und geht. Mir ist übel. Ich bin traurig. Ich habe die falsche Frage gestellt. Er fragte mich, ob ich weiß, wie sehr er mich vermisst, und ich frage, ob er Claire vögelt. Toll, Jasmin, ganz toll gemacht. Die Tür springt auf, und zwei lachende Frauen betreten den Flur. Ich straffe mich und gehe endlich zur Toilette. Als ich wieder herauskomme, erschlägt mich die laute Musik beinahe. Ich will nach Hause. Ich suche die Tanzfläche nach Eva ab, doch ich kann sie nirgends finden. Vielleicht sind Mike und sie schon nach Hause gefahren, ohne mir Bescheid zu geben. Ich sehe Cindy, sie tanzt inzwischen allein. Ralf hat es also geschafft, sich von ihr loszureißen, kein ganz leichtes Unterfangen, wie ich mir vorstellen kann. Cindy hat eine Schwäche für Ralf, so viel steht fest, sonst wäre sie uns nicht in die Parade gefahren.

Plötzlich werde ich von hinten umfasst. Ich drehe meinen Kopf und sehe, dass es Ralf ist, der hinter mir steht.

»Ich fahre heim!«, rufe ich über die Musik hinweg in sein Ohr.

Er nickt. »Wollen wir uns ein Taxi teilen?«

»Rein freundschaftlich?«, frage ich zurück, und auf seiner Wange erscheint ein Grübchen zur Antwort.

Mühsam schlängeln wir uns durch die tanzende Menschenmenge bis hinaus auf die Straße. Ich atme tief die laue Nachtluft ein. Es sind immer noch mindestens fünfundzwanzig Grad.

»Und? Soll ich wirklich ein Taxi rufen, oder wollen wir noch weiterziehen?«, fragt Ralf.

Ich zucke mit den Schultern. »Es ist nach Mitternacht. Aschenputtel gehört ins Bett.«

»Okay«, sagt Ralf, holt sein Handy hervor und ruft die Taxizentrale an. Es dauert keine fünf Minuten, bis der Wagen vorfährt. Gemeinsam steigen wir ein. Ich nenne meine Adresse, und Ralf sagt nichts. Wir sitzen schweigend nebeneinander auf der Rückbank. Unsere Hände liegen nebeneinander, müssten sich nur ein kleines Stück bewegen, um sich zu berühren. Aber tun Freunde so was? Halten sie sich an den Händen, wenn sie nur Freunde sein wollen?

Wir sind angekommen.

»Vierzehn Euro«, sagt der Fahrer, und ich reiche ihm fünfzehn.

»Magst du weiterfahren?«, frage ich, an Ralf gerichtet, und stelle ihn damit nun irgendwie vor die Wahl. Er schüttelt den Kopf und steigt aus. Ich auch. Das Taxi fährt fort, und wir stehen uns gegenüber.

»Und nun?«, frage ich und schaue zu Boden.

»Ja, was nun?«, fragt Ralf zurück und lächelt.

»Ich weiß es auch nicht. Was machen denn gute Freunde so für gewöhnlich nach Mitternacht? Ich bin ein wenig aus der Übung, musst du wissen«, sage ich.

Ralf kommt einen Schritt auf mich zu und nimmt meine Hand. »Ich weiß es, ehrlich gesagt, auch nicht. Ich weiß nur eines.«

»Und?«

Er legt verschämt den Kopf auf die Seite. »Ich weiß nicht, ob ich das, was ich denke, aussprechen sollte.«

»Wieso nicht?«, frage ich.

»Weil es unsere Freundschaft gefährden könnte.«

»Oh, vielleicht behältst du es dann doch lieber für dich«, schlage ich vor.

»Zu spät«, sagt er, macht einen Schritt auf mich zu und nimmt mein Gesicht in seine Hände. Langsam, fast wie in Zeitlupe senken sich seine Lippen auf meine, und ich lasse es zu. Ich schließe die Augen und erwidere den Kuss. Er fühlt sich gut an, und wenn ich bis jetzt der Meinung war, dass ich nichts mehr empfinden kann, so belehrt er mich gerade eines Besseren. Mein Körper steht in Flammen.

»Nimmst du mich mit rein?«, fragt er, als er kurz innehält. Ich nehme seine Hand und gehe vor. Ich schließe die Haustür auf und drehe mich zu ihm um.

»Gib mir noch Zeit, okay?«, flüstere ich, gehe durch die Tür und schließe sie schnell. Mein Herz pocht mir bis zum Hals, so aufgeregt bin ich. Ich verharre einen Augenblick, warte, ob er noch mal leise an die Tür klopft, doch da kommt nichts. Und ich finde, ich habe das ganz anständig hinbekommen. Früher war es so, dass man am ersten Abend nur küsste. Wann haben sich die Regeln dafür eigentlich geändert? Mit der Emanzipation? Mit dem Alter? Doch, Lust hätte ich schon verspürt auf zügellosen, ungehemmten Sex, auf Intimität. Aber wo hätte mich das hingebracht? Und … ich wäre danach keine andere gewesen. Ich wäre wieder nur die Jasmin gewesen, die es nicht fertigbringt, ihrem Mann reinen Wein einzuschenken. Es ist gut, dass ich Ralf weggeschickt habe. Eine Nacht mit ihm hätte mein Leben nur unnötig verkompliziert. Ich gehe die Treppen hinauf zu meiner Wohnung und schließe die Tür auf. Ich streife die Schuhe von meinen Füßen, ohne das Licht einzuschalten.

Ich gehe zum Esstisch und schaue auf meinen PC. Elf verpasste Skype-Anrufe. Mein Herz schlägt bis zum Hals. Josephine. Irgendetwas muss passiert sein. Ich schaue auf die Uhr. Nach eins. Wie spät ist es dann in San Francisco? Minus neun Stunden. Also ist es dort vier Uhr nachmittags. Ich wähle mich ein, während ich schlagartig nüchtern bin. Es klingelt, ein Mal, ein zweites Mal.

»Mama?«, sagt meine Tochter, während sich ihr Bild aufbaut.

»Ja, ich bin hier. Was ist passiert, mein Schatz?«

Ich hypnotisiere den Bildschirm, will wissen, was los ist.

»Nichts. Also nichts Schlimmes.«

»Hey, du hast mir einen Riesenschrecken eingejagt, du Verrückte.«

Das Bild hat sich vollständig aufgebaut. Ich sehe, dass es ihr gut geht, nur ihre Augen sehen verheult aus.

»Du hast geweint, Josy. Was ist los bei dir? Komm schon. Erzähl.« Ich setze mich auf den Küchenstuhl, würde am liebsten in den PC greifen und Josy in meine Arme ziehen.

»Hol erst Papa, ich hab euch was zu sagen. Das sind Freudentränen.« Es ist das erste Mal, dass ich wegen Rodney lügen muss.

»Du, der Papa schläft schon. Du sagst es mir, und ich spreche morgen früh mit ihm, okay? Wir waren bei Cindys Geburtstag, und er hat einen über den Durst getrunken.«

»Na gut, okay, also bist du bereit?«

»Klar, was ist los? Nun sag schon endlich, damit ich auch ins Bett komme. Es ist nach Mitternacht, Spatz.«

Josy greift nach etwas, hält es hoch, und ich sehe, dass es eine Hand ist. Ihre Hand hält eine andere.

»Oh nein, du hast dich verliebt«, sage ich, »das ging aber schnell«, murmele ich mehr zu mir, als dass ich es laut ausspreche. Ich muss an Toni denken. Daran, wie verletzt er war, als Josy ihm sagte, dass sie für ein Jahr nach San Francisco geht.

Meine Tochter zieht die Hand, die sie hält, zu sich heran, und jetzt bin ich wirklich erleichtert, denn zum Vorschein kommt Toni. Er umarmt Josy von hinten und lächelt in die Kamera.

»Hey, Toni«, lache ich und merke, wie mir eine Träne der Rührung über die Wange läuft. »Was machst du denn da?«

Er küsst Josy auf den Scheitel, hält sie fest umschlungen und sagt: »Ich habe es nicht mehr ausgehalten. Ich hole sie heim.«

»Wie? Was heißt das, du holst sie heim?«

»Mama«, fällt ihm Josy ins Wort, »wir kommen nach Hause. Ich breche meine Zelte hier ab. Es war ganz nett, aber zu Hause ist es eben doch am schönsten.«

Mir wird flau im Magen. Wenn sie zurückkommt, heißt das, Rodney muss zurückkommen, oder aber wir müssen uns outen. Unsere Trennung bekannt geben. Einen Schritt nach vorn tun. Oder zurück.

»Willst du dir mit der endgültigen Entscheidung nicht noch etwas Zeit lassen?«, versuche ich selbst Zeit zu schinden.

»Nein, Mama, die Würfel sind gefallen. Ich werde ab nächstem Semester Fotografie studieren. Ich habe sogar schon einen Platz an der Design-Akademie in Berlin.«

Ich blase die Backen auf. »Seit wann weißt du das denn schon?«

Josy zuckt mit den Schultern und küsst Tonis Finger. »Seit einer Woche etwa. Und jetzt müssen wir uns ranhalten, damit wir den Flieger nicht verpassen. Wir sehen uns morgen Abend, okay?« Die Verbindung wird unterbrochen, und ich starre auf einen leeren Bildschirm. Was mache ich denn jetzt? Ich bin plötzlich hellwach. Kann ich es meiner achtzehnjährigen Tochter zumuten, in ein Zuhause zurückzukommen, das nicht mehr dasselbe ist wie zuvor? Würde sie die Trennung ihrer Eltern verkraften? Sie hängt an uns beiden – wie verrückt sogar. Ich stehe auf und laufe umher. Ich nehme mein Handy aus meiner Handtasche und öffne die Telefon-App. Macht es Sinn, jetzt Rodney anzurufen? Schließlich haben wir morgen noch den ganzen Tag Zeit. Vielleicht sollte ich erst mal eine Nacht drüber schlafen. Das Telefon in der Hand, gehe ich ins Schlafzimmer. Ich habe heute Morgen die Betten abgezogen und auf Rodneys Seite keine frische Wäsche drauf getan. Sein unbezogenes Kopfkissen und die zusammengelegte Bettdecke liegen da wie ein Zeichen. Wie eine Wahl, die ich treffen muss. Heute früh noch hatte ich keinen Grund gesehen, sein Bett neu zu beziehen, jetzt, wo es nicht mehr benutzt wird. Ich ziehe mein Kleid aus und schlüpfe in mein Schlaf-T-Shirt. Morgen ist auch noch ein Tag, beschließe ich und gehe schlafen.

11

Es ist Sonntag, elf Uhr. Und mir rennt die Zeit davon. Ich muss mit Rodney sprechen. Also wähle ich seine Nummer und warte auf ein Freizeichen. Es ertönt und einen Moment später auch seine Stimme.

»Hi, Jasmin.«

Ich räuspere mich. »Guten Morgen. Es tut mir leid, dass ich dich störe …«

»Du störst nicht«, sagt Rodney mit ruhiger Stimme.

»Bist du allein? Ich muss etwas mit dir besprechen.«

»Ja, erzähl, was gibt's?«

»Ich weiß nicht, wie ich es sagen soll.«

»Wie du was sagen sollst?«, fragt Rod.

»Josy kommt zurück.«

»Na, das wollen wir doch mal hoffen«, lacht Rodney unbekümmert.

»Ja, nee du. Ich meine heute. Also heute Abend.«

Stille am anderen Ende der Leitung.

»Was? Wie bitte? Wie kommst du nur darauf? Hast du mit ihr gesprochen?«

»Wir haben heute Nacht geskypt. Toni ist seit einer Woche bei ihr, und sie hat sich entschlossen zurückzukommen. Du weißt doch, wie sie ist. Sie wird ihn ganz schrecklich vermissen.«

»Oh Mann.«

»Genau«, sage ich und setze mich hin.

»Und was machen wir jetzt?«, fragt Rod.

»Sag du es mir«, antworte ich.

Ich höre, wie Rodney tief durchatmet. »Scheiße. Pass auf, lass uns in Ruhe darüber reden. Am besten ist, ich komme vorbei, okay? Dreh nicht durch. Wir finden eine Lösung.«

»Ja gut, beeil dich, ja?!«

Nervös tigere ich eine halbe Stunde durch die Wohnung, bis es an der Haustür läutet. Rodney hat einen Schlüssel, wieso klingelt er? Ich öffne die Tür, vor der nicht etwa Rod, sondern Eva steht.

»Eva? Was machst du denn hier?«, frage ich etwas überrumpelt. Für gewöhnlich ruft sie an, bevor sie bei mir auftaucht.

Zerknirscht beißt sie sich auf die Unterlippe und betritt die Wohnung, ohne dass ich sie hereingebeten hätte.

»Hey, Eva, du. Sei mir nicht böse, aber ich habe jetzt wirklich gerade ganz andere Sorgen«, versuche ich sie abzuwimmeln. »Können wir uns vielleicht ein anderes Mal treffen? Rodney kommt auch gleich. Ich muss dringend mit ihm reden.«

»Ich weiß, deshalb bin ich hier.« Sie wendet sich plötzlich um. »Rodney hat mich hergebeten. Und ich muss sagen, es ist eine vernünftige Lösung. Vielleicht kann ich euch bei eurem Problem helfen. Was meinst du?«

»Rodney hat dich hergebeten? Spinnt der? Du, wir haben wirklich gerade ein ganz riesengroßes Problem. Josy kommt zurück, und ich weiß überhaupt nicht, was wir machen sollen. Sei mir nicht böse, aber das will ich mit ihm allein klären.«

Scheiße! Rod, was hast du getan?

»Ja, das hat er mir am Telefon auch schon erzählt. Und er ist der Meinung, ich kann euch vielleicht bei eurem Problem helfen.«

Mein Blutdruck steigt. Er hat mich angelogen. Er hat mir gesagt, dass er mit niemandem über uns spricht.

»Du, nee, Eva, das geht mir jetzt zu weit. Versteh mich nicht falsch, aber es gibt Sachen, die kann ich einfach nicht mit dir besprechen. Es gibt doch auch so etwas wie eine Privatsphäre.« Ausgerechnet Eva!

Ich höre, wie plötzlich ein Schlüssel ins Schloss gesteckt wird. Rodney. Als er sieht, dass Eva schon da ist, steht ihm die Erleichterung ins Gesicht geschrieben. Er hebt beide Hände und kommt auf mich zu.

»Jasmin, bitte. Ich weiß, was ich dir versprochen habe. Aber weißt du was?«

Ich verschränke die Arme vor der Brust und wage es kaum, ihm in die Augen zu blicken. Ich bin so unsagbar wütend. Warum gerade Eva?

»Jasmin, schau mich an«, fordert er. Und ich verenge meine Augen zu kleinen Schlitzen und schaue ihn an.

»Na was?«

»Hör zu, Liebling.«

»Sag nicht Liebling zu mir. Du hast mich hintergangen!«, zische ich ihn an.

»Habe ich nicht. Eva weiß noch nichts. Aber ich bin der Meinung, dass wir wirklich nichts mehr zu verlieren haben. Entweder ist das jetzt das Ende oder die Chance auf einen Neuanfang.«

Ich schnaube. »Vielleicht hast du nichts zu verlieren. Ich schon. Vergiss es einfach!«

»Hey, Jasmin, bleib doch mal offen«, kommt Eva auf mich zu. »Ich verspreche dir, dass alles, was hier und heute gesagt wird, unter uns bleibt. Ich werde auch Mike gegenüber nichts sagen. Du hast mein Ehrenwort. Alles, was hier besprochen wird, bleibt in diesem Raum.«

»Genau«, schnaube ich. »Ich kann dir eines versprechen. Wenn ich hier alle Wahrheiten auf den Tisch packe, bleibt ein Scheiß unter uns.«

Die beiden merken es nicht, aber sie engen mich ein, treten mir zu nahe, und ich bekomme kaum noch Luft. Ich hadere mit mir. Soll ich einfach alle Karten auf den Tisch legen? Rod hat recht. Was habe ich eigentlich noch zu verlieren? Gar nichts. Oder eher alles. Ja, alles. Mir steigen heiße Tränen auf. Ich weiß nicht, was ich tun soll. Wenn ich jetzt alles erzähle, wem nützt es? Niemandem. Ich bin die Abrissbirne, die über dem Kartenhaus hin und her schwebt, kurz davor, die fragile Fassade zu beschädigen. Im Haus befinden sich noch alle Bewohner. Sicher, jeder Einzelne in seinem Refugium. Und keiner hat auch nur den Hauch einer Ahnung, in welch großer Gefahr er schwebt. Mir ist kotzübel.

»Wein doch jetzt nicht. Komm, Jasmin, lass uns eine Lösung finden«, fleht Rod.

Ich nicke. In mir macht sich Resignation breit. Eigentlich war dieses Gespräch unausweichlich. Ich wusste, dass das Thema irgendwann zur Sprache kommt. Und dann sage ich es. Ich spreche es das erste Mal seit einem Jahr aus.

»Ich habe abgetrieben.«

Evas Kopf schnellt zu mir, und ihr Blick ist ungläubig. »Du hast was?«

»Sie hat abgetrieben. Vor etwa einem Jahr«, wiederholt Rodney ruhig.

»Okay«, sagt Eva und lässt sich daraufhin in die Couch fallen. Rod und ich setzen uns auch hin. Mir ist nach einer Zigarette. Ich habe vor über zwanzig Jahren aufgehört zu rauchen. Aber ich habe vor vier Wochen beim Aufräumen von

Josys Zimmer eine halb volle Schachtel Zigaretten in einer ihrer Jacken gefunden, die ich mir ausleihen wollte. Seitdem schwirrt diese Schachtel Zigaretten in meinem Kopf herum.

»Hast du überhaupt schon mit jemandem darüber gesprochen außer mit deinem Mann?«, fragt Eva.

Ich schüttle den Kopf. »Mit wem denn? Ich wollte es einfach nur vergessen. Es ist nichts, worauf ich stolz bin. Verstehst du?«

Ich spüre Rodneys Augen auf mir. Ich hebe den Blick und schaue ihn an. Ich kenne den Gesichtsausdruck. Anklage. Schon wieder. Immer noch. Immer wieder.

»Na komm schon, Rod«, fordere ich ihn heraus, »sag Eva, was du fühlst. Deshalb sind wir doch hier. Endlich kannst du dich bei ihr ausheulen.«

»Hey, das ist unfair. Hier darf jeder sagen, was er denkt. Und wenn Rodney Gefühle zeigen will, darf er das auch.« Eva ist jetzt sehr professionell, überhaupt nicht mehr nur meine Freundin, was ich doof finde. Wenn Eva die ganze Wahrheit wüsste, würde sie aufstehen und gehen. Ach ja … und nie wiederkommen.

»Sie gesteht mir diesbezüglich einfach keine Gefühle zu. Jasmin meint, es sei nur ihre Entscheidung gewesen. Sie ist einfach zu diesem Beratungstermin gegangen, hat sich beraten lassen und hat dann abgetrieben. Hätte ich den Schwangerschaftstest nicht gefunden, hätte ich gar nicht gewusst, dass sie überhaupt schwanger gewesen ist. Kannst du dir das vorstellen?« Rodneys Stimme ist immer noch zornig, genauso wie damals.

»Mein Körper, meine Entscheidung«, sage ich trotzig, stehe auf und gehe in Josys Zimmer, um die Zigaretten zu holen. Ich wühle in ihrem Schrank und finde sie.

»Du hast das ganz allein entschieden?«, fragt Eva, während sie mir hinterherläuft. Sie hat den gleichen ungläubigen Klang in der Stimme wie Rodney.

»Ja verdammt. Es war mein Körper, und es ist mein Körper, und ich würde immer wieder genauso entscheiden. Ich war einundvierzig Jahre alt, unsere Tochter ist erwachsen. Was glaubst du? Dass ich noch ein Kind in die Welt setze?«

»Das ist so ungerecht«, schnaubt Eva.

Ich dreh mich um und schüttle den Kopf. »Fang jetzt nicht mit dem Eva-Thema an. Ich weiß, wie sehr du darunter leidest, nie Kinder bekommen zu haben. Aber daran trage ich keine Schuld, Eva. Bitte, es ist alles schon schwer genug. Ich brauche nicht auch noch die Anklage einer ungewollt Kinderlosen.«

Eva schaut mich aus großen, entsetzten Augen an.

Ich stampfe mit dem Fuß auf den Boden. »Entschuldige, Eva, das klang jetzt härter, als es sich anhören sollte. Du weißt, was ich meine. Ich bin nicht stolz darauf, abgetrieben zu haben. Es nützt nur niemandem, wenn du jetzt obendrauf auch noch wegen eurer Kinderlosigkeit sauer auf mich bist. Verstehst du? Mir wird's langsam zu viel.«

»Schon gut«, haucht Eva, und ich sehe, wie sie versucht, Tränen wegzublinzeln. Wir haben in der Vergangenheit schon viele Abende über Evas Kinderlosigkeit gesprochen. Weshalb die ganze Angelegenheit noch bedrückender für mich – für alle – ist.

Eva hebt beschwichtigend die Hände. »Okay, ja, es war deine Entscheidung. Und es ist zu spät. Du hast Rod nicht mit einbezogen. Aber warum hast du das nicht getan? Vielleicht hätte er deine Entscheidung doch mitgetragen.« Eva versucht wieder die Professionelle zu mimen, was ich ihr nicht mehr ganz abnehme. Aber das ist auch schon egal.

Ich nehme eine Zigarette aus der Schachtel und die Streichhölzer, die vor der Vanilleduftkerze liegen, und zünde mir eine an.

Rodney schüttelt den Kopf. »Ernsthaft? Du rauchst wieder?«

Ich zucke mit den Schultern. »Jetzt schon, siehst du doch.«

Eva setzt sich neben mich und streichelt meinen Arm. »Aber wieso hast du dich nicht mir anvertraut, hm?« Sie schaut mich durchdringend an mit ihren braunen Rehaugen. Augen, die man nicht verletzen möchte. Sie erinnern mich an Bambi, und sie erinnern mich an Mike, ihren Mann, mit dem ich ein Abkommen getroffen habe. Wie könnte ich das brechen? Mike liebt Eva. Eva liebt Mike. Wo pass ich da rein? Da habe ich nichts zu suchen. Da hat niemand etwas zu suchen. Mike macht Achselfürze für Eva. Da bin ich fehl am Platz. Die Last wiegt mit jeder verdammten Sekunde schwerer auf meinen Schultern. Ich nehme noch einen Zug, inhaliere ihn tief und blase den Rauch an die Zimmerdecke.

»Es gibt manchmal Sachen, die kann und die möchte man niemandem anvertrauen, weil alles, was bleiben würde, nur Verwüstung und ein verdammtes Tal der Tränen wäre. Verstehst du? Versteht ihr?«

Das Reh schüttelt den Kopf. »Versteh ich nicht. Wie groß kann so eine Verwüstung schon sein?«

Ich schnaube. »Glaub mir, verdammt groß. So groß, dass man das Riesengeheimnis einfach für sich behält und lieber an den Worten ersticken würde, als sie offen auszusprechen.«

Eva streckt den Rücken durch und lässt ihre Schultern kreisen. »Sag mal, wovon reden wir hier eigentlich, Jasmin? Wir reden doch immer noch von einer Abtreibung oder? Wann war die? Letzten Oktober, ja?« Eva kriecht jetzt fast in mich hinein. »Es muss im Oktober gewesen sein, weil du dich von Oktober bis Dezember nicht bei mir gemeldet hast. Da hattest du also damit zu tun, die Abtreibung zu verarbeiten. Das verstehe ich. Aber das ist jetzt fast ein Jahr her.«

»Ja, so ungefähr kommt das hin«, räume ich ein.

»Sag doch mal, war das der Grund, warum du mich nicht sehen wolltest? Deine Abtreibung?« Eva steht plötzlich auf und geht im Kreis herum.

So langsam frage ich mich, ob Eva etwas schlauer ist als Rodney und das Puzzle nun zusammensetzt.

»Ich wollte nicht nur dich nicht sehen, ich wollte niemanden sehen. Außerdem wollte ich dich damit nicht belasten, weil ich weiß, wie sehr ihr euch Kinder wünscht. Ich finde das ja auch alles ungerecht … diese ganze Universumscheiße. Wieso macht man so etwas? Wieso stellt man Menschen vor eine so grausame Wahl, während anderen Menschen die Entscheidung von vornherein abgenommen wird? Das ist doch unfair.«

»Du, Eva, da muss ich Jasmin jetzt aber recht geben«, sagt Rod, »sie wollte wirklich niemanden sehen. Sie wollte nicht rausgehen, mit niemandem sprechen. Sie war ziemlich fertig. Und ich war nicht ganz unschuldig daran, das muss ich zugeben.«

»Was spielt das jetzt noch für eine Rolle?«, frage ich. »Können wir das Thema nicht einfach abhaken?«

Rod steht auf und setzt sich nun neben mich. »Es scheint eine große Rolle zu spielen. Warum hast du dich mir nicht anvertraut? Sag doch mal was, Eva! Jasmin hätte sich mir doch anvertrauen müssen.«

Mein Kopf schnellt hoch. »Diese Frage stellst du mir zum tausendsten Mal, Rod, verdammt noch mal! Ich konnte nicht. Ich konnte mich niemandem anvertrauen. Verfluchte Scheiße! Weil sonst alles in Schutt und Asche liegt.« Ich schreie. Zum ersten Mal habe ich etwas ausgesprochen, was sich die ganze Zeit nur in meinen Gedanken abspielt.

Eva hockt sich vor mich. »Jasmin. Schatz. Wieso soll denn alles in Schutt und Asche liegen? Also klar, so eine Abtreibung ist nicht ohne. Aber warum konntest du dich nicht wenigstens deinem Mann anvertrauen? Oder mir? Wir sind doch die Menschen, die dich lieben.«

Ich springe auf. Mir wird es zu eng in einem Raum mit diesen beiden Menschen.

Habe ich jetzt noch eine Wahl? Wieso nur ist es so verdammt schwer, die Wahrheit zu sagen?

»Genau deshalb konnte ich es euch nicht sagen. Weil ihr die Menschen seid, die mich lieben und die auch ich liebe. Ich liebe euch, und ich wollte euch nicht wehtun. Manchmal tut die verdammte Wahrheit so weh. Ich kann nicht … und ich will nicht glauben, dass ich der Mensch bin, der das getan hat.«

Ich schaue auf Eva und Rod hinunter, und jetzt stellt sich plötzlich nicht mehr die Frage, ob ich die Wahrheit erzähle, sondern nur noch, wie. Wie kann ich es sagen?

»Hey, wir sind die Menschen, die dich lieben. Wenn du es uns nicht sagen kannst, wem sonst?«

Ich lache ein Lachen, das keines ist. »Okay, also ihr habt mich. Ihr gebt sowieso keine Ruhe. Ihr werdet so lange den Finger in meine beschissene Wunde legen, bis nichts mehr übrig ist von mir. Und deshalb sag ich es euch jetzt.«

Rodney nickt angespannt. Eva schaut mich nur mit großen Augen an.

»Rodney, das Kind war nicht von dir. Ich habe dich betrogen.« Jetzt ist es raus. Die Hälfte zumindest.

Rodneys Miene ist noch die von eben. Er schaut ungläubig und streicht sich nun mit den Fingern über seinen Dreitagebart. »Nicht von mir, ja?«

»Nein, nicht von dir. Es war nur mein Kind. Meines allein.« Ich gehe weiterhin im Kreis herum und nehme mir noch eine Zigarette.

»Jetzt fange ich an zu verstehen. Die Abtreibung ging mich wirklich nichts an, und ich dachte die ganze Zeit, es sei mein Kind gewesen. Du bist also fremdgegangen?«

Ich bleibe stehen. »Ja, ich bin auch nur ein Mensch. Und eines sage ich dir, Rod. Wenn zwischen uns alles in Ordnung gewesen wäre, hätte ich dich nicht betrogen.«

Rodney springt auf. »Ach, jetzt willst du mir die Schuld für dein Versagen geben oder wie?«

»Nein, nicht die Schuld. Ich weiß selbst, dass ich schuld bin. Aber Fakt ist auch, wenn alles in Ordnung gewesen wäre, wäre das nicht passiert. Und sag nicht, dass wir keine Probleme hatten. Du hast nur die Augen vor ihnen verschlossen. Wie oft habe ich dir gesagt, dass mir langweilig ist? Wie oft wollte ich neue Dinge ausprobieren? Und wie oft bin ich bei dir auf Granit gestoßen, he?«

Rodney starrt mich an und sucht nach Worten. »Ich weiß nicht, was du willst, wir hatten doch ein gutes Leben. Wieso machst du nur alles kaputt? Was hab ich dir nur getan?«

»Nichts hast du mir getan. Jeder Tag war gleich, und ich war die *desperatest housewive ever*. Und immer, wenn ich die Langeweile durchbrechen wollte, hast du gemauert. Gib es wenigstens zu. Es war auch deine verdammte Schuld.«

»Also hört mal«, mischt sich Eva nun ein, »mit Anschuldigungen kommen wir doch jetzt auch nicht weiter. Vielleicht habt ihr eben grundverschiedene Vorstellungen von einer Ehe. Die Frage ist doch, ob ihr euch noch liebt.«

Ich will schreien. »Das ist eben nicht die Frage. Weil Liebe eben manchmal nicht ausreicht. Punkt.«

Rodney steht auf und baut sich vor mir auf. »Das heißt, du liebst mich noch, ja? Das nennst du Liebe? Ja?«

»Du weißt, dass ich dich liebe und immer lieben werde. Das ist auch nicht der Punkt. Der Punkt ist ...«

»... mir scheißegal ...«, fällt mir Rod ins Wort. »Mit wem hast du geschlafen? Wessen Kind hast du abgetrieben. Kenn ich ihn?«

Ich muss schwer schlucken.

Rod schaut mich an und Eva auch. Beide scheinen mich hypnotisieren zu wollen.

»Das spielt jetzt überhaupt keine Rolle. Gar keine. Ihr könnt mich auf den Kopf stellen. Ich werde es nicht sagen.«

Eva steht auf, macht einen Schritt auf mich zu. »Weil wir ihn kennen, stimmt's?«

Ich spüre, wie ich knallrot werde. Und ich spüre, wie mein Mund nur noch eine schmale Linie ist. Ich beiße mir auf die Innenseiten meiner Wangen, um nicht schreien zu müssen. Wie kann man nur so blöd sein und sich um Kopf und Kragen reden?

Ich muss plötzlich an eine Begebenheit in meiner Kindheit denken. Damals war meine Großmutter zu Besuch und passte auf mich auf, weil meine Mutter einen Arzttermin hatte. Und sie war der Meinung, nichts sei wichtiger im Leben eines Kindes, als Spinat zu essen. Ich hasste Spinat. Ich biss die Kiefer aufeinander, bis sie schmerzten. Und meine Großmutter versuchte immer wieder, mir den Löffel in den Mund zu schieben. Es tat weh, weil der Löffel an der Spitze recht scharf war und sie immer wieder versuchte, damit in meinen Mund zu stochern. Zum Glück kam meine Mutter in diesem Moment nach Hause und sah, was sie tat. Sie nahm meiner Großmutter wortlos den Löffel aus der Hand, nahm den Teller fort und stellte ihn in die Spüle. »Aber das Kind muss doch etwas essen«, hatte meine Großmutter aufbegehrt. Und meine Mutter hatte nur die Achseln gezuckt und gesagt: »Ja, aber keinen Spinat.« Wenn meine Mutter heute hier wäre, ob sie mich dann auch retten würde? So rein instinktiv, wie Mütter eben ihre Kinder retten? »Also, sie muss doch mit jemandem darüber reden«, würde Rod vielleicht sagen, und meine Mutter würde daraufhin mit den Achseln zucken und meinen: »Ja, aber nicht mit euch.« Und dann wäre das Thema einfach erledigt. Für immer aus der Welt. Also, ich würde genau das tun für meine Tochter.

»Sag doch mal«, wiederholt Eva, »wir kennen ihn, oder? Wer ist es, hm?«

»Es spielt keine Rolle, verdammt.« Ich schüttle den Kopf und will mir am liebsten die Ohren zuhalten.

»Spielt es wohl«, sagt Rodney.

Mitten in unser Gespräch klingelt mein Handy. Während ich überhaupt nicht daran denke, das Gespräch anzunehmen, springt Rodney auf und schaut aufs Display. »Ralf Conrad. Für dich.« Ich sehe, wie seine Kiefer mahlen.

»Ja und? Er ist mein Auftraggeber.« Wieso nur habe ich das Gefühl, mich plötzlich rechtfertigen zu müssen?

»Der dich sonntags anruft, genau.«

»Ja genau.«

Rod umkreist mich. »Ich habe gesehen, wie ihr miteinander getanzt habt.«

»Na und? Ich habe auch gesehen, wie du mit Claire getanzt hast. Und du hast ihre Hand gehalten und wer weiß was noch mit ihr getan. Lass mich bloß in Ruhe. Wer im Glashaus sitzt, wirft wohl besser nicht mit Steinen.«

Das Klingeln des Handys erstirbt. Ich hoffe, dass Ralf aufgibt. Heute ist kein guter Tag, um mich anzurufen.

Es klingelt noch mal. Jetzt an der Tür.

»Oh Gott, ist das schon Josy? Das kann nicht sein«, murmele ich mit ängstlicher Stimme und wische mir die Tränen von den Wangen. So kann ich sie unmöglich empfangen. Ich sehe bestimmt total fertig aus.

»Das kann nicht Josy sein«, sagt Rodney und geht zur Tür. Als er zurückkommt, hat er Mike im Schlepp.

»Mike?«, frage ich mit beinahe tonloser Stimme.

»Hallo«, sagt er knapp und schaut mich ängstlich an. Ich schüttle nur den Kopf, und sein Gesichtsausdruck entspannt sich. Er hält einen Zettel in der Hand.

»Bin zu einer Intervention bei Rod und Jasmin, Kuss Eva«, liest Mike vor. »Ich … also ich … ich dachte …«

Eva schaut ihren Mann fragend an. »Was denn? Was dachtest du?«

Ich weiß, was Mike dachte. Irgendwie finde ich gut, dass er gekommen ist. So stehe ich wenigstens nicht mehr allein unter Anklage.

»Ich dachte, vielleicht … also vielleicht ist es besser, wenn ich dazukomme.«

Eva zieht irritiert die Augenbrauen hoch. »Du? Und wieso dachtest du das?«

»Nee, Alter. Echt nicht«, schnaubt Rodney plötzlich.

Mike schlägt schuldbewusst den Blick nieder.

»Was?« Eva greift sich an den Hals. »Was denn? Was ist, Rod?« Sie steht zwischen Rodney und Mike, und ich sehe, wie ihr Hirn arbeitet, wie sich ihr Kopf zwischen Rodney und Mike hin und her bewegt. Und dann hält sie plötzlich inne und schaut zu mir.

12

Mit blassem Gesicht und flehendem Blick kommt Eva langsam auf mich zu. »Jasmin, sag mir, dass du das nicht getan hast.«

Ich sitze immer noch auf der Couch, halte mich irgendwie selbst im Arm, so als müsste ich mich beschützen. Ich senke den Blick und starre auf meine Füße. Ich kann nicht sagen, dass ich es nicht getan habe. Weil ich es eben doch getan habe. Ich habe mit dem Mann meiner besten Freundin geschlafen. Genau ein Mal. Ein einziges Mal. Ich würde nicht mal behaupten, dass wir miteinander geschlafen haben, viel mehr war es schneller, bedeutungsloser Sex. Aber kann man das so sagen? Ist es dann entschuldbarer? Vermutlich nicht. Nicht für Eva. Und auch nicht für Rodney. Denn für einen kurzen Augenblick hab ich mit dem Mann meiner besten Freundin das Intimste geteilt, was man nur teilen kann.

»Du bist meine beste Freundin«, flüstert sie und setzt sich neben mich. »Du bist wie eine Schwester für mich. Du bist mir mehr Schwester als meine echte Schwester.«

Ich nicke, und dicke Tränen kullern über meine Wangen und landen auf meinen Unterarmen. Unfähig, etwas zu sagen, versuche ich nur, die nächsten Minuten nicht vor Scham im Erdboden zu versinken.

Mike geht zu Eva und setzt sich neben sie. »Schatz, es hat nichts bedeutet. Überhaupt nichts. Wir waren betrunken.«

»Lass mich«, faucht Eva Mike an und zieht ihren Arm fort, den er nur kurz berührt hat.

»Alter, du vögelst meine Frau und sagst, es hatte nichts zu bedeuten? Wie oft waren wir im letzten Jahr ein Bier trinken, und wie oft habe ich dir erzählt, dass mit Jasmin etwas nicht stimmt? Hast du eigentlich irgendeine Vorstellung, was Freundschaft bedeutet? Ich fass es nicht. Ich könnte dir so die Fresse polieren!« Rod kehrt ihm und mir den Rücken zu, und ich sehe an seiner Körperhaltung, dass er tatsächlich am liebsten zuschlagen würde. Also … er ist kein Schläger oder so, ihm würde es wahrscheinlich schon reichen, ein Stoffkissen zu verprügeln, nur um seine Aggression oder den aufgestauten Druck loszuwerden.

Eva dreht langsam den Kopf zu mir. »Dann warst du von meinem Mann schwanger?«

»Was?« Mike springt blitzschnell auf und fasst sich mit beiden Händen an die Stirn.

»Jasmin, stimmt das? Du warst schwanger? Von mir?«, dringt er in mich.

Ich starre weiterhin auf meine Füße und nicke, woraufhin von Mike ein Jaulen in tiefstem Brustton kommt. Ich erschrecke dermaßen, dass ich endlich aufschaue. Es ist kein richtiges Jaulen, eher ein lang gezogenes *Nein*, das ihm entweicht. Er hält die Hände vors Gesicht und krümmt den Oberkörper nach vorn, so als würden ihn furchtbare Magenkrämpfe quälen. In seinen Augen glänzen Tränen, die er versucht wegzublinzeln.

Eva schnaubt. »Genau, du verfluchter Scheißkerl, es hat also nichts bedeutet? Aber nur so lange nicht, bis jemand schwanger wird oder wie? Meinst du, sie hätte dir zuliebe das Kind ausgetragen? Damit du endlich Vater wirst?«

Mike, unfähig, etwas zu sagen, öffnet die Balkontür und tritt hinaus ins Freie. Am liebsten würde ich aufstehen und mit ihm hinausgehen. Nicht seinetwegen, nur wegen der frischen Luft, die er unter Garantie gerade in seine Lungen aufsaugt wie ein eingetrockneter Schwamm Wasser. Und dann spüre ich an der nackten Haut meiner Beine, wie er die Schwüle des Nachmittags ins Wohnzimmer hineinlässt, und bleibe wie erschlagen sitzen.

»Wie konntet ihr nur?«, fragt Eva. Da dies eine rhetorische Frage ist, sagt nun niemand mehr etwas.

Ich muss an Josy denken, daran, dass sie in spätestens zwei Stunden hier eintrifft und ich nicht weiß, was jetzt mit Rodney und mir ist. Ich habe alles nur noch schlimmer gemacht statt besser. Allerdings ist jetzt endlich die Bombe geplatzt. Entweder können wir jetzt für immer auseinandergehen oder aber die Einzelteile der geplatzten Bombe einsammeln und Stück für Stück wieder zusammensetzen. Letzteres wäre mir lieber. Aber darauf hoffen kann ich wohl eher nicht. Ich weiß nicht, ob ich meiner besten Freundin einen Fehltritt mit meinem Mann verzeihen könnte. Auch nicht, wenn ich so derart viel psychologisches Know-how hätte und Verständnis für wohl jede mögliche zwischenmenschliche Situation aufbrächte wie sie. Irgendwo ist auch mal Schluss mit Verständnis, Toleranz und Mitgefühl. Irgendwann stößt auch der eigene Erhaltungstrieb an seine Grenze, oder nicht? Langsam dreht sich Eva zu mir.

»Wie konntest du einfach so weitermachen? Dich mit mir treffen und mir vorspielen, wir seien die besten Freundinnen? Hast du überhaupt ein Gewissen?«

Die Frage schmerzt beinahe körperlich.

»Eva«, beginne ich vorsichtig, »ich habe dir nie etwas vorgespielt. Du bist meine beste Freundin. Ich weiß nicht, wie das passieren konnte. Mike hat recht, es war jede Menge Alkohol im Spiel, und irgendwie … ist es halt passiert. Ich habe in dem Moment einfach nicht nachgedacht. Aber glaub mir … im letzten Jahr gab es nicht einen einzigen Tag, an dem ich mein Verhalten nicht bitterlich bereut habe.«

Ich bin froh, dass Eva mich ausreden lässt. Ich an ihrer Stelle wäre aufgesprungen und hätte mir jedes weitere Wort verbeten. Wie kann man derart Unentschuldbares versuchen zu entschuldigen? Gar nicht. Und doch gibt sie mir die Chance, mich zu erklären.

»Nee, Jasmin, tut mir leid. Ich verstehe dich nicht. Nur weil du in deiner Ehe unglücklich bist, zerstörst du die Ehe deiner besten Freundin gleich mit? Wieso? Was hab ich dir getan?«

Ratlos zucke ich mit den Schultern. »Es hatte gar nichts mit dir zu tun. Es hatte auch nichts mit meinem Unglücklichsein zu tun. Ich weiß nicht, weshalb das passiert ist. Aber eines weiß ich: Es hatte definitiv nichts zu bedeuten. Mike ist dein Mann. Ich empfand nichts für ihn, und ich empfinde nichts für ihn. Ich weiß nicht, wie das passieren konnte.«

»Er ist mein bester Freund«, grätscht Rodney dazwischen. »Wie würdest du es finden … Mike, komm wieder rein, verdammt noch mal … stell dich der Sache!«, ruft mein Mann zum Balkon. Mike erscheint mit gesenktem Haupt in der Balkontür und hört zu. »Wie würdet ihr es denn finden, wenn Eva und ich miteinander gevögelt hätten, hm? Hätte das für euch auch nichts bedeutet? Wäre das alles ein ganz klarer Fall von zu viel Alkohol, ja?«

Mike schüttelt den Kopf. »Natürlich nicht. Mann, Rod, es tut mir leid. Es … es ist einfach passiert. Wir wissen ja selbst nicht, was da in uns gefahren ist. Wir haben seitdem auch überhaupt nicht mehr darüber gesprochen. Es war passiert und irgendwie auch nicht. Alles war hinterher wie davor. Für mich ist das Thema seit einem Jahr gegessen. Schlimm genug, dass es passiert ist. Aber Fakt ist, ich empfinde nicht mehr für Jasmin als Freundschaft, und andersherum ist es genau so. Vielleicht …

also ich meine … wäre es vielleicht möglich, ihr könntet uns verzeihen?« Mike schaut zerknirscht in die Runde, und wir wechseln einen kurzen Blick, der ihm hoffentlich zeigt, wie dankbar ich ihm für seine Unterstützung bin.

Eva rauft sich die Haare. »Ich verstehe das nicht, Jasmin. Du erzählst mir, dass du überhaupt keinen Bock mehr auf Sex hast, aber vor meinem Mann machst du keinen Halt? Was stimmt mit dir nicht? Bitte, erklär's mir!«

Ich schüttle schnaubend den Kopf. »Eva, ich weiß selbst, dass ich Riesenscheiße gebaut habe. Wirklich. Aber ich werde hier und jetzt auf keinen Fall meine Gefühle, meinen Libidoverlust, meine Ängste, Sehnsüchte oder was auch immer vor euch allen ausbreiten. Mir ist schon diese Beichte schwergefallen. Ich erwarte kein Verständnis von dir, auch nicht von Rod. Aber du wirst verzeihen, dass ich nichts erklären kann, das ich selbst nicht verstehe. Und dein Mann offensichtlich auch nicht. Wir haben das nicht gewollt. Ja, es war scheiße. Große Scheiße sogar, wir wissen das. Das heißt noch lange nicht, dass ich es erklären kann. Hast du noch nie etwas aus einem Impuls heraus getan? Oder du, Rod?«

»Ich bin jedenfalls noch nie fremdgegangen, und ich habe auch noch nie mit dem Ehemann meiner besten Freundin gevögelt!«, schreit Eva und steht auf.

»Du bist ja auch die Kopffrau, die alles tausend Mal hinterfragt«, murmele ich.

»Ja, immer noch besser, als wenn ich agiere und erst immer hinterher das Hirn einschalte.«

»Okay, Eva«, fährt Rodney dazwischen, »ich weiß, ich hab dich hergebeten. Was jetzt daraus geworden ist, ist wirklich großer Mist. Aber es bringt uns in unserer momentanen Lage überhaupt nicht weiter. Josy steht in anderthalb Stunden vor der Tür, und Jasmin und ich wissen immer noch nicht, was wir machen sollen. Ich glaube, es ist besser, ihr geht jetzt. Wir werden unsere gemeinsame Situation ein anderes Mal klären, okay?«

Eva nickt. »Ich weiß nicht, ob es noch irgendetwas zu klären gibt. Tut mir leid, Rod, dass es so gekommen ist. Ich hätte euch gern geholfen.« Sie geht auf Rod zu, nimmt ihn kurz in den Arm und läuft dann grußlos an mir vorbei. Mike folgt ihr, und endlich schließt sich die Tür hinter den beiden.

13

»Hör zu, ich kann verstehen, wenn du nicht zurückkommst«, beginne ich vorsichtig. Rod schafft es kaum, mir in die Augen zu sehen. Seine Körperhaltung spricht Bände. Er hat die Hände tief in den Taschen seiner Jeans vergraben. Am liebsten würde er den Rest seines Ichs auch noch irgendwo versenken. Nach über zwanzig Jahren kann ich jede Regung in seinem Gesicht und jede Geste meines Mannes interpretieren. Ist er das überhaupt noch? Mein Mann? Oder ist das hier das Ende? Nervös schiele ich zur Uhr. Mir oder uns rennt die Zeit davon. Josy kann jederzeit hier auftauchen. Ich habe es nicht mal geschafft, einen Willkommenskuchen für sie zu backen. Hab ich überhaupt etwas da zum Backen? Im Geiste gehe ich die Zutaten für einen gedeckten Apfelkuchen durch, den isst sie am liebsten. Eigentlich müsste ich alles dafür hierhaben. Aber kann man einfach backen, während der Ehemann sich von einem trennt? Oder eben auch nicht trennt?

»Weißt du«, beginnt Rodney zu sprechen, »ich weiß, dass ich derjenige in unserer Beziehung bin, der schon immer mehr geliebt hat.«

»Sag mal, spinnst du? Wie kommst du auf so einen Mist?« Mir schießen Tränen in die Augen. Ich bekomme kaum noch Luft, so traurig bin ich über seine Worte.

»Es hat mir nie etwas ausgemacht, weil alles, was ich wollte, du warst.«

Warst?

»Und ich weiß auch, dass du, seit wir uns kennen, versucht hast, mich zu verändern, mich zu formen, mich so zu verbiegen, damit ich letztlich der bin, den du dir wünschst. Und auch das hat mir nichts ausgemacht. Im Gegenteil, ich habe mich gefreut, wenn du glücklich warst, wenn ich es dir recht machen konnte.«

»Rod«, sage ich.

»Nein, Jasmin, bitte lass mich ausreden.«

Nachgiebig nicke ich.

»Konnte ich es dir eigentlich jemals recht machen? Sag mal! Das interessiert mich wirklich, oder war ich über zwanzig Jahre nur dein Buddelförmchen, ein Projekt für dich, was du nach deinen Vorstellungen modellieren konntest? War ich dir eigentlich auch irgendwann mal genug? Liebtest du mich je so, wie ich eben bin?«

»Das ist unfair, Rod, und das weißt du. Natürlich konntest du es mir recht machen. Ich liebe ganz doll viele Sachen an dir. Das weißt du auch. Wir hatten eine tolle Ehe, aber …«

»Aber?«

»Aber ich weiß es doch nicht. Es liegt vermutlich an mir. Ich bin einfach total verkorkst. Ich bin die Raupe Nimmersatt, die immer noch ein wenig mehr haben will, als sie bekommt. Ich weiß doch auch nicht, was mit mir nicht stimmt.«

»Tja, wenn du es nicht weißt, wer dann? Niemand kann in dich hineinsehen. Ich jedenfalls weiß nicht, was ich noch tun kann. Ich kann dich nur lieben. Mehr nicht. Und wenn das nicht genug ist, dann ist hier und jetzt eben Schluss.«

Das Wort *Schluss* hallt in meinen Ohren nach wie ein Echo in den Schweizer Alpen. Schluss … Schluss … Schluss …

»Rod.« Ich schlucke. »Übereil doch jetzt nichts«, flehe ich, und schon wieder weiß ich gar nicht, ob ich überhaupt zu hundert Prozent will, dass er nichts übereilt. Will ich, dass er bei mir bleibt? Vielleicht ist es ja wirklich besser, wenn er geht. Was haben wir denn zu erwarten? Noch mehr Vorwürfe, noch mehr unbeantwortete Fragen, noch mehr Langeweile und Frustrationen auf beiden Seiten? Haben wir denn je wirklich zusammengepasst? Warum rastet er nicht vollkommen aus? Ich würde austicken, wenn er es mit Eva getrieben und ich davon erfahren hätte.

»Nee ehrlich, Jasmin, ich bin nicht der Typ, der etwas übereilt, wirklich nicht. Das weißt du. Aber ich sehe doch, wie du haderst. Und wenn du nicht mal vor meinem besten Freund haltmachst. Was hast du dir nur dabei gedacht? Hm? Hast du auch nur mal einen Moment an mich oder auch an Eva gedacht? Mann, sie ist deine beste Freundin! Wir lieben unsere Freunde. Also ich meine platonisch, aber trotzdem doch doll. Die beiden gehören doch irgendwie zur Familie. Eva ist die Patentante unserer Tochter!«

»Ja klar lieben wir unsere Freunde. Ich weiß doch auch nicht, wieso ich es getan habe. Ich bin völlig bescheuert. Ich hasse mich dafür. Ich könnte mich ohrfeigen, mich aus dem Fenster stürzen, mir selbst alles nehmen, was ich habe, aber es würde nichts ändern. Es ist passiert.«

»So was darf einfach nicht passieren.«

»Nee. Darf es nicht. Ist es aber. Und ich kann es nicht rückgängig machen. Ich würde es tun, wenn ich's könnte. Ich würde machen, dass es nicht geschehen ist. Ich würde machen, dass niemand je einen Gedanken an diese Absurdität verschwenden muss. Weil es mehr nicht ist. Es ist absurd. Aber das hier ist die Realität, und ich bin nicht der verdammte Zauberer Rumburak.« Ich stehe auf und gehe in die Küche, die im amerikanischen Stil mit unserem Wohnzimmer verbunden ist.

Ich lege mir alle Zutaten für einen Apfelkuchen heraus, wasche mir die Hände und fange an, die Sachen nach und nach in eine Rührschüssel zu geben. Ich muss jetzt irgendetwas tun, sonst platzt mir der Schädel.

Rod schaut mir schweigend zu.

Nachdem ich alle Zutaten beieinander habe, knete ich sie mit den Fingern durch. Irgendwie beruhigt es meine Nerven, einer so banalen Tätigkeit nachzugehen. Es erdet mich.

Rod kommt näher. »Apfelkuchen?«, fragt er.

Ich nicke, und er nimmt drei Äpfel, kommt zu mir herum und nimmt ein Obstmesser aus der Besteckschublade. Während ich den Teig knete, schält er die Äpfel. Als der Teig fertig ist, säubere ich meine Finger und strecke mich nach der Kuchenform, die oben auf dem Schrank liegt. Ich weiß, dass ich da nicht herankomme, aber ich weiß auch, wenn ich mich nach ihr ausstrecke, dass Rodney einfach dazukommt und sie für mich herunterholt. Und genauso kommt es. Jeder Handgriff sitzt. Zuverlässig. Wir funktionieren. Trotzdem und immer noch. Er stellt mir die Kuchenform neben die Teigschüssel und schneidet weiterhin die Äpfel in Spalten.

»Du hättest mir die Wahrheit schon vor einem Jahr erzählen können«, sagt er.

Ich fette die Kuchenform ein und verteile den Teig darin, schweigend.

»Es hätte mir ein ganzes Jahr lang blinde Wut erspart.«

Ich halte inne und schaue Rod in die Augen. »Das nennst du blinde Wut? Dieses mickrige Immer-wieder-in-Nichtigkeiten-Herumstochern, nur damit wir überhaupt noch miteinander reden? *Das* nennst du blinde Wut?«

»Wie meinst du das denn jetzt? Ich hab doch nicht mickrig irgendwo drin herumgestochert.«

Ich halte kurz die Luft an und überlege, ob ich genau dieses Thema jetzt besprechen möchte. Aber wenn nicht jetzt, wann dann? Jetzt ist auch schon alles egal.

»Es wäre also um vieles okayer für dich gewesen, wenn du schon vor einem Jahr erfahren hättest, dass ich *nur* …«, ich hebe zwei Finger und zeichne Anführungsstriche in die Luft, »… von deinem besten Freund schwanger war? Das hätte dir als Rechtfertigung für die Abtreibung genügt, richtig?«

Rod zuckt mit den Achseln. »Es wäre erträglicher für mich gewesen. Ich hätte es verstanden.«

»Und wo bleibt da jetzt die ganze Wut über den Betrug? Ey, ich hab dich beschissen. Mit deinem besten Freund! Warum tobst du nicht? Warum schlägst du nicht um dich oder irgendetwas kurz und klein? Warum bist du nicht endlich mal so unsagbar von mir enttäuscht, dass du mir eine knallen möchtest? Wo ist dein verdammter Stolz? Besitzt du überhaupt Stolz? Es kann dir doch nicht nichts ausmachen, dass ich mit Mike gevögelt habe!«

Rod verengt die Augen. »Weißt du eigentlich, wie beschissen du manchmal bist? Ich versuche hier zu retten, was zu retten geht, und du ärgerst dich darüber, dass ich nicht wütend genug bin? Hast du 'ne Macke? Hörst du dir irgendwann auch mal selbst zu? Es tut mir leid, dass ich der bin, der ich eben bin. Das, was du getan hast, ist fast unverzeihlich. Und ja, ich sage ›fast‹. Weil ich es dir verzeihen könnte. Und ich sage auch bewusst: *könnte*. Aber weißt du, was ich gerade so richtig bezweifle?«

Ich bin gleichsam beeindruckt wie erschrocken über seinen Ausbruch und zucke mit den Schultern.

»Ich bezweifle, dass dir irgendetwas leidtut. Ich glaube langsam, du hast gar kein Herz. Du hast gar kein Gefühl in dir. Vielleicht kannst du ja auch gar nicht lieben. Und ich glaube auch, dass es dir geradezu Spaß bereitet, mein Herz gerade ein zweites Mal zu brechen. Mir reicht's. Echt, Jasmin! Es ist genug!« Er greift nach den Apfelspalten und wirft sie nach mir, als hätte er Schneebälle in der Hand. Als sie mich treffen, zucke ich zusammen und hebe halbherzig die Arme zur Abwehr. Rodney dreht sich um, geht durchs Wohnzimmer und kommt kurz noch mal zurück. »Es ist aus. Du hast mich einfach nicht verdient. Die Einsicht kommt spät, aber sie kommt. Du bist ein echt beschissenes Miststück. Mit Josy werde ich morgen reden. Sag ihr, dass ich sie anrufe, oder sie soll einfach in meinen Laden kommen.« Dann dreht er sich um, und ich höre, wie die Tür donnernd ins Schloss fällt.

14

Ich schaue auf den Fußboden, starre auf die dort hingefallenen Apfelspalten und denke: Das sind jetzt also die Scherben deiner Ehe. Ich will heulen und kann es nicht. Ich bin wie gelähmt. Es wollen keine Tränen kommen, obwohl ich innerlich am Boden zerstört bin. In meinem Hals steckt ein riesengroßer Kloß, der irgendwie seinen eigenen »Herzschlag« hat. Ich bücke mich, sammle betont ruhig die Apfelspalten auf und gebe sie ins Spülbecken, um sie abzuwaschen. Ich drehe den Wasserhahn auf, spüle und trockne jedes einzelne Stück ab und belege den Kuchen. Josys Kuchen. Josy. Was erzähle ich ihr nur? Die Wahrheit? Jetzt ist sie eh raus. Aber geht meine Tochter die volle Wahrheit überhaupt etwas an? Ich weiß nicht. Klar, schäme ich mich dafür, und auch was die Vorbildfunktion anbelangt, hab ich auf ganzer Linie komplett versagt. Trotzdem. Vielleicht kann die Wahrheit auch unter uns vieren bleiben: Rod, Eva, Mike und mir. Schade, das haben wir nun nicht mehr besprechen können, aber vielleicht gönne ich mir diesbezüglich erst einmal einen Aufschub? Aber was, wenn sie es von Dritten erfährt? Das wäre eigentlich noch schlimmer. Josy und ich waren und sind immer offen zueinander. Seufzend verteile ich die Äpfel sorgfältig nebeneinander auf dem Teig und drücke den Rest des Teiges mit den Fingern zu kleinen Platten, womit ich die Äpfel zudecke. Wenn ich die traurige Wahrheit doch nur auch so zudecken und bei 180 Grad einfach totbacken könnte. Wir vier würden uns dann an einen Tisch setzen und gemeinsam über eine Sache lachen, die inzwischen abgehakt und begraben und natürlich auch verziehen ist. Träum weiter, denke ich bei mir.

Das Läuten an der Tür holt mich aus meinen Gedanken. Josy. Ich schiebe den Kuchen schnell in den vorgeheizten Ofen und öffne die Tür.

»Mami«, ruft sie mit freudestrahlender Miene und öffnet ihre Arme. Josy ist fast einen halben Kopf größer als ich, und ich muss nach oben greifen, um sie zu mir heranzuziehen. Ich drücke sie an mein Herz und atme ihren unverwechselbaren Duft ein. Eine Weile verharren wir in stiller Umarmung, und plötzlich kommen mir doch die Tränen. Ist das jetzt Wiedersehensfreude oder doch der Trennungsschmerz, der mich überkommt? Egal. Ich wische mir verstohlen die Tränen weg und versuche, meine Fassung zurückzuerlangen.

»Komm rein, mein Schatz. Es ist so schön, dass du wieder hier bist. Bei mir.«

»Musst doch nicht heulen, Mama«, tadelt Josy und strahlt mich an.

»Wo ist denn Toni?«, frage ich.

»Der ist in seine Wohnung gefahren. Ich wollte erst mal nach Hause, in Ruhe auspacken, duschen und vor allem schlafen. Ich bin hundemüde.«

»Versteh ich.«

»Wo ist denn Papa? Noch im Laden?« Josy späht in den Flur und schaut dann auf die Uhr. Egal, wie spät es ist, sie weiß ganz genau, ihr Vater hätte seinen Laden zugemacht, um da zu sein, wenn sie ankommt.

»Du, der Papa kommt nicht. Da muss ich dir was erzählen. Aber setz dich erst mal. Willst du einen Kaffee?«

»Lieber eine Apfelschorle bei der Hitze, außerdem will ich gleich ins Bett, da wäre Kaffee kontraproduktiv. Was ist denn mit Papa?«

»Ihm geht es gut. Ich erzähl's dir gleich.« Ich gehe durchs Wohnzimmer in die Küche und öffne den Kühlschrank.

Josy verschwindet erst mal in ihrem Zimmer, um den Koffer dort abzustellen. Kurz darauf kommt sie in den Küchenbereich und späht mir über die Schulter.

»Hm. Lecker, ist das etwa Apfelkuchen?«, fragt sie breit grinsend.

Ich nicke. »Extra für dich«, sage ich, drücke ihr die Schorle in die Hand.

Gemeinsam gehen wir zur Couch und setzen uns.

»Wie war es denn da drüben«, frage ich.

Josy zuckt mit den Achseln. »Ganz okay. Die Familie war nett, aber ich habe Toni so vermisst und dich und Papa auch. Weißt du, ich glaube, es gibt Kinder, die wollen weg von zu Hause, und es gibt Kinder, die werden nie flügge. Ich bin wohl von der letzteren Sorte. Kurz verreisen ist okay, aber wenn ich mir vorstelle, ich hätte noch ein ganzes Jahr dableiben müssen …«

Ich nehme ihre Hand und drücke sie. Es sind dieselben Hände, die ich seit achtzehn Jahren halte.

»Und was ist nun mit Papa? Wolltest du mir nicht was erzählen? Wo ist er denn?«

Ich schlucke und traue mich kaum, Josy in die Augen zu sehen.

»Der Papa ist ausgezogen«, sage ich und warte darauf, dass ihrerseits ein Theater losbricht.

Fehlanzeige. Sie nickt nur. »Und wohin?«

Ich lache kurz auf. »Du fragst, wohin, aber du fragst nicht, wieso?«

»Ach, Mami, schon als ich nach Amerika gegangen bin, habt ihr euch nur noch gestritten. Hast du gar nicht gemerkt, wie du Papa aus dem Haus getrieben hast?«

Ich zucke mit den Schultern und nicke schwunglos. Ich weiß gar nicht, was ich zu der Anschuldigung sagen soll. Sie hat ja recht.

»Und wie geht's dir damit? Seit wann ist er denn weg?«

»Wie soll's mir schon gehen«, winke ich ab. »Er ist kurz nach deiner Abreise ausgezogen.«

»Und ist das jetzt endgültig? Bin ich bald ein Scheidungskind?«

Ich lächle nachsichtig. »Du bist vor allem *unser* Kind. Das bist du und das wirst du immer bleiben, egal, ob wir uns trennen oder nicht.« Ich ziehe Josy zu mir heran und drücke sie fest an mich.

Sie legt ihren Kopf in meinen Schoß und zieht die Beine auf die Couch. »Vielleicht ist es ja besser so«, sagt sie mit emotionsloser Stimme und geschlossenen Augen.

»Vielleicht.«

»Und wo wohnt Papa?«

Scheiße. Erwischt.

»Das kannst du ihn morgen alles selber fragen. Er will dich sehen. Er würde sich freuen, wenn du zu ihm in den Laden kommst. Das machst du doch? Okay?«

»Sag nicht, du weißt nicht mal, wo er wohnt, Mama!«, schimpft Josy fassungslos.

»Na ja, also ich vermute mal, dass er es sich hinten in der Werkstatt eingerichtet hat. Aber so genau weiß ich das wirklich nicht. Wir sprechen gerade nicht besonders viel miteinander, das muss ich zugeben.«

»Oh Mann. Hast du ihn rausgeschmissen, oder ist er von allein gegangen?«

»Ich schmeiß doch den Papa nicht aus der Wohnung, sag mal! Wir haben das natürlich gemeinsam entschieden. Wir gehen jetzt erst mal auf Abstand, und alles Weitere wird sich mit der Zeit ergeben. Du wirst das sowieso kaum mitbekommen, weil du vermutlich wieder mehr bei Toni sein wirst als zu Hause.« Ich stupse ihre Nase und hoffe, dass sie endlich Ruhe gibt.

»Mag sein, aber ich mache mir trotzdem Sorgen um Papa.«

»Das spricht ja durchaus für dich. Aber ich glaube, der Papa ist erwachsen, er kann schon allein auf sich aufpassen. Besuch ihn doch einfach ab und zu.«

»Weißt du was?«, seufzt Josy in meinen Schoß hinein. »Ich kann mir Papa gar nicht ohne dich vorstellen. Er liebt dich so doll.« Aus Josys Augenwinkel läuft eine Träne, und ich sehe, wie ihre Nase rot wird.

Jetzt bloß die Haltung bewahren. Ich streichle über ihren Kopf und drücke ihr einen Kuss auf die Stirn. »Das letzte Wort ist doch noch längst nicht gesprochen. Nun wart's erst einmal ab. Ich habe dein Bett frisch bezogen. Willst du nicht eine Runde schlafen gehen?«

Josy nickt und richtet sich auf. »Du willst mich loswerden, weil ich zu viel frage.«

Ich muss lachen. »Das stimmt nicht«, lüge ich.

Doch Josy ist bereits aufgestanden und geht in ihr Zimmer. Hinter der geschlossenen Tür höre ich, wie sie ihren Fernseher einschaltet. Wie schön dieses vertraute Geräusch ist. Ich weiß, dass sie nicht hinsieht, sie braucht die Geräusche der Flimmerkiste nur, um einschlafen zu können. Schon als Teenager ist sie am schnellsten eingenickt, wenn der Fernseher lief. Jeden Abend musste ich in ihr Zimmer gehen, um ihn auszuschalten. Auch heute wird es wieder so sein. Doch im Gegensatz zu früher bin ich heute von dieser Tatsache nicht genervt, sondern freue mich direkt darauf. Ich hole den fertigen Kuchen aus dem Ofen und stelle ihn zum Abkühlen auf einen Rost. Der Tag ist gelaufen, denke ich bei mir, als mein Handy ein weiteres Mal klingelt. Ich nehme es vom Wohnzimmertisch und sehe, dass es wieder Ralf ist, der versucht, mich zu erreichen. Ich muss an unseren gestrigen Kuss denken und daran, wie ich weiche Knie bekommen habe. Ist es tatsächlich so, dass sich eine andere Tür öffnet, wenn sich eine schließt?

»Hallo, Ralf.« Ich nehme das Gespräch an und lasse mich in die Couch fallen.

»Hey. Ich wollte mal hören, wie es dir geht.«

»Wie soll's mir schon gehen? Josy, meine Tochter, ist heute überraschend aus den USA zurückgekommen. Eigentlich wollte sie für ein Jahr dort bleiben, aber ich schätze, das Heimweh hat sie gepackt.«

»Spricht doch für deine Mutterqualitäten«, sagt Ralf.

»Wenn du meinst.«

»Klar. Sag mal, hast du noch Lust, etwas zu unternehmen?«

»Heute?«

»Ja, wieso nicht? Oder willst du bei deiner Tochter bleiben?«

»Ja, sei mir nicht böse, Ralf, aber hier ist heute vieles passiert. Ich bin müde, und ich möchte tatsächlich bei Josy bleiben. Ich melde mich, wenn …« Ich atme tief durch.

»Wenn?«, hakt er vorsichtig nach.

»… ich weiß, was ich will, oder wenn hier etwas Ruhe eingekehrt ist. Bei mir geht's gerade ganz schön drunter und drüber.«

»Und dann nerve auch noch ich. Tut mir leid. Meld dich einfach, wenn du wieder einen klaren Kopf hast, ja?«

»Mach ich. Und danke für dein Verständnis.«

Wir legen auf, und ich spüre, wie mich eine bleierne Müdigkeit überkommt. Da ich die letzte Nacht kaum ein Auge zubekommen habe, schleiche ich mich in Josys Zimmer. Sie schläft schon. Sie hat ihr pinkfarbenes T-Shirt an, das ich ihr kurz vor der Reise geschenkt habe, und liegt in Embryonalstellung auf der Seite. Ich schalte den Fernseher aus und lege mich von hinten an sie heran. Schläfrig nimmt sie meinen Arm in ihre Hand und zieht mich ganz eng an sich heran.

»Gute Nacht, Mami.«

15

Entkräftet von den mehr oder weniger schlaflosen Nächten der letzten Woche, stehe ich vor dem Spiegel. Heute ist offizieller Abgabetermin für die Singlebörse. Damit ist es amtlich: Ich habe versagt. Passiert mir jetzt wohl häufiger, und zwar nicht nur im Arbeitsleben. Seit Rodney, Eva und Mike die ganze Wahrheit erfahren haben, gab es nicht ein einziges Lebenszeichen von Rod. Und auch keinen Anruf von Eva oder Mike. Nichts. Ich werde gemieden wie ein Freibad im Winter. Keiner will mehr etwas mit mir zu tun haben. Und irgendwie verstehe ich das. Selbst Cindy ist seit ihrer Geburtstagsparty mir gegenüber eher einsilbig und distanziert. Ich vermute, sie hatte sich Chancen bei Ralf ausgerechnet. Allerdings kann ich nun wirklich nichts dafür, dass es bei ihm nicht gefunkt hat. Wenn die Chemie nicht beiderseits stimmt, kann man mir daran doch die Schuld nicht geben. Ich gehe gerne arbeiten, doch im Augenblick würde ich mich am liebsten zurück ins Bett schleppen, mich in der Agentur krankmelden und mir die Decke über den Kopf ziehen. Nur ist das überhaupt nicht meine Art. Ich muss zu meinem Versagen stehen. Lustlos greife ich nach meiner Zahnbürste. Die von Rod steht, gleich einem mahnenden Denkmal, immer noch in unserem gemeinsamen

Zahnputzbecher. Ob ich sie wegschmeißen sollte? Ich nehme sie in die Hand und muss plötzlich an Filmszenen denken, in denen Polizeibeamte die Zahnbürste bei der Ehefrau abholen, in eine durchsichtige Plastiktüte fallen lassen, um sie für einen DNA-Abgleich zu nutzen. Ein vernichtender Schmerz zieht durch meinen Körper allein bei dem Gedanken, Rod könnte einen Unfall haben oder tot sein. Das Wissen, wie weh ich ihm getan habe, und die Angst, ich könnte meinen Fehler nie mehr gut machen, lähmen mich beinahe. Während ich mal wieder mit den Tränen kämpfe, schrubbe ich meine Zähne, bis sich mein Zahnfleisch wund anfühlt. Ich spüle den Mund aus, reinige meine Zahnbürste und stelle sie zurück neben Rods. Ohne mein Spiegelbild eines weiteren Blickes zu würdigen, gehe ich ins Schlafzimmer, um mich wie jeden Morgen anzuziehen. Ich tue das seit Tagen wie ein Roboter. Und heute wird es mir zum ersten Mal bewusst. Plötzlich ist alles so sinnlos geworden.

Selbst meinen Job hasse ich zurzeit. Strelitz wird richtig sauer sein, dass mir für die Singlebörse kein Slogan eingefallen ist. Auf den Vorschlag, unsere beiden Aufträge untereinander zu tauschen, hat sich Cindy nicht eingelassen. Sie habe für das Bräunungsstudio bereits einen Slogan gefunden, mit dem sich Strelitz zufriedengab, so ihre Rechtfertigung. Ich spüre natürlich, sie ist sauer auf mich. Jeden Morgen fragt sie mich sofort, ob sie endlich den Auftrag abschließen könne, obwohl sie ganz genau weiß, ich habe nichts. Sie muss es mir an der Nasenspitze ansehen. So wenig Mitgefühl für meine derzeitige Lage hätte ich ihr gar nicht zugetraut. Sie hat doch auch gesehen, dass Rodney mit dieser Claire auf ihrer Geburtstagsparty aufgetaucht ist. Obendrein spricht alles dafür, dass sie diese Tusse sogar persönlich eingeladen hat. Eigentlich müsste ich sauer auf Cindy sein und nicht andersherum. Wieso nur ist alles so festgefahren? Ich weiß, dass ich einen großen, kaum wiedergutzumachenden Fehler begangen habe. Aber darf ich jetzt nie wieder glücklich sein?

Ich streife mir ein Sommerkleid über und schlüpfe in meine Sandalen. Ein Blick auf mein Handy zeigt mir nur eine WhatsApp-Nachricht von Josy. *Bleib heute Nacht bei Toni. Hab dich lieb.* Die Nachricht hat sie kurz vor Mitternacht geschickt. Da ich wusste, dass sie bei Toni ist, hab ich mir keine Sorgen gemacht. Mich rührt es, dass sie mir, obwohl sie schon achtzehn ist, trotzdem immer noch Bescheid gibt, wo sie sich gerade aufhält. Ich schaue bei WhatsApp nach, wann Rod das letzte Mal online war. Heute Nacht um drei. Vermutlich hat er noch mit Claire geschrieben. Ich schließe die App, nehme meinen Autoschlüssel und verlasse die Wohnung Richtung Agentur. Während ich mich in den Stadtverkehr einfädele, überlege ich krampfhaft, wie ich Strelitz mein Versagen am schonendsten beibringe. Ob Ralf heute kommt, um die Vorschläge zu sehen? Bei dem Gedanken daran steigt Übelkeit in mir auf. Da habe ich den Mund wohl etwas zu voll genommen und Strelitz auch mit seinen blöden Vorschusslorbeeren, die von Anfang an schwer auf meinen Schultern lasteten. Wie unangenehm, nun mit leeren Händen dazustehen. Ich biege auf den Parkplatz ein und stelle den Wagen ab. Da sich mit dem Motor auch die Klimaanlage abschaltet, spüre ich sofort, welche Kraft die Sonne schon am frühen Morgen aufbringt, um Berlin ins Schwitzen zu bringen. Ich atme tief durch und steige aus. Während ich auf den Haupteingang zugehe, überlege ich immer noch, was ich Strelitz sagen kann. Verdammt! In so etwas bin ich wirklich nicht gut.

Ich betrete mein Büro, in dem Cindy schon gut gelaunt vor ihrem Bildschirm sitzt. »Morgen«, sage ich und lege meine Handtasche in die unterste Schreibtischschublade.

»Guten Morgen«, sagt Cindy und schaut kurz auf.

Als ich missmutig den Kopf schüttle, stürmt auch schon Strelitz ins Büro. Mein Herz schlägt mir vor Aufregung bis zum Hals, und meine Hände zittern. Vielleicht hätte ich doch etwas frühstücken sollen. Mir ist ganz flau im Magen.

»Guten Morgen, die Damen. Heute ist unser großer Tag. Was habt ihr für mich«, fragt er in die Runde, während er sich siegessicher die Hände reibt. Eine Angewohnheit, die mir heute zum ersten Mal, seitdem ich ihn kenne, sauer aufstößt. Außerdem frage ich mich, wie weit es mit seinen Chefqualitäten ist. Ich an seiner Stelle hätte mich spätestens gestern Nachmittag schon mal bei meinen Angestellten erkundigt, ob alles im grünen Bereich ist. Gespannt halte ich die Luft an. Eine Taktik, wie ich mein Versagen beichten soll, will mir immer noch nicht in den Sinn kommen. Manche Dinge erledigen sich wohl doch nicht von selbst.

»Äh, also, ich weiß nicht, wie ... also ich ... es tut mir wirklich leid, aber ...«, stammele ich herum.

»Also, was Jasmin eigentlich sagen möchte«, fällt mir Cindy plötzlich ins Wort, »ist, dass sie sich unsicher war bezüglich des Slogans. Aber wenn du mich fragst, ich finde ihn super.«

Cindy strahlt Strelitz an, während ich meine Kollegin fassungslos und stumm anstarre. Was hat sie da eben gesagt?

»Ich habe deinen Vorschlag gestern Abend noch eingearbeitet, und jetzt schaut euch doch mal an, was daraus geworden ist. Also mir gefällt es.« Sie dreht den Bildschirm ihres PCs so, dass wir beide draufschauen können, und jetzt bin sogar ich baff. Ich sehe ein fantastisches Layout mit einem für meine Begriffe wirklich ansprechenden, fast witzigen Titel samt Slogan. Auf der oberen Hälfte des Bildschirms frühstückt ein glückliches Pärchen im Bett, über dem ein Bild hängt, auf dem das Wort *Beziehungskiste* als Headline steht. Unter dem Bild verläuft eine Subline *Bleib doch mal wieder zum Frühstück*. Cindy hat die Farben perfekt aufeinander abgestimmt. Es ist ein junges, stylisches Format, das mir sofort ins Auge springt und mich überzeugt. Ich klicke mich durch die Navigation und bin hellauf begeistert. Mir ist ein wenig so, als wenn man mir neuen Lebensmut einhaucht. Gott sei Dank kann Strelitz bei Ralf abliefern. Besser hätte ich es auch nicht hinbekommen.

»Das sieht fantastisch aus«, sage ich mit leiser Stimme. Ich spüre schon wieder, wie mir Tränen aufsteigen.

»Also das habt ihr großartig gemacht. Wenn Ralf Conrad das nicht gefällt, dann weiß ich auch nicht. Prima. Ihr seid wirklich meine besten Zugpferde. Wenn Conrad zusagt, bekommt ihr beide einen dicken Bonus.«

Ich springe auf. »Moment!«, rufe ich panisch aus. »Also den Bonus kann ich nicht annehmen.«

Jetzt springt Cindy auch auf. »Hör nicht auf sie. Sie ist ein bisschen durcheinander, du weißt schon … die Trennung, dann ist Josy zurück … das ist alles ein bisschen viel auf einmal für Jasmin.«

»Nein«, falle ich Cindy ins Wort. »Ich werde auf keinen Fall einen Bonus für etwas kassieren, der mir nicht zusteht. Cindy hat die gesamte Arbeit allein gemacht.«

»Stimmt das?«, fragt Strelitz an Cindy gewandt.

»Na ja, äh … also …«

»Ja, das stimmt«, antworte ich für sie. »Chef, es tut mir wirklich leid, aber mir ist nichts eingefallen. Und Cindy hat nur für mich gelogen, weil sie die beste Kollegin der Welt ist. Und ich weiß das auch wirklich zu schätzen, aber das kann ich einfach nicht annehmen.« Und jetzt kommen mir doch die Tränen. Unaufhaltsam strömen sie aus mir und fluten mein Gesicht. »Ich weiß nicht, warum … warum … ich alle Menschen in meinem Leben so … so … enttäusche … Es tut mir so leid.« Ich sinke auf meinen Bürostuhl und lasse den Tränen freien Lauf. Es wäre sinnlos, jetzt noch zu versuchen, mich zu beherrschen.

Strelitz schaut hilfesuchend zu Cindy, zeigt auf mich und fragt: »Meinst du, du kriegst das wieder hin? Conrad kommt in einer halben Stunde. Dann findet die Präsentation statt.«

»Ich … ich … ka-hann das ni-hicht prä-hä-sentieren«, schluchze ich. Und ich meine, was ich sage. Ich bin heute zu nichts mehr in der Lage. Ich kriege nicht mal eine Präsentation hin, die ich bei einer so guten Vorlage eigentlich im Schlaf und aus dem Stand fertigbringe. Meine Reserven sind aufgebraucht. Ich bin fix und alle.

Cindy bugsiert Strelitz aus dem Büro, kommt um den Tisch herum und hockt sich vor mich. Sie nimmt meine Hände in ihre und spricht beruhigend auf mich ein.

»Hey, was ist denn los, hm?«

»Nichts«, sage ich und versuche endlich nicht mehr zu heulen, was meine Tränendrüsen nicht interessiert. Sie produzieren und produzieren. All mein Kummer der letzten Woche, nein des letzten Jahres will anscheinend heute aus mir heraus. Es ist hoffnungslos. Selbst das Schluchzen aus tiefster Brust kann ich nicht unterdrücken. Ich fühle mich wie sechzehn und so, als hätte ich den ersten Liebeskummer meines Lebens. »Ich habe alles verloren«, wimmere ich verzweifelt. »Wie konnte das alles nur geschehen? Wie konnte ich nur so doof sein? Und warum war ich denn nur so unglücklich? Ich hatte doch alles? Wieso konnte ich mein Glück denn nicht erkennen?«

All die Fragen purzeln nur so aus mir heraus, warten auf eine Antwort. Doch da ist nichts.

Cindy hält weiterhin meine Hand und schaut mich an. »Weißt du eigentlich, dass ich immer neidisch auf dich war?«

»Auf mich?«, frage ich fassungslos.

Cindy nickt. »Du hattest schon immer alles. Du hattest Rodney und Josy, die Anerkennung vom Chef … du hattest eben alles. Jeder mag dich, jeder will dir gefallen. Nehmen wir doch nur mal Ralf. Ich habe ja gesehen, dass du nicht mit ihm geflirtet hast, trotzdem ist er auf dich abgefahren. Nicht auf mich. Du hattest alles und bekamst noch mehr. Verstehst du? Du bekamst immer den Nachschlag, obwohl du doch schon satt warst. Das war einfach unfair.«

»Aber … aber …«

»Ja, ich weiß, du kannst nichts dafür, aber es war schwer für mich. Ich habe mich ein klitzekleines bisschen in Ralf verknallt. Das war nicht einfach für mich, zu sehen, wie er dir hinterhergerannt ist. Ich hätte es mehr verdient als du. Findest du nicht?«

»Absolut«, schluchze ich. »Und ich hätte es dir doch auch gewünscht. Ich bin gar nicht bereit für etwas Neues. Das sieht doch ein Blinder mit dem Krückstock.«

»Was ist denn mit Rod, hm? Ist er denn nun mit dieser Claire zusammen?«

Ich zucke mit den Schultern. »Weiß ich nicht. Aber ich vermute es. Ich hab's versaut, auf ganzer Linie. Ich bin so was von die undankbare Ilsebill-Fischersfrau. Ich habe immer noch mehr gewollt und nun alles verloren. Warum habe ich nie gesehen, welchen Schatz ich da habe?«

»Ich will ja nicht in der klaffenden Wunde bohren, aber genau das habe ich mich auch die ganze Zeit gefragt«, sagt Cindy, meinen Arm tätschelnd.

»Du bist keine große Hilfe, weißt du das?«

Sie steht auf und zeigt auf ihren PC. »Sag das nicht. Meinst du, du schaffst die Präsentation wirklich nicht?«

Ich schüttle den Kopf. »Nee, und leider muss ich mir eingestehen, dass ich mit meinen Kräften am Ende bin. Ich werde Strelitz um eine Woche Urlaub bitten. Ich muss mich mal ein bisschen um mich selbst kümmern.« Ich stehe auf und umarme Cindy. Sie scheint wieder ganz die alte zu sein. »Danke für alles. Das vergesse ich dir nie. Ich bin in einer Woche zurück. Ich muss erst mal wieder zu mir selbst finden. Manchmal hilft es eben nicht, sich einfach nur mit Arbeit abzulenken, hin und wieder muss man sich wohl mit ganzer Kraft auf das Problem konzentrieren, um es aus der Welt zu schaffen.«

»Da hast du recht. Mach's gut und halt die Ohren steif. Wenn du mal 'ne alkoholgeschwängerte Nacht und ein bisschen Abwechslung brauchst, ruf mich an, ja? Dann machen wir Berlin unsicher.«

»Danke für alles«, sage ich und verlasse unser Büro.

16

Inmitten alter Fotoalben schwelge ich weinselig in meiner Vergangenheit. Josy ist mal wieder zu Toni gefahren, um bei ihm zu schlafen. Ich stöbere in alten Fotos, auf denen sie noch ein Baby war und Rodneys Schläfen noch nicht grau meliert. Damals bin ich ständig mit dem Fotoapparat herumgelaufen und habe die beiden fotografiert. Es war wie ein innerer Zwang. Ob auf Spaziergängen im Park, beim Baden auf der Decke, auf Wanderungen, in zahlreichen Urlauben, immer grinsen mir Rodney und Josy entgegen. Auf anderen Fotos wiederum haben sie gar nicht gemerkt, dass sie von mir fotografiert wurden, weil sie ins Spiel vertieft waren oder schliefen. Glücklich sahen sie immer aus. Ich schließe die Augen und denke an die alten Zeiten. Ich fühle noch mal das eigene Glücklichsein, das ich hinter der Kamera empfunden hatte. Ich spüre wieder den Stolz auf meine kleine eigene Familie, spüre die Liebe für diese beiden Menschen, für die ich mich entschieden hatte. Ich wollte mit Rodney mein Leben verbringen und mit ihm dieses Baby großziehen. Es gab nichts, was ich lieber getan hätte. Ich weiß noch genau, wie es sich anfühlte, mit Josy schwanger zu sein.

Unseligerweise kommen mir sofort die Bilder der letzten Schwangerschaft in den Sinn. Ich sehe das Zittern meiner

Hand, die den positiven Schwangerschaftstest umklammert. Ich verspüre wieder die schreckliche Übelkeit, als mir das Ausmaß dessen bewusst wird, was ich angerichtet hatte. Ich spüre die heißen Tränen, die auf meinen Handrücken tropften, während ich regungsunfähig auf das Ergebnis starrte und nicht wusste, was ich tun soll; keine Ahnung hatte, wie ich das wieder hinbiegen kann. Alles war und ist so aussichtslos. *Und langsam kommt die Einsicht, dass ich das gesamte letzte Jahr über versucht habe, unser glückliches Leben, das wir doch hatten, in den hintersten Winkel meines Herzens zu schieben wie ein ungeliebtes Ding.* Weil mich die Erinnerung an unser schönes Leben stets mahnte, mir vor Augen hielt, was ich falsch gemacht und was ich aufs Spiel gesetzt hatte. Ich habe nach Rechtfertigungen für mein Fremdgehen gesucht und für die Abtreibung. Allerdings suchte ich die Schuld kaum bei mir, sondern viel mehr bei Rodney. Wenn ich fremdgegangen war, musste es doch vor allem anderen seine Schuld gewesen sein, nicht nur meine. Wie hätte ich das tun können, wenn bei uns alles in Ordnung gewesen wäre? Welchen Grund hätte ich gehabt, ihn zu betrügen? Bestimmt war unser langweiliges Leben schuld an meinem Fehltritt. Und auch Mike wird mit Eva nicht wirklich glücklich gewesen sein. Schließlich hatte auch er keinen Moment gezögert, als sich die Gelegenheit bot. Na ja, und dann waren da noch die zwei Flaschen Wein, die wir geleert hatten. Die Frage ist, ob ich anders gehandelt hätte, wenn mir klar gewesen wäre, dass Rodney mich tatsächlich verlässt? Wäre er vielleicht bei mir geblieben, wenn ich von Anfang an die Karten auf den Tisch gelegt, alles gebeichtet und tiefe Reue gezeigt hätte? Vermutlich nicht. Und zwar weil *ich* so unsäglich wütend auf mich selbst war. Bin. Immer sein werde. Ich konnte Rodney nicht mehr in die Augen schauen und mir selbst auch nicht. Mein eigenes Spiegelbild hat mich angewidert, und all die Streite, die ich vom Zaun brach, sollten Rodney wachrütteln und ihm zeigen, welchen beschissenen Fehlgriff er mit mir gemacht hatte. Und damit habe ich ihn letztendlich vertrieben.

Das Piepsen meines Handys holt mich aus meinen Gedanken. Ich nehme es und sehe eine WhatsApp-Nachricht von Ralf: »Bist du allein?«

Da ich vermute, er will nur telefonieren, antworte ich: »Ja, wieso?«

Es dauert keine fünf Sekunden, bis es an der Tür klingelt. Oh Mann, das passt mir jetzt aber gar nicht. Ich schaue an mir hinunter. Jogginghose, verschlissenes T-Shirt. Außerdem bin ich nicht geschminkt. Wenn das Ralf ist, bin ich ihn schneller los, als ich »zweite Chance im Leben« aussprechen kann. Bei genau diesem Gedanken spüre ich plötzlich, dass es mir wirklich egal ist, ob ich heute und jetzt auf Ralf Conrad attraktiv wirke. Vielmehr schießt in mir die Erinnerung an einen ganz bestimmten Tag hoch, an dem ich krank und mit dicken juckenden Pusteln im Bett lag. Josy und ich hatten uns mit den Windpocken angesteckt und sahen beide aus wie die Hauptakteure aus *The Walking Dead*. Wir lagen ans Bett gefesselt mit hohem Fieber, und Rodney kümmerte sich rührend um uns, kochte für uns, las Josy vor und brachte uns Tee und Medikamente. Und er verbot uns strengstens, uns gegenseitig zu kratzen. Ein Lächeln huscht mir übers Gesicht, als ich mich daran erinnere, wie ich »der Papa hat gut reden« flüsterte und Josy ganz verzückt jaulte, als ich ihren Rücken rieb.

Auf dem Weg, die Tür zu öffnen, stolpere ich beinahe über die am Boden liegenden Fotoalben. Ich bin angetrunken, und in meiner Wohnung herrscht ein heilloses Tohuwabohu. Vor der Tür steht tatsächlich Ralf, eine Flasche Wein in der Hand, die er mir entgegenhält.

»Lust auf einen geselligen Abend?«, fragt er. Er sieht hinreißend aus. Sein Blick wandert an mir hinunter und wieder hinauf, und für einen kurzen Moment geniere ich mich nun doch. Was er wohl von mir denkt?

»Ich war nicht auf Besuch eingerichtet«, sage ich und bleibe wie festgewachsen in der Tür stehen.

»Das hier ist auch ein Überraschungsbesuch. Da muss man sich nicht drauf einrichten«, sagt Ralf grinsend.

»Ja, aber heute ist wirklich schlecht. Ich ... ich ... hab doch gesagt, ich melde mich, wenn es mir besser geht. Mir ist gerade überhaupt nicht nach Gesellschaft. Sei nicht böse, okay?«

Ralf lächelt immer noch. »Hör mal, ich weiß, dass es dir momentan nicht so gut geht. Deshalb bin ich ja hier. Ich möchte dich etwas aufmuntern. Und so, wie du gerade aussiehst, kannst du Gesellschaft sehr wohl gebrauchen. Lass uns ein Glas Wein trinken. Danach geh ich auch gleich wieder. Wir haben schließlich noch auf etwas anzustoßen.«

Ich kräusele die Stirn. »Wir? Worauf sollten wir denn anstoßen?«, frage ich verwirrt.

»Das sage ich dir, wenn du mich hereinbittest.« Ralf lässt offenbar nicht locker, und mir wird es langsam zu blöd, in der Tür herumzustehen wie die Wache vor dem Buckingham-Palast.

»Na schön, dann komm halt herein, aber es ist nicht aufgeräumt.« Wir betreten das Wohnzimmer, und jetzt erst fällt mir auf, dass es wirklich wüst aussieht. Abgesehen von den herumliegenden Fotoalben – es sind mindestens zwanzig Stück –, stehen in der Mitte eine halb leere Flasche Rotwein und ein leeres Glas, und im Aschenbecher glimmt eine halb gerauchte Zigarette. Wenn dieser ganze Herzschmerz vorbei ist, werde ich das Rauchen wieder aufgeben. Es ist so anstrengend, aufzupassen, dass Josy mich nicht erwischt. Wir haben nämlich einen Pakt. Wenn sie nicht raucht, rauche ich auch nicht. Ich drücke den Glimmstängel im Aschenbecher aus und öffne die Balkontür.

»Ich wusste gar nicht, dass du rauchst«, sagt Ralf und streut damit noch Salz in die Wunde.

»Tu ich auch nicht«, sage ich knapp.

Ralf zieht nur die Augenbrauen hoch. »Sortierst du alte Fotos, ja?«, fragt er und lässt seinen Blick über den Fußboden wandern.

»So ähnlich«, sage ich. Ich will nicht zugeben, dass ich eigentlich in der Vergangenheit herumgewühlt habe auf der Suche nach alten Glücksmomenten.

»Setz dich«, sage ich und deute aufs Sofa. Ich gehe in den Küchenbereich und hole für Ralf ein Weinglas. »Willst du deine Flasche öffnen, oder nimmst du mit meiner angefangenen vorlieb?«, frage ich.

Er zuckt mit den Achseln. »Mir egal, wie du willst.«

»Mach lieber deinen auf, meiner ist aus dem Discounter, und irgendwie schmeckt man ihm das an.« Ich verziehe den Mund und gebe Ralf den Korkenzieher.

»Wie geht's dir?«, fragt er, während er die Flasche Wein öffnet und unsere Gläser füllt.

»Ganz gut«, sage ich einsilbig.

»Ich hab dich bei der Präsentation vermisst«, sagt er.

»Stimmt. Die Präsentation.« Ich nicke. Plötzlich fällt mir wieder ein, was es zu feiern geben könnte. »Hat euch der Slogan gefallen?«, frage ich.

»Der ist der Hammer, genau wie die Website. Ach, und ich soll dich von Guido grüßen.«

»Danke schön. Habt ihr denn schon nennenswerte Erfolge eingefahren?«

»Allerdings. Wir haben mit Gewinnspielen gestartet und waren in mehreren Radiosendungen unterwegs, um unsere Website vorzustellen. Das Konzept kommt gut an, und die Singlegemeinde wächst Tag für Tag. Wir sind sogar dabei, eine App zu entwickeln.«

»Wahnsinn. Das freut mich, Ralf. Wirklich. Du, ich weiß nicht, ob Strelitz oder Cindy es dir gesagt hat. Aber von mir kam der Slogan nicht. Das hat sich Cindy alles allein ausgedacht.«

»Und wenn schon, das spielt doch jetzt keine Rolle mehr. Das Start-up läuft, und wir machen ordentlich Kohle damit. Das ist die Hauptsache.«

Ich nicke und entdecke einen Kaffeefleck auf meiner Jogginghose. Was muss er nur von mir denken? Gedankenverloren streiche ich mit dem Daumen drüber und verdecke den Fleck dann mit meiner Hand.

Ralf hält mir sein Glas entgegen. »Auf die Beziehungskiste«, sagt er, und ich stoße mit ihm an. Ich schiele zur Uhr und sehe, es ist inzwischen nach acht, und jetzt spüre ich erst, wie hungrig ich bin. Ich stehe auf und gehe zurück in die Küche.

»Ich schiebe mal eine Pizza in den Ofen, willst du auch eine?« Ich öffne das Tiefkühlfach, in dem mehrere Pizzen übereinandergestapelt liegen.

»Hey, wir können auch essen gehen. Komm, ich lad dich ein.«

»Heute nicht, Ralf. Mir ist überhaupt nicht nach rausgehen. Was willst du? Ich hab Thunfisch, Salami oder vegetarisch.«

»Na gut, dann nehme ich Salami«, sagt er, und die Enttäuschung über meine Abfuhr steht ihm ins Gesicht geschrieben. Ich schiebe zwei Salamipizzen in den Ofen und setze mich wieder zu ihm.

Nach kurzer Zeit des peinlichen Schweigens räuspert sich Ralf. »Hier wohnst du also?«

»Ja, zusammen mit meiner Tochter Josy. Sie ist aus Amerika zurück. Aber ich denke, über kurz oder lang wird sie zu ihrem Freund ziehen. Sie ist sowieso kaum noch zu Hause.«

»Oh Mann, das muss komisch für dich sein. Da hast du achtzehn Jahre lang ein Kind großgezogen, und plötzlich wird es flügge und geht seine eigenen Wege.«

»Nicht nur das Kind«, murmele ich mehr zu mir.

»Was?«

»Ach, schon gut.« Ich winke ab und fasse mir an den Mund. »Entschuldige, ich bin mit meinen Gedanken gerade nicht ganz da.« Mein Blick schweift über die Fotos. Überall auf dem Boden liegen Fotos von Rodney verstreut, und ich sitze hier oben mit einem fremden Mann, der sich etwas von mir erhofft. Wenn ich die ganze Szenerie auf mich wirken lasse, fühlt sich plötzlich alles so falsch an. Der Mann, der da auf meiner Couch sitzt, innerlich aufgeregt ist – das merke ich sehr wohl –, ist schlicht und ergreifend der falsche. Das kurze Begehren, das Aufflackern von Gefühlen, verursacht durch einen Kuss, der wahrlich nicht unangenehm war, ist nicht mehr als das. Ein Kuss. Mehr nicht. Der Mann, der hier sitzt und sich Hoffnungen macht, ist nicht das, was ich will. In mir tobt der Wunsch, meinen Mann anzurufen und ihn anzuflehen zurückzukommen.

»Ralf«, flüstere ich. Und dann sage ich es noch einmal etwas lauter. »Ralf, du … ich weiß nicht, wie ich es sagen soll, aber …« Ich breche ab.

Ralf nickt und stellt das Weinglas auf dem Tisch ab. »Ich weiß. Es ist zu früh.« Er deutet auf die Fotos. »Er ist derjenige, den du willst. Ich habe hier eigentlich nichts verloren, oder?«

Den direkten Blickkontakt meidend, nicke ich. »Es tut mir leid. Ich habe einfach noch keinen Kopf für etwas Neues.«

»Ja, ich hätte auf dich hören sollen, als du sagtest, du meldest dich, wenn du so weit bist. Aber dann kam der Kuss, und ich kann seitdem nicht aufhören, an dich zu denken … mir tut es leid.« Er steht auf. Und ich mit ihm.

Schweigend bringe ich ihn zur Tür und öffne sie. »Und ich kann nicht aufhören, an meinen Mann zu denken, verstehst du?«

Ralf nickt. »Liebst du ihn noch?«

»Ja, und das wird sich so bald auch nicht ändern.«

Ralf streichelt unbeholfen meine Wange. »Schade. Mach's gut.«

17

Eine weitere Woche ist vergangen, in der Rod sich nicht bei mir gemeldet hat. Ich bin am Boden zerstört. Draußen regnet es, und es fühlt sich ein bisschen so an, als würde sich der Sommer verabschieden wollen. Das ist natürlich Quatsch, es ist erst Mitte August, ein paar Sonnentage liegen wohl noch vor uns. Die kühleren Temperaturen helfen mir zumindest, einen klaren Kopf zu kriegen und mich nicht mehr ganz so schlapp zu fühlen. Außerdem konnte ich in der Urlaubswoche etwas Schlaf nachholen, wenn auch oft nur tagsüber vor lauter Erschöpfung. Nichtsdestotrotz habe ich es noch immer nicht fertiggebracht, Rodney um ein Gespräch zu bitten. Die Angst vor einem Nein schnürt mir förmlich die Kehle zu. Da mir meine Vermeidungshaltung allmählich selbst auf die Nerven geht, bin ich fest entschlossen, ihn heute wegen eines Treffens anzurufen. Während ich auf mein Handy starre, höre ich, wie plötzlich ein Schlüssel ins Türschloss gesteckt wird.

»Mama«, ertönt kurz darauf Josys Stimme.

»Im Wohnzimmer!«, rufe ich und lege das Handy zur Seite. Josy kommt in die Stube und lässt sich neben mich auf die Couch fallen.

»Puh, bin ich fertig«, stöhnt sie, und sie sieht wahrhaft geschafft aus.

»Na, wo kommst du her?«, frage ich und drücke ihr ein Küsschen auf die Schläfe.

An der Art, wie sie ihren Blick senkt, spüre ich sofort, dass ihr irgendetwas unangenehm ist.

»Äh, ich war bei Paps«, sagt sie mit zerknirschter Miene.

»Hey«, strahle ich sie an, »das ist doch toll. Geht es ihm gut?« Mein Pulsschlag beschleunigt sich spürbar. Damit Josy das Zittern meiner Finger nicht bemerkt, verschränke ich die Arme vor der Brust.

»Ja. Doch.« Verzweifelt sucht sie nach Worten, das spüre ich. »Ich habe ihm geholfen.«

»Aha? Und wobei?«, frage ich und halte gespannt die Luft an.

»Beim Umzug. Ich meine eigentlich beim Einzug. Die Werkstatt kann man ja nicht wirklich als Wohnung bezeichnen.«

»Aha«, sage ich noch einmal. Mehr kommt mir gerade nicht über die Lippen.

»Mensch, Mama. Ruf ihn an. Ihr müsst doch irgendwann mal wieder miteinander sprechen.«

»Ja, ich versuche es. Ich will es ja versuchen«, gebe ich zurück.

Wir schauen beide stur geradeaus.

»Ist er … ich meine … hat er … also …« Ich fürchte mich so sehr vor der Antwort, dass ich es nicht fertigbringe, zu fragen, ob er zu Claire gezogen ist. Außerdem möchte ich ihn nicht bloßstellen, falls er Josy noch nichts von seiner Neuen erzählt hat.

»Was denn, Mama? Sprich es aus!«

Und dann kommt mir der Gedanke, dass er doch niemals bei Claire eingezogen sein kann, wenn er sich von Josy beim Umzug hat helfen lassen, oder? Das hätte er unserer Tochter in der Kürze der Zeit niemals zugemutet. So gut kenne ich Rod.

»Wohin ist er denn gezogen?«, frage ich so beiläufig wie möglich und wappne mich innerlich vor neuem Herzschmerz.

»In eine Zweizimmerwohnung schräg gegenüber seines Ladens. Unters Dach. Ohne Fahrstuhl. Kannst du dir das vorstellen? Ich werde morgen früh Muskelkater für drei haben. Ich bin heute bestimmt fünfzehn Mal in den fünften Stock gelaufen«, beschwert sie sich.

Schiere Erleichterung fließt durch meine Adern. Keine Claire. Zweizimmerwohnung. Fünfte Etage.

»Und meinst du, er wird sich dort wohlfühlen?«

»Klar, kennst doch Papa. Er will natürlich alles renovieren, aber die Wohnung ist gut in Schuss und besitzt sogar einen kleinen Balkon. Er hat schon den gesamten Malerbedarf eingekauft. Er wütet wie ein Irrer.«

»Wow«, entfährt es mir. Es ist also sein Ernst. Dann bin ich jetzt wohl tatsächlich die verlassene Ehefrau. Macht dann ein Gespräch überhaupt noch Sinn? Wenn er eine eigene Wohnung hat, wird er doch unmöglich noch zu mir zurückkommen wollen.

»Ja, wow«, äfft mich Josy nach. Sie steht auf und läuft Richtung Badezimmer. »Ich gehe jetzt duschen, und danach fahre ich zu Toni. Ich schlafe bei ihm, ja?«

»Okay!«, rufe ich ihr hinterher und schalte den Fernseher an. Es läuft eine Tierdoku, in der ich aufschnappe, dass australische Graugänse, wenn sie sich denn gefunden haben, ihr Leben lang zusammenbleiben. Ich habe so etwas schon über Elefanten und Schwäne gelesen, und wieder muss ich an Rod denken. Zur Hochzeit hatte er mir ins Ohr geflüstert, er könne sich keine andere Frau vorstellen, mit der er lieber gemeinsam alt werden wolle. Ich muss mich schwer zusammenreißen, wenigstens solange Josy noch hier ist. Sie schaut mich ständig besorgt von der Seite an, ist wachsam, aufmerksam, versucht, kein falsches Wort zu sagen, um meinen Kummer nicht noch zu vergrößern.

Das könnte sie gar nicht. Ihr Dasein spendet mehr Trost, als ihr bewusst ist.

Irgendwann muss ich eingeschlafen sein, denn ich höre nur, wie die Tür vorsichtig ins Schloss gezogen wird. Sofort bin ich wieder hellwach. Ich setze mich auf, reibe mir die Augen und sehe einen Zettel auf dem Tisch. *Rede endlich mit Papa. Ich hab dich lieb, Josy.*

Ich schaue zur großen Wanduhr. Es ist sieben. Das war immer die Zeit, in der Rod online in der Philapress gelesen hat, während ich es mir mit einem Buch auf der Couch gemütlich gemacht habe. Irgendwie fehlt mir seine Nähe jetzt. Fehlt sie mir wirklich? Oder nur, weil ich weiß, dass ich sie für immer verloren habe? Ich stehe auf, gehe in die Küche und gieße mir ein Glas Selters ein. Zurück auf der Couch, nehme ich mein Handy in die Hand, denke nicht mehr nach, sondern wähle einfach seine Nummer. Noch bevor ich wieder einen Rückzieher machen kann, höre ich das Freizeichen. Meine Hände sind feucht, und ich muss mich räuspern. Eine blöde Angewohnheit, wenn ich nervös bin.

Als ich schon damit rechne, nur die Mailbox anzutreffen, nimmt Rod doch ab.

»Hallo«, sagt er knapp in den Hörer.

»Ich bin's, Jasmin.«

»Ich weiß.«

Schweigen.

»Du … ich, äh …«, stammle ich.

»Ja, was?«, fragt Rod. Ich höre Ungeduld in seiner Stimme.

»Wie geht's dir?«, frage ich, um nicht gleich mit der Tür ins Haus zu fallen.

»Tut mir leid, ich hab jetzt gerade gar keine Zeit. Willst du etwas Bestimmtes?«

»Äh ja, eigentlich schon. Ich wollte dich fragen, ob wir uns mal treffen können. Ich finde, wir sollten noch mal in Ruhe über alles reden.« Nervös puste ich mir eine Haarsträhne aus dem Gesicht und knibbele am Wachsrand der Vanillekerze herum.

Rodney schweigt.

»Rod? Bist du noch dran?«

»Ja, bin ich«, kommt es ziemlich genervt. Er scheint kein großes Interesse daran zu haben, mit mir zu sprechen, geschweige denn, sich für ein Gespräch mit mir zu treffen. Ich kaue auf meiner Unterlippe und warte. Als er wieder nichts sagt, atme ich tief durch.

»Sei doch nicht so … lass uns doch noch mal reden, Rod«, sage ich, und ich hasse mich für den bettelnden Ton in meiner Stimme, weil ich weiß, dass er deshalb schon allein aus Mitleid nicht Nein sagen wird.

»Worüber willst du denn noch reden, Jasmin? Ich finde, irgendwann ist auch mal alles gesagt.«

»Meinst du nicht, dass noch so viele Fragen offen sind? Ich … ich … will dich nur noch einmal sehen, dann lass ich dich in Ruhe, okay?«

Wieder Schweigen. So kenn ich Rod gar nicht. Er ist sonst schnell nachgiebig, immer umgänglich, zugewandt und, was Konflikte betrifft, lösungsorientiert. Diesmal nicht. Er will mich schlicht nicht sehen.

»Rod?«, versuche ich es ein letztes Mal.

»Okay.«

»Echt?«

»Ja. Sag mir, wo, und ich werde da sein.«

»Willst du nicht einfach herkommen? Ich möchte nicht in irgendeinem öffentlichen und anonymen Café über uns sprechen. Gönn uns unsere Privatsphäre, okay? Du kannst auch jederzeit gehen, wenn du willst.«

»Was versprichst du dir eigentlich von noch einem Gespräch?«

»Ich weiß es auch nicht, Rod. Aber so, wie wir auseinandergegangen sind … mich belastet das sehr. Ich schlafe schlecht, und wenn ich dich nur ein bisschen kenne, weiß ich, dass es dir ähnlich geht. Lass uns einfach noch mal reden, ja?«

Am anderen Ende wird wieder geschwiegen. Rod überlegt. Oh Mann, es ist so festgefahren. Wenn er nicht zusagt, dann ist alles verloren.

»Rod, es ist nur ein Gespräch. Das bist du uns schuldig. Komm, spring über deinen Schatten.«

»Also schön, ich komme morgen nach Ladenschluss. Sieh zu, dass Josy nicht da ist, sie muss das ja nicht alles mitkriegen.«

Er legt auf, ohne dass ich noch etwas erwidern kann. Erleichterung paart sich mit Aufregung. Ein Hoffnungsschimmer durchflutet mich, und ich kämpfe ihn nieder. Nicht zu früh freuen. Nur weil er dem Gespräch zustimmt, heißt das noch gar nichts. Aber es ist leider der einzige Strohhalm, an den ich mich noch klammern kann.

18

»Hallo.«

Rod hat seinen Schlüssel nicht benutzt, sondern geklingelt. Mit finsterer Miene steht er vor der Wohnungstür und wartet ab, bis ich ihn hereinbitte.

»Hi«, sage ich und mache eine einladende Geste. Während Rod in den Flur tritt, hält er seinen Wohnungsschlüssel mit spitzen Fingern hoch und sagt: »Hier, für dich. Ich denke, du hast ihn lieber bei dir.«

Da ich nicht reagiere, hängt er ihn kurzerhand ans Schlüsselbrett über dem Schuhschrank.

»Du hättest ihn mir nicht mitbringen müssen. Es kann ja auch mal etwas mit Josy sein, und wenn du dann nicht in die Wohnung kommst ...«, erkläre ich halbherzig.

Wir gehen ins Wohnzimmer und nehmen Platz. Ich auf der Couch, wie üblich, Rodney im Sessel, auch wie üblich. Im Gegensatz zu früher kommt mir der Abstand zwischen uns riesig vor, fast so, als würden unüberwindbare Stromschnellen zwischen uns fließen.

»Was soll schon mit Josy sein?«, fragt Rod. »Sie ist doch sowieso öfter bei Toni als hier, oder?«

»Ja, kann schon sein. Ich meine ja auch nur … du hättest den Schlüssel behalten können, das wäre schon in Ordnung.«

Rod winkt unwillig ab. »Wieso bin ich hier, Jasmin?«, kommt er ohne große Umschweife zur Sache.

Ich hole tief Luft. »Äh, willst du nicht vielleicht was trinken?«

»Nee du, lass mal. So lange wollte ich auch gar nicht bleiben.«

»Rod«, quengele ich, »nun sei doch nicht so auf der Flucht.«

Rod trägt schwarze Jeans und ein schwarzes T-Shirt. Wie zu einer Beerdigung, denke ich bei mir. Er trägt unsere Ehe zu Grabe. Unendliche Trauer überkommt mich, noch bevor ich weiß, ob das jetzt wirklich das Ende ist.

»Hör zu, Jasmin. Ich weiß nicht, was du dir von noch einem Gespräch zwischen uns erwartest. Ich kann dir nur eines sagen. Ich will das hier alles nicht mehr. Ich will versuchen, nach vorn zu schauen. Unser letztes Gespräch hat mir deutlich die Augen geöffnet. Ich kann und ich will so nicht weitermachen.«

»Inwiefern die Augen geöffnet?«, frage ich.

»Du weißt schon … Ich sagte dir, es mache mir nichts aus, dass ich dich immer mehr geliebt habe … zum Beispiel. Und je öfter und je länger ich darüber nachdenke, umso bewusster wird mir, dass das im Grunde krank ist. Es gibt tatsächlich Beziehungen, in denen beide Partner das Gleiche füreinander empfinden. Warum soll ich mich mein Leben lang mit weniger zufriedengeben? Es muss doch da draußen irgendeine Frau geben, die mich so liebt, wie ich bin, meinst du nicht?«

Ich nicke und fange an zu weinen, obwohl ich wirklich stark bleiben wollte.

»Rod, ich gebe ja zu, dass es ein bisschen so war. Ich weiß, dass du immer derjenige warst, der mehr in uns gesehen hat. Dass du derjenige bist, der sich immer sicher war. Ich war undankbar. Ich nahm alles als selbstverständlich, ich war gelangweilt und ständig müde, immer auf der Suche … wonach, weiß ich bis heute nicht. Aber jetzt weiß ich, wie dumm ich war. Jetzt weiß ich, wie unglücklich und einsam ich bin ohne dich. Manchmal weiß man erst, was man hatte, wenn man es verliert. Das klingt so abgenutzt, und doch ist es so wahr. Rod, ich liebe dich. Und ich werde dich immer lieben. Bitte komm zurück. Ich verspreche dir, ich habe meine Lektion gelernt.«

Rod schnaubt. »Und diese Erkenntnis ist dir jetzt hier innerhalb der letzten Woche gekommen, ja? Oh, ich liebe meinen Mann ja doch viel mehr, als ich dachte …« Rod verstellt seine Stimme und gestikuliert wie eine Frau. Sein Blick ist wütend und verletzt.

»Nein!«, rufe ich aus. »Also ja … Ich gebe zu, ich habe die letzten Wochen, oder besser gesagt das letzte Jahr, ständig versucht, mich mit Arbeit abzulenken. Aber in der letzten Woche habe ich Urlaub genommen, einfach, um mich mal zu sammeln und mich mit mir selbst auseinanderzusetzen. Du weißt doch, wie ich bin, ich hasse das.«

»Und da hat dir plötzlich eine Woche gereicht, um zu der Erkenntnis zu gelangen, dass du mich doch noch liebst?«

»Ich brauchte eben Zeit, um zu erkennen, dass du alles bist, was ich will. Und es tut mir so leid, dass ich dir so wehgetan habe. Ich hasse mich auch dafür, dass ich unsere Freunde so verletzt habe. Ich habe einen Riesenfehler begangen, den ich mir selbst nicht verzeihen kann.«

»Oh, der großen Jasmin tut es plötzlich leid, dass sie den verdammten besten Freund ihres Mannes gevögelt hat, von ihm schwanger geworden ist, abgetrieben hat und ihren eigenen Mann ein ganzes Jahr lang in dem Glauben ließ, er sei der Vater des Kindes gewesen. Das tut dir also ganz plötzlich leid? Nee, Jasmin. Irgendwann ist auch mal Schluss. Du weißt, ich bin das gutmütigste Schaf in der Umgebung und bis über die Landesgrenzen hinaus, aber eines ist sicher: Noch mal lass ich mir mein Herz von dir nicht aus der Brust reißen.«

Ich schlage die Hände vors Gesicht. »Ich wollte das doch alles nicht. Es tut mir so, so leid«, weine ich.

»Nicht mal mehr das nehme ich dir ab. Ich habe immer um uns gekämpft. Ich habe alles für uns getan – für dich, für Josy, für unsere kleine Familie. Vielleicht bin ich ein Spießer und Langweiler. Aber eines kann ich mit Fug und Recht behaupten: Ich hab dich immer geliebt, nicht nur aus tiefstem Herzen, sondern absolut kompromisslos. Ich liebte alles an dir, sogar deine Fehler. Ich bin gespannt, ob du noch mal jemanden findest, der das von sich sagen kann.«

Unfähig, etwas zu erwidern, sitze ich auf dem Sofa und weine. Rodney steht auf, geht zur Kommode, holt Papiertaschentücher heraus und gibt sie mir in die Hand.

»Ich verlasse dich nicht, um dich unglücklich zu machen, Jasmin. Ich will, dass du endlich glücklich wirst. Mit mir wirst du das nicht. Vor allem, weil ich nicht mehr bereit bin, mich für dich zu verbiegen. Ich bin, wer ich bin. Und das muss ich vielleicht auch erst einmal lernen. Zwanzig Jahre Ehe verändern einen Menschen. Nicht nur dich, mich auch. Vielleicht ist es ganz gut, dass wir uns beide erst einmal auf uns selbst konzentrieren. Ich will nicht im Groll gehen, schon wegen Josy nicht. Aber ich werde gehen.«

So traurig seine Worte sind … das, was er sagt, versöhnt mich ein bisschen. Trotzdem starte ich einen allerletzten Versuch.

»Gut gebrüllt, Löwe«, sage ich, »aber wohin geht jetzt deine ganze Liebe für mich? Hast du sie abgestellt? Also … ich frage nur, weil ich den Hahn gerade nicht zudrehen kann. Ich liebe dich gerade jetzt in der schwersten Krise unserer Ehe am allermeisten und kann mir ein Leben ohne dich kaum vorstellen. Es zerfetzt mich von innen.«

Rodney lächelt mich an. Seine Augen sind so sanft und gutmütig wie die eines Bernhardiners. Diese Situation nagt an ihm genauso wie an mir, das sehe ich doch.

»Nein, Liebe lässt sich nicht abstellen. Aber ganz ehrlich, Jasmin. Du hast ganze Arbeit geleistet. Mein Herz ist zerbrochen. Vielleicht fühlst du jetzt das, was ich in all den Jahren zuvor gefühlt habe. Unerwiderte Liebe tut weh, oder?«

Unerwiderte Liebe … wie er das sagt.

Ich nicke. »Ja, sehr.« Wieder laufen mir unaufhaltsam Tränen übers Gesicht. Rod hat so recht mit allem, was er sagt. Ich habe ihn wirklich schlecht behandelt, besonders im letzten Jahr musste er für all meine Fehler büßen. Wieso nur habe ich das alles aufs Spiel gesetzt?

Rod steht auf. »Ich gehe jetzt«, sagt er. »Tu uns einen Gefallen und lass es gut sein, okay, Jasmin. Wenn Post kommt oder dergleichen, gib sie Josy mit. Wir haben verabredet, dass sie mich einmal die Woche besucht. Die Unterlagen für den Steuerberater kannst du ihr auch mitgeben. Wenn ansonsten etwas ist, ruf an. Aber ich bitte dich, mich erst einmal in Ruhe zu lassen, okay?«

Jedes Wort trifft mich bis ins Mark. Ich will nicht, dass er geht. Er soll bleiben. Er ist doch mein Mann. Mein Rod. Er dreht sich um, verlässt das Zimmer, und ich höre, wie die Wohnungstür ins Schloss fällt.

Genauso muss sich Sterben anfühlen. Unsere Ehe ist tot und zumindest für Rodney sogar schon begraben. So allein, verletzt und traurig wie jetzt habe ich mich noch nie in meinem Leben gefühlt. Ich krümme mich vor Herzschmerz. Mir ist übel, unendlich übel. Ich habe kaum etwas gegessen, dennoch renne ich zur Toilette, weil ich mir sicher bin, mich übergeben zu müssen. Ich würge, ich keuche, ich heule. Immer wieder winde ich mich, bis ich wieder würgen muss. Es kommt nichts. Meiner Kehle entweicht ein Jaulen, das sich in meinen Ohren wie ein verzweifelter Todeskampf anhört. Es dauert ein wenig, bis ich wieder zu mir komme. Und dann ist plötzlich alles still. Die Vernunft scheint die Oberhand zu gewinnen. Mein Verstand schützt mich, denn er weiß, wenn ich mich jetzt nicht zusammenreiße, höre ich vielleicht nie wieder auf zu heulen. Der Gedanke daran lässt mich tatsächlich ruhiger werden. Mein Atem geht mit der Zeit langsamer. Rod hat mir im Prinzip nur das gesagt, was ich die ganze Zeit befürchtet habe. Es ist vollkommen egal, ob Claire zukünftig eine Rolle in seinem Leben spielt. Das Einzige, was mich zu interessieren hat, ist, dass ich keine Rolle mehr darin spiele. Da kann ich tun und lassen, was ich will. Rod hat mit mir abgeschlossen. Unwiderruflich.

19

Ein Jahr danach, 7. August

Angespannt laufe ich durchs Wohnzimmer. Wie gerne würde ich jetzt eine Zigarette rauchen. Nachdem Josy mich vor vier Wochen beim Qualmen erwischt hat, musste ich ihr hoch und heilig in die Hand versprechen, die Finger vom Tabak zu lassen. Seitdem habe ich keine Zigarette mehr angerührt, aber es fällt mir wirklich schwer, konsequent zu bleiben.

»Mensch, Mama«, schimpft Josy, »was ist nur los mit dir? Du fährst zum Wellnessen. Komm mal runter!«

»Ja ja, ist ja gut, ich bin ja entspannt.« Josy ahnt nicht, was für mich auf dem Spiel steht. Sie kennt die Geschichte um Eva, Mike, Rod und mich immer noch nicht, und dabei wird es hoffentlich auch bleiben. Vor drei Wochen habe ich Eva eine E-Mail geschrieben. Das heißt, ich habe ihr schon mindestens zwanzig Mails geschrieben, aber diesmal habe ich es geschafft, sie abzuschicken, bevor mich der Mut wieder verließ.

Liebe Eva,

ein Jahr ist vergangen, seit wir uns das letzte Mal gesehen haben. Ich vermisse Dich sehr, weshalb ich diesen letzten Versuch starte. Erinnerst Du Dich noch an unsere Wette damals auf Deinem Balkon? Du warst Dir sicher, dass ich spätestens in einem Jahr alles bereuen würde. Die Wette hast Du haushoch gewonnen. Nur, dass ich kein Jahr brauchte, um zu dieser Einsicht zu gelangen. Schon damals bei unserem gemeinsamen Gespräch habe ich mein Verhalten bereut und tue es noch. Nur war ich damals leider zu feige, Dir die Wahrheit zu erzählen. Auch dafür schäme ich mich immer noch wahnsinnig.

Da Wettschulden Ehrenschulden sind, möchte ich sie nun begleichen. Ich habe für den Zeitraum vom 7. bis 9. August ein dreitägiges Arrangement für uns in der *Bleiche* im Spreewald gebucht. Könntest Du Dir vorstellen, über Deinen Schatten zu springen und mit mir dorthin zu fahren? Vielleicht könnten wir nach all der Zeit noch einmal in Ruhe über alles reden. Nach wie vor bereue ich zutiefst, Dich und auch Rod so sehr verletzt zu haben, und es vergeht kein Tag, an dem ich mir keine Vorwürfe deswegen mache. Ich weiß, dass ich nichts rückgängig machen kann, aber in mir ist noch ein Funken Resthoffnung, dass Du mir vielleicht irgendwann vergeben könntest. Ich weiß, ich habe das oben schon geschrieben, aber ich will es Dir noch einmal sagen: Ich vermisse Dich wirklich ganz furchtbar. Wenn Du Dir also einen Ruck geben könntest, würde ich mich freuen, Dich am 7. August wiederzusehen. Wenn Du bis dreizehn Uhr bei mir sein könntest, noch immer in derselben Wohnung, könnte ich Dich auch gern mitnehmen.

Alles Liebe, Jasmin

Ich schaue auf die Uhr. Es ist kurz nach eins. Da ich von Eva keine Antwort erhalten habe, bin ich fast schon sicher, dass sie nicht kommen wird. Ich wünsche es mir so sehr, aber Hoffnung hege ich kaum. Da Eva pathologisch zur Unpünktlichkeit tendiert, stürzen mich zehn Minuten Verspätung nun noch nicht in ganz tiefe Hoffnungslosigkeit. Da braucht es schon noch eine halbe Stunde. Ich werde in jedem Fall in die *Bleiche* fahren, ob Eva nun auftaucht oder nicht. Mit ihr wäre mir allerdings tausend Mal lieber. Obwohl es tatsächlich schon ein Jahr her ist, dass Mike und sie die Wohnung durch die Tür, die ich gerade anstarre wie den heiligen Gral, verlassen haben, ist mir noch jedes Wort in Erinnerung. Ich wünsche so sehr, es gäbe noch eine Chance für uns. Da meine Wohnung nicht zur Straße hinausgeht, kann ich nur auf ein Klingeln an der Haustür warten. Wäre es anders, würde ich die ganze Zeit am Fenster stehen und nach ihr Ausschau halten.

»Geh Eva doch entgegen«, sagt Josy. Sie schlüpft in ihre Sandalen, nimmt ihren Schlüssel vom Brett und drückt mir einen Kuss auf die Wange.

»Nee, ich warte lieber«, winke ich ab. »Ich muss auch noch mal zur Toilette«, lüge ich.

»Gut, ich wünsch dir ganz viel Spaß, erholt euch gut, und genießt das gemeinsame Frauenwochenende. Und grüß sie auch von mir und sag ihr, sie ist eine treulose Patentante.« Mit diesen Worten öffnet sie die Tür und ist auch schon im Treppenhaus verschwunden.

Eva hat sich über ein Jahr auch bei Josy nicht gemeldet, allerdings hat meine Tochter das nie hinterfragt, weil ich ihr vorgeflunkert habe, hin und wieder mit ihr essen gegangen zu sein. Auch darüber will ich mit Eva sprechen. Sie ist Josys Patentante, das kann sie auch bleiben, ohne mich zu sehen.

Ich schaue wieder zur Uhr. Es ist kurz vor halb zwei, als es endlich klingelt. Während ich den Türöffner drücke, setzt mein Herz gefühlt einen Schlag aus, und prompt bekomme ich feuchte, zittrige Hände. Ich muss an Rodney denken, daran, wie wir auseinandergegangen sind. Wir haben im Verlauf der letzten Monate zwar ein paarmal miteinander telefoniert, aber gesehen haben wir uns seit dem Gespräch hier nicht mehr. Selbst in der Advents- und Weihnachtszeit hat er sich nicht erweichen lassen. Das war die schwerste Zeit, die ich jemals durchmachen musste. Ich muss es jetzt bei Eva einfach als einen Versuch sehen. Wenn der scheitert, sterbe ich zwar nicht, denn sonst wäre ich schon tot, aber ich wäre wahnsinnig deprimiert. Mal wieder. Wenn sie nicht mitkommen möchte, dann werde ich damit leben müssen. Aber schöner wäre es, wieder eine beste Freundin zu haben. Ich warte zwei Minuten, bis es an die Tür klopft. Ich öffne, und vor mir steht Eva. Meine Eva.

Ruhig blicken wir uns in die Augen, erkunden den anderen. Mein Herz schlägt wie wild, so aufgeregt bin ich. Ich weiß nicht, ob Eva eine Umarmung von mir ertragen würde, deshalb bitte ich sie mit einer recht unbeholfenen Geste in die Wohnung. Zwischen uns liegt ein Jahr Trübsal, jedenfalls was mich betrifft.

»Schön, dass du gekommen bist«, sage ich.

Eva nickt. Sie geht durch den Flur, und erst jetzt bemerke ich, sie hat keinen Koffer oder eine Reisetasche dabei. Das muss noch nichts heißen, vielleicht hat sie das Gepäck auch im Auto gelassen, um es nicht extra hochschleppen zu müssen.

»Magst du etwas trinken?«

»Hast du vielleicht ein Wasser?«

»Natürlich.« Ich gehe zum Kühlschrank und hole eine kleine Flasche Wasser heraus. Als ich nach einem Glas greifen will, sagt sie: »Lass, ich trink aus der Flasche.« Ich drücke sie ihr in die Hand und bitte sie, Platz zu nehmen.

Wir setzen uns, und ich wage es kaum, Eva anzusehen. So sehr mir die Situation unangenehm ist, so sehr freue ich mich auch, dass sie gekommen ist.

»Ich … äh … ich weiß gar nicht, wie ich anfangen soll«, sage ich hölzern.

»Ist nicht so leicht, ne?« Eva lächelt mich zuversichtlich an, was mir Mut macht.

»Nee, ist es nicht. Ich hätte nicht gedacht, dass du noch kommst.«

»Ja, entschuldige, ich hab mich verspätet, bin noch aufgehalten worden.«

»Kein Problem«, versichere ich.

Wieder entsteht eine unbehagliche Pause.

»Und, Eva, wie geht es dir?«, frage ich frei heraus. Eigentlich interessiert mich mehr, wie es ihr das letzte Jahr ergangen ist. Ob Mike und sie es geschafft haben, aber die Offenheit, die für uns so selbstverständlich war, liegt unter einer schweren Decke. Sie ist noch irgendwo da, aber eben nicht greifbar.

»Ganz gut. Danke«, sagt sie nur, und wieder entsteht eine Pause.

»Du siehst gut aus«, sage ich und meine es auch so.

»Danke, du auch. Hast ein bissel abgenommen, hm?«

»Ja, ein bisschen.« Das ist gelogen, ich habe durch den Kummer im letzten Jahr volle sechs Kilo abgenommen. Dass ich schlanker bin, stört mich nicht weiter, eher bedauere ich den Umstand, meinen Appetit verloren zu haben. Eigentlich esse ich nur noch, wenn ich wirklich Hunger habe. Allerdings ist mir nicht nur die Lust am Essen, sondern auch an vielem anderen vergangen.

»Ein Jahr ist eine lange Zeit, findest du nicht?«, fragt Eva und schaut mich an.

»Absolut. Finde ich auch. Ich … ich … also ich hätte mich eher melden sollen. Ich wusste nur nicht, wie. Und ich merke gerade, dass mir der Wiedereinstieg auch nicht so recht gelingen will. Irgendwie ist mir meine Unbeschwertheit abhandengekommen.« Verlegen reibe ich mir die Stirn.

»Das ist doch normal. Hinter uns liegt ja auch ein Haufen Mist. Und ich für meinen Teil bin mir überhaupt nicht sicher, ob ich den gerne noch mal aufwärmen möchte.«

»Verstehe.« Ich nicke und schlage den Blick nieder.

»Du, so meinte ich das nicht«, lenkt Eva schnell ein. »Ich meine, ich will eigentlich nicht mehr darüber sprechen, wie das damals mit dir und Mike gekommen ist. Für mich ist das Thema erledigt.«

»Ihr seid noch ...« Ich kreuze die Finger und finde die Geste jetzt selbst blöd. »Also ihr seid noch zusammen, ja?«

»Ja klar. Es hat eine Zeit gedauert ... es war nicht leicht für mich, wie du dir vielleicht vorstellen kannst.«

»Ja nee, ist klar.«

»Aber ich glaube, wir haben es geschafft.«

»Wahnsinn. Toll. Ich freue mich für dich. Für euch. Wirklich.« Ich höre selbst, wie holprig ich klinge, und hasse mich dafür. Ich hoffe nur, Eva spürt, dass ich mich mit ihr freue, denn das tue ich wirklich.

»Und ihr? Rod und du?«

Ich schüttle den Kopf. »*No chance*. Ich hab's versucht, er wollte nicht mehr.«

»Quatsch, das glaube ich nicht.«

»Oh doch, glaub es ruhig. Aber es ist gut so. Es ist jetzt ein Jahr her. Es wird besser. Man findet sich ab.«

»Einen Scheiß findet man sich ab«, sagt Eva, und für den Moment ist sie wieder ganz die alte.

Ich muss lächeln. »Tja nun, sagen wir mal so: Ich habe mich abzufinden. Was bleibt mir sonst auch übrig? Ich kann Rodney nicht zwingen, mich zu lieben. Und laut Josy scheint es ihm recht gut zu gehen.«

»Meinst du?«

Ich zucke mit den Schultern. »Keine Ahnung, ich kann ja nicht in ihn hineingucken. Außerdem will er mich nicht sehen.

Und aufdrängen möchte ich mich ihm auch nicht. Vielleicht hat er ja auch längst eine Neue, wer weiß?«

»Und du? Hast du einen Neuen?«

»Ich? Nee. Ich bin noch nicht so weit. Ich kann noch nicht …«

»Verstehe.« Eva steht auf, geht zur Balkontür und späht aus dem Fenster. »Ich werde nicht mitkommen, Jasmin.«

Ich nicke und beiße mir von innen auf die Wangen. Ich spüre, wie mir Tränen kommen, obwohl ich das nicht will. Ich blinzele so lange, bis sie weg sind. Meine Selbstbeherrschung ist mal wieder so instabil wie ein verdammtes Kartenhaus.

»Ich wäre schon gern mitgekommen. Aber Mike und ich, wir ziehen um.«

Okay, das ist ein guter Grund, denke ich bei mir.

»Du, ich kann auch umbuchen, wenn du magst«, schlage ich vor, obwohl ich mich wirklich auf das Wellnesswochenende freue.

»Das macht keinen Sinn. Jedenfalls zurzeit nicht. In unserem Leben hat sich sehr vieles verändert, wir haben so lange nicht gesprochen …«

»So? Was denn? Und wohin zieht ihr denn? Eure Wohnung ist doch so schön.«

»Hamburg.«

»Hamburg?«, wiederhole ich und bin wie vor den Kopf gestoßen.

Sie nickt.

»Okay, aber das ist ja jetzt auch nicht so weit weg, dass wir uns gar nicht mehr sehen könnten, oder?«

Eva lächelt. »Nein, ist es nicht. Mike hat dort eine Leitungsfunktion in einem großen Architekturbüro angeboten bekommen. Ich finde, das ist für uns ein guter Neuanfang. Das Jahr war hart, und wir glauben, in einer neuen Stadt ist es leichter, noch einmal von vorn anzufangen.«

»Und deine Praxis?«

»Ich werde erst mal nicht arbeiten gehen.«

»Was? Du und nicht arbeiten gehen? Wie soll das gehen? Dir wird die Decke auf den Kopf fallen.«

»Nee du, ich glaub nicht.«

»Ach natürlich, du hältst es keine zwei Tage zu Hause aus. Dir werden deine verrückten Patienten fehlen, aber in Hamburg gibt es ja sicher auch genug davon.«

»Ganz bestimmt, aber ich konzentriere mich jetzt erst mal auf eine andere Sache.«

Eva strahlt mich an mit einem Blick, der überhaupt so gar nicht in dieses Gespräch passt. Es ist eine Mischung aus »besoffen vor Glück« und »Grenzdebilität«.

»Worauf willst du dich denn konzentrieren?« Ich verstehe gar nichts mehr.

»Er heißt Samuel.«

Mein Kopf schnellt hoch. »Samuel?«

»Ja.« Eva strahlt immer noch, will, dass ich ihr Geheimnis errate. Aber eine Affäre? Sie? Sie hat mir gerade gesagt, dass Mike und sie es geschafft haben.

Ich schüttle verwirrt den Kopf. »Wer ist Samuel?«

»Du wirst ihn gleich kennenlernen.«

»Oh Mann, du sprichst echt in Rätseln«, sage ich.

Eva lacht laut auf. Es ist ein befreites Lachen. »Du solltest dich sehen.«

»Nun sag schon, wer ist Samuel?«

Eva wird ernst. Mit feierlicher Miene und ruhiger Stimme sagt sie: »Samuel ist unser Sohn.«

Verblüfft halte ich mir die Hand vor den Mund. »Ihr habt ein Kind gekriegt? Aber wie …?« Ich mustere Eva von oben bis unten. Sie hat dieselbe Figur wie vor einem Jahr. Müsste man nicht wenigstens noch einen kleinen Bauchansatz sehen? Und wieso hat es all die Jahre nicht geklappt und jetzt auf einmal schon?

»Ich konnte mit niemandem darüber reden. Mike und ich haben schon vor drei Jahren einen Adoptionsantrag gestellt. Wir wussten nicht, ob es jemals klappen würde. Man sagte mir, ich sei zu alt …, also man rechnete uns keine großen Chancen aus.«

»Ihr habt adoptiert? Aber wieso konntest du mit mir nicht darüber reden?«

Eva zuckt mit den Achseln. »Es gibt Dinge im Leben, die kann man mit niemandem besprechen, weil sie einem selbst so wehtun, dass man sie nicht teilen kann.«

Ich schlucke hart, und mal wieder kommen mir die Tränen.

»Weißt du, Jasmin. Ich habe lange über dich nachgedacht, über alles, über dein Verhalten, über Rodney, über Mike und auch viel über mich. Manche Dinge im Leben kannst du von noch so vielen Seiten beleuchten, analysieren, resümieren … du wirst niemals erfahren, warum Menschen etwas aus dem Affekt heraus tun. Ich mache das beruflich, und manchmal nervt es mich inzwischen sehr. Ich fand meinen Job früher hochinteressant, ich schaute gerne hinter Fassaden, half gerne Menschen, aber heute und hier bin ich froh, dass ich das für eine gewisse Zeit mal nicht tun muss. Samuel ist ein halbes Jahr alt. Wir haben ihn jetzt seit drei Monaten. Und es tut so gut, zu sehen, wie ein so kleines Menschenkind heranwächst, so rein, so ganz ohne Berechnung. Zu sehen, wie er einfach nur da ist und jeden Tag ein bisschen klüger, größer, entschlossener wird. Ich lerne viel über die Menschen, allein dadurch, dass ich sie beobachte. Es ist eine solche Freude, ich kann es kaum beschreiben. Mir widerfährt gerade das größte Glück, auf das ich schon aufgehört hatte zu hoffen.«

»Ich weiß, was du meinst«, sage ich und wische die Tränen weg. »Ich weiß so genau, was du meinst. Sie sind so unschuldig, haben noch keine Fehler gemacht, brauchen dich, und du bist alles für sie. Kinder sind das Beste.«

»Ja, das sind sie.« Eva holt ihr Handy aus ihrer Handtasche. »Willst du lieber Fotos sehen, oder soll Mike kurz mit ihm hochkommen?« Ich sehe, wie ihre Augen vor Freude beinahe Glücksfunken sprühen.

»Dein Sohn ist hier?«, frage ich.

»Ja, Mike wartet unten mit ihm im Auto. Aber vermutlich gehen sie inzwischen eine Runde spazieren. Kennst ja Mike … wie ungern er wartet.«

»Wollen wir runtergehen? Draußen ist so schönes Wetter, und ich möchte ja auch bald losfahren. Aber Samuel würde ich gerne kennenlernen, wenn ich darf.«

»Klar, sonst hätte ich ja nicht gefragt. Dann lass uns mal runtergehen.«

Wir stehen auf, und da wir beide entgegengesetzte Richtungen anpeilen, laufen wir irgendwie halb ineinander, und wie automatisch greifen wir uns und ziehen uns in die Arme.

»Auch wenn du nicht mitkommst in den Spreewald: Ich bin so froh, dass du gekommen bist. Und dass ihr endlich ein Baby habt …«, sage ich mit dünner Stimme.

Ich spüre, dass sie nickt und ihre Hand meinen Rücken streichelt. Einen Moment halten wir uns noch fest, dann lösen wir uns voneinander. Ich greife meine Reisetasche, und gemeinsam gehen wir hinunter auf die Straße. Ich halte Ausschau nach Evas rotem Polo, kann ihn aber nirgends entdecken.

»Schau, der Wagen dort ist es, ich musste den Polo gegen eine Familienkutsche tauschen. Ich fahr jetzt einen Van.«

»Nobel geht die Welt zugrunde«, sage ich lachend. Wir spähen ins Wageninnere, jedoch ist niemand drin.

»Sag ich doch, die gehen 'ne Runde spazieren.« Eva holt ihr Handy aus der Tasche und wählt Mikes Nummer. Als er das Gespräch annimmt, fragt sie: »Wo steckt ihr?« Einen Moment lang hält sie inne. »Ja, sie würde Samuel gerne sehen, kommst du zum Auto?«

Nach einer kurzen Pause sagt sie: »Okay bis gleich« und legt auf.

»Er kommt her.«

»Das ist gut. Ich freu mich, euren Sohn kennenzulernen. Weißt du noch, wie das damals mit Josy war?«

Eva nickt. »Ich kann mich ziemlich gut daran erinnern. Auch daran, wie sehr ich euch um sie beneidet habe, als ihr mit ihr aus der Klinik kamt. Josy ist großartig.«

»Ja, das ist sie.« Ich zögere einen Moment, weil ich das zarte, aber fragile Band, das uns offenbar erneut verbindet, nicht zerstören will. Doch dann fass ich mir trotzdem ein Herz.

»Ich soll dir übrigens etwas von ihr ausrichten.«

Eva kräuselt die Stirn. »So? Was denn?«

»Ich soll dir sagen, du bist 'ne treulose Patentante. Aber ich denke, wenn sie Samuel kennenlernt, wird sie verstehen, warum du sie nicht angerufen hast.«

»Du hast recht. Ich hätte mich bei ihr melden sollen. Aber ich wusste irgendwann auch nicht mehr, wie ...«

Ich lege meine Hand auf ihren Arm. »Ich verstehe schon. Aber ich glaube, sie würde sich sehr freuen, wenn du dich mal wieder bei ihr meldest.«

»Das tue ich. Versprochen. Ich vermisse sie doch auch. Und Rodney hat mir erzählt, dass sie es nicht lange in Amerika ausgehalten hat ...« Als Eva bewusst wird, was sie da eben gesagt hat, hält sie abrupt inne und fasst sich erschrocken an den Mund.

»Du hast mit Rodney gesprochen?«, frage ich.

Eva errötet. Der Ärger darüber, sich selbst verraten zu haben, steht ihr ins Gesicht geschrieben. »Ja, hab ich«, gibt sie zu.

»Wann denn?«

»Erst vor Kurzem. Du, Jasmin, sei mir nicht böse, aber ich will nicht mit dir über Rodney sprechen. Versteh das bitte.«

»Willst du nicht, oder darfst du nicht?«, frage ich, weil mir der Gedanke kommt, dass er sie vielleicht als Therapeutin aufgesucht hat, um unsere Trennung zu verarbeiten. Irgendwie würde das passen. Schließlich war auch Eva Geschädigte und konnte sich deshalb besonders gut in ihn hineinversetzen.

Eva dreht mir den Rücken zu, vermutlich damit ich ihrem Gesicht keine weitere Regung ablesen kann. Ich weiß nicht so recht, warum, aber irgendwie fühle ich mich unwohl bei dem Gedanken, dass Rodney eine Therapie bei meiner besten Freundin gemacht hat.

»Okay, ich gebe es zu. Ich kann nicht über Rod mit dir sprechen. Möchte ich auch nicht. Wenn du etwas mit ihm zu besprechen hast, musst du das allein tun.«

Ich nicke nur stumm und weiß nicht, was ich sagen soll. Mir schwirren so viele Fragen im Kopf herum. Hat sie ihn therapiert? Geht es ihm gut? Oder zumindest besser als mir? Vermutlich hätte ich im letzten Jahr auch gut daran getan, eine Therapie zu machen oder mir zumindest Hilfe zu suchen. Vielleicht hätte ich mein Verhalten und meine Gefühlswelt analysieren sollen.

»Hey, zerfleisch dich nicht. Alles ist gut.«

Mir entwischt ein kaum hörbares Schnauben. Wie kann sie sagen, dass alles gut ist? Ich habe meine beste Freundin verloren, meinen Mann und bin seitdem bindungsunfähig. Wobei ich Letzteres nicht einmal behaupten kann, weil ich es gar nicht so weit kommen lasse, dies auf den Prüfstein zu legen. Jedweden Annäherungsversuch vom anderen Geschlecht lehne ich grundsätzlich und kategorisch ab. Aber das ist im Moment nicht das Thema, weil im nächsten Moment Mike samt Kinderwagen um die Ecke biegt. Sein Gesicht wirkt entspannt, wie das junger Väter, die das größte Glück der Welt vor sich herschieben.

Er kommt auf uns zu, und ich versuche, meine Fassung zurückzuerlangen. Ich darf einfach nicht zu viel erwarten. Ich muss froh sein, dass Eva sich überhaupt durchgerungen hat, hierherzukommen.

»Hallo, Mike«, begrüße ich ihn, ohne ihm die Hand zu geben. Früher haben wir uns mit einer Umarmung begrüßt. Heute empfinde ich das als unpassend. Ist diese Freundschaft damit für immer verloren? Wenn ich den Mann meiner Freundin nicht mal mehr umarmen kann? Ich erinnere mich kaum an unseren One-Night-Stand. Ich habe ihn so sehr verdrängt, dass er in meiner Erinnerung praktisch überhaupt nicht stattgefunden hat. Aber mir ist natürlich klar, dass ihn das nicht ungeschehen macht. Mike lässt kurz den Kinderwagen los und kommt nun doch auf mich zu. Er nimmt mich einfach in den Arm, und ich schäme mich fast ein bisschen vor Eva.

»Wie geht es dir?«, fragt er und mustert mein Gesicht.

»Ganz gut eigentlich«, sage ich. Wir schauen uns alle verlegen an, und ich löse mich von Mike, um in den Kinderwagen zu spähen. Darin liegt Samuel, friedlich schlafend. Wie gerne würde ich jetzt mit ihm tauschen. Wie gerne würde ich genau diesen Frieden empfinden, den dieser kleine Mensch hier ausstrahlt.

»Er ist wunderschön«, sage ich und berühre seinen kleinen Fuß, der im Strampler steckt.

»Ja, er wird mal ein Herzensbrecher«, sagt Eva stolz und betrachtet ihn mit verliebtem Blick.

»Und ihr? Hamburg, ja?« Ich schaue zu Mike, will die Unterhaltung am Laufen halten, wobei ich gar nicht weiß, was es noch zu sagen gibt.

»Ja, wir gehen nach Hamburg. Ich verdiene dort das Doppelte. So kann Eva erst mal getrost zu Hause bleiben und sich um den kleinen Prinzen kümmern.«

»Und denkt ihr daran, irgendwann zurückzukommen?«

Mike zuckt mit den Achseln. »Ich weiß nicht, darüber haben wir noch gar nicht nachgedacht. Wir schauen erst mal, wie es läuft. Wir haben vor, uns dort ein Haus zu kaufen. Mal sehen, ob wir uns in ein paar Jahren wieder davon trennen können.«

»Ah ja.«

Mike stupst mich am Arm. »Hey, unser Haus wird auch ein Gästezimmer haben, komm uns doch besuchen, wenn wir eingerichtet sind, okay?«

Fragend schaue ich zu Eva. Sie nickt. »Ja, komm vorbei und bring Josy mit. Ihr seid jederzeit herzlich willkommen. So, und jetzt müssen wir los.« Eva schaut zu Mike. »Könntest du Samuel schon ins Auto setzen, ich möchte ganz kurz noch allein mit Jasmin sprechen. Ich bin gleich bei dir, okay?« Eva nimmt meine Hand und zieht mich mit sich.

»Hör zu. Dass Rod bei mir war, solltest du eigentlich nicht erfahren. Und es tut mir leid, dass es mir so herausgerutscht ist.«

Ich winke ab. »Ja, schon gut. Ist schließlich sein gutes Recht, sich Hilfe zu holen. Außerdem … wenn nicht bei dir, wo denn dann?«

»Mag sein. Aber Rod bat mich, dir nichts zu sagen. Da kannst du mal wieder sehen, wie schlecht ich im Geheimnishüten bin. Aber jetzt, wo du sowieso schon weißt, dass er bei mir war, will ich dir etwas mit auf den Weg geben.«

Ich nicke wortlos.

»Fahr in den Spreewald und genieße die Ruhe. Ich möchte, dass du unbedingt wieder ein paar Kilo zunimmst. Du siehst aus wie Twiggy.«

Ich lache laut heraus. »Du bist nur neidisch.«

»Stimmt. Weiter im Text. Ich will nicht sagen, dass ich dir das alles je verzeihen werde. Das ist nämlich sehr schwer für mich. Du warst meine allerallerbeste Freundin, das weißt du, oder?«

Ich schlucke. »Ja, weiß ich.«

»Wenn du irgendwer wärst, hätte ich dich vergessen, einfach abhaken können, mir einreden können, dass so was alles mal passieren kann. Du weißt schon ... Männer sind eben triebgesteuert bla bla bla ... was sich Frauen halt so einreden, um ihren Männern diesen einen Fehltritt im Leben zu verzeihen.«

»Eva ...«, stammle ich.

»Nein, schon gut, hör mir weiter zu, bevor Mike ungeduldig wird. Ich will es wirklich versuchen, dir zu verzeihen. Vielleicht ist es ganz gut, dass wir demnächst eine so große räumliche Distanz haben. Das soll nicht heißen, dass du uns nicht besuchen kommen sollst. Das will ich nämlich unbedingt. Und dann werden wir sehen, ob ich es schaffe. Lass uns doch mal telefonieren. Ich melde mich, wenn ich in Hamburg bin, okay?«

»Ja, gerne okay.« Mir laufen schon wieder die Tränen, weil ich Eva jetzt schon vermisse. Ich vermisse sie seit einem Jahr, und jetzt geht sie ganz weg, obwohl sie uns noch eine Chance einräumt. Mir zerreißt es beinahe das Herz.

»Wein doch nicht, Jasmin. Ich bin doch nicht aus der Welt.«

»Weiß ich doch«, sage ich mit belegter Stimme.

»Noch was. Und jetzt musst du mir noch mal ganz genau zuhören.«

Ich nicke wieder und komm mir vor, als würde mir meine Mutter kurz vor dem Weitsprung einreden wollen, dass ich heute die Sechsmetermarke schaffe.

»Fang an, dir selbst zu verzeihen. Das ist das Wichtigste. Wenn du das schaffst, kannst du nämlich endlich nach vorn gucken. Keiner kann dir verzeihen, wenn du es nicht selber tust, verstehst du?«

Oh ja, ich verstehe, Eva. Nur zu gut. Und am liebsten würde ich sie jetzt in dem Moment anschreien, weil ich so wütend bin, natürlich auf mich selbst. Ich kann mir das alles nicht verzeihen. Wie soll das gehen?

»Lass mal deine Wut über dich selbst raus. Ich weiß, dass es nicht leicht ist. Aber du musst mir vertrauen. Wenn du dir selbst verzeihen kannst, können es die anderen auch endlich.«

»Du hast leicht reden«, sage ich mit dünner Stimme.

»Ich weiß. Ich muss jetzt los.«

Sie zieht mich in die Arme und drückt mich ganz fest.

»Wenn du in der *Bleiche* bist, trink mal einen Rotwein auf mich, okay?«

»Mach ich.«

»Und sei offen.«

»Offen?«

»Ja, vielleicht lernst du jemanden Neues kennen. Ich würde mich für dich freuen.«

Eva lässt mich los und zwinkert mir zu.

»Mach's gut, Eva. Ich drück euch die Daumen für Hamburg.« Sie öffnet die Autotür, setzt sich hinein und lässt ein letztes Mal das Fenster herunter.

»Euer Sohn ist 'ne Wucht«, sage ich, und Eva winkt mir beim Losfahren zu. Das Letzte, was sie ruft, ist: »Denk daran, was ich dir gesagt habe, okay?«

»Ja, ja!«, rufe ich ihr nach. Ich winke dem Van hinterher, bis er um die Straßenecke biegt.

Ich stehe noch ein Weilchen da, und erst als mich ein Auto anhupt, weil ich mich mitten auf der Straße befinde, erwache ich aus meiner Starre. »Mach's gut, Eva«, flüstere ich und gehe zu meinem Auto.

20

Also fahre ich allein in den Spreewald. Ich hätte es mir anders gewünscht. Mit Eva. Aber nun soll es eben nicht sein, und ich bin trotzdem fest entschlossen, aus meiner Situation das Beste zu machen. Ich habe im letzten Jahr gelernt, allein zu verreisen. Ich war allein eine Woche an der Ostsee und zwei Wochen auf Mallorca, wo ich viel gewandert und geschwommen bin. Ich habe mich gesonnt, mich ausgeruht, viel gelesen und neue Kraft getankt. Es hat eine Weile gedauert, bis ich mich an das Alleinsein gewöhnt hatte, jedoch konnte ich die Momente trotzdem genießen. Ein wenig einsam fühlte ich mich manchmal auch, aber dagegen halfen Telefonate mit Josy. Oder aber ich führte mir vor Augen, wie es früher war, wo ich mir nichts mehr herbeisehnte, als endlich mal ein Buch von vorn bis hinten ungestört lesen zu dürfen. Daran war nicht einmal im Traum zu denken gewesen. Auch für die Tage in der *Bleiche* habe ich mir vorsorglich zwei Bücher eingepackt, um mir die Zeit zu vertreiben.

Nach drei Stunden Autofahrt lenke ich meinen Wagen auf den Parkplatz des Wellnesshotels. Es ist schon fast siebzehn Uhr. Wegen eines Staus hat die Fahrt länger gedauert als gewohnt. Ich hole mein Gepäck aus dem Kofferraum und gehe zur Rezeption. Die Dame hinter dem Tresen wünscht mir lächelnd einen guten Tag und fragt mich, wie die Anreise war. Ich habe keine Lust auf Small Talk, weshalb ich ihr kurz und knapp sage, dass alles bestens ist, und mich bedanke. Ich bin geschafft, will eigentlich nur noch in mein Zimmer.

»Ich heiße Klinger und habe zwei Zimmer reserviert«, erkläre ich. »Bei der Buchung sagte man mir, dass ich eines auch spontan zurückgeben könnte. Meine Begleitung hat mich leider versetzt.«

Die Angestellte tippt etwas in den Computer und zieht ratlos die Stirn kraus. »Ihr Vorname ist Jasmin, oder?«

»Ja, das stimmt, Jasmin Klinger. Wieso? Gibt es ein Problem?«

Mein Gegenüber tippt wieder etwas ein. »Äh, nein wahrscheinlich nicht. Ich wundere mich nur gerade, weil das zweite Zimmer belegt wurde, obwohl Sie es erst jetzt stornieren. Oder hatten Sie deshalb schon angerufen?«

»Nein, das hatte ich nicht. Am Telefon sagte man mir bei der Buchung, das sei auch nicht nötig, da ich es sowieso erst drei Stunden vor Anreise gewusst hätte.«

»Ja, dann kann ich das zwar nicht aufklären. Aber glücklicherweise geht das Zimmer nun nicht ab, da Sie allein angereist sind. Damit ist wieder alles im Lot.«

Obwohl ich es merkwürdig finde, checke ich ein, ohne weiter nachzuhaken. Eva ist nicht hier, damit gibt es für mich keinen Grund, einen Aufstand anzuzetteln. Abgesehen davon hätten wir einen Engpass auch dadurch lösen können, das Doppelzimmer, das ich nun bekomme, zusammen zu bewohnen. Das haben wir früher schließlich auch immer gemacht, um Geld zu sparen. Nur weil ich Eva die Wahl lassen wollte, hatte ich vorsorglich zwei Zimmer reserviert. Die junge Frau überreicht mir die Hotelschlüsselkarte und weist mir den Weg. Da ich schon öfter hier war, kenne ich mich bestens aus und finde problemlos zu meinem Zimmer. Ich schließe die Tür auf, stelle meine Reisetasche ab und lasse mich aufs Bett fallen. Nur einen Moment die Augen schließen, durchatmen und an gar nichts denken. Einfach nur ankommen. Wie immer, wenn ich versuche abzuschalten, kommt mir sofort Josy in den Sinn. Ich stehe also noch mal auf, hole mein Handy aus der Tasche und wähle ihre Nummer.

»Hi, Mama. Seid ihr gut angekommen?«, ertönt ihre Stimme am anderen Ende.

»Ja, bin ich. Eva konnte nicht mitkommen. Deshalb rufe ich dich an. Stell dir vor. Mike und sie haben ein Baby adoptiert. Er heißt Samuel.«

»Ist nicht wahr. Wann ist das denn passiert?«

»Erst vor Kurzem, ich habe es auch erst heute erfahren.«

»Wie toll, dann bin ich ja jetzt so was wie große Schwester, oder?«

Ich höre Euphorie in Josys Stimme und freue mich über ihre Begeisterungsfähigkeit. »Ja, so ähnlich. Leider hat mir Eva aber auch erzählt, dass sie mit der Familie nach Hamburg zieht.« Ich kneife die Augen zusammen, weil ich weiß, das wird meiner Tochter überhaupt nicht gefallen.

»Oh nein. Das kann sie nicht tun, Mama. Sie ist doch deine beste Freundin. Sie gehört zur Familie!«

»Finde ich auch«, sage ich. »Aber Mike hat dort eine gute Stelle angeboten bekommen, und Eva will sich in Ruhe um ihren Sohn kümmern. Ist doch auch verständlich. Und mach dir um mich keine Sorgen. Hamburg ist nicht aus der Welt. Vielleicht fahren wir bald mal gemeinsam hin und besuchen sie, okay?«

»Das machen wir. Und was treibst du gerade Schönes?«

»Noch gar nichts, ich liege auf dem Bett und tue nichts. Aber gleich schlüpfe ich in den Badeanzug und gehe eine Runde schwimmen oder in die Sauna.«

»Das ist ein guter Plan«, befindet Josy. »Toni und ich wollen später ins Kino. Ich ruf dich morgen wieder an, okay?«

»Bis dahin, mein Schatz«, sage ich und beende das Gespräch. Bevor mich die Müdigkeit vollends in Besitz nimmt, raffe ich mich auf, räume den Inhalt meiner Reisetasche in den Schrank und ziehe mich um. Ich packe mir eine kleine Badetasche zusammen und mache mich auf den Weg ins Schwimmbad. Als ich dort ankomme, ist es komplett leer. Die spiegelglatte Oberfläche des Wassers liegt ruhig vor mir, und sofort überträgt sich die Ruhe auch auf mich. Ich lege meine Badetasche auf eine der Wellnessliegen, dusche mich kurz ab und gleite langsam ins Wasser. Aus den Lautsprechern ertönen leise, beruhigende Klänge. Es ist einfach nur herrlich entspannend. Ich ziehe ein paar Bahnen, während ich im Augenwinkel beobachte, wie ein Pärchen hereinkommt und sich auf die Liegen platziert. Sie sehen jung aus, sind vielleicht in Josys Alter. Ich muss wieder an Eva denken. Sie ist so alt wie ich und hat, was Kinder anbelangt, gerade jetzt erst bei null begonnen. Während Rodney und ich Josy mit all unserer Liebe und Kraft zu dem großgezogen haben, was sie heute ist, fangen sie und Mike gerade erst an zu erahnen, was es heißt, Eltern zu sein. Sich ständig zu sorgen, sich um alles zu kümmern. Ich denke an Rod, wie er mich in der Agentur angerufen hatte, als Josy zum ersten Mal Papa gesagt hatte. Ich höre heute noch die Begeisterung in seiner Stimme. Und dann die »Warum«-Phase. *Warum ist der Mond gelb? Warum fällt alles nach unten und nicht nach oben? Warum stinkt Rosenkohl?* Josy hat uns beinahe wahnsinnig gemacht mit ihren endlosen »Warums«, Eva dagegen ist immer total cool geblieben und hat sich für jede der kindlichen Fragen Zeit genommen und eine kluge Antwort überlegt. Eva wird eine großartige Mutter werden, da bin ich mir sicher.

Eine Bahn schwimme ich noch, dann ist es genug, denke ich, als ich sehe, wie ein Mann das Schwimmbad betritt. Er trägt den obligaten Bademantel wie alle Gäste, und obwohl ich ihn auf die Entfernung nicht besonders gut erkennen kann, weiß ich sofort an der Körperhaltung und dem Gang, dass es Rodney ist.

Prompt schlägt mein Herz bis zum Hals. Was macht er hier? Mein erster Gedanke gilt Claire. Ich bete zu Gott, dass er nicht mit ihr oder einer anderen Frau hier auftaucht. Ob ich ganz schnell aus dem Becken steige, den Bademantel überwerfe und verschwinde, bevor seine Begleitung kommt? Ihm wird es genauso unangenehm sein wie mir, wenn er mich hier entdeckt. Warum nur hat Josy ihm nicht erzählt, dass ich dieses Wochenende in die *Bleiche* fahre? Warum muss er ausgerechnet heute und hier auftauchen? Was habe ich dem Universum getan? Jetzt erkennt er mich, kommt auf mich zu und bleibt still am Beckenrand stehen. Kein verlegenes Weggucken. Kein verunsichertes kurzes Winken, um gleich darauf umzukehren und schnurstracks die Halle zu verlassen. Rod steht einfach nur so da, die Hände in den Bademanteltaschen und Badeschlappen an den Füßen.

Na schön, denke ich, schwimme zum Beckenrand und schaue hinauf zu ihm.

»Hallo«, sage ich und bleibe still im Wasser stehen.

»Hi, Jasmin.«

»Und?«, frage ich. »Was machst du hier?« Gleich darauf fasse ich mir an den Kopf und sage: »'tschuldigung, doofe Frage. Was tut man wohl in einer Wellnessoase?«

Rodney lächelt. »Genau, ich wellnesse.«

»Ah ja, ich auch«, entgegne ich überflüssigerweise.

»Das sehe ich«, sagt er.

Oh Mann, was soll ich nur sagen? Und wie komm ich aus dieser Situation am elegantesten heraus? Soll ich jetzt einfach aus dem Becken steigen, mich auf die Liege legen und anfangen, mein Buch zu lesen? In Ermangelung einer schlagfertigen

Antwort schwimme ich zur Leiter und steige aus dem Pool. Rodney bleibt stehen und beobachtet mich dabei. Da ich an ihm vorbeigehen muss, um zu meiner Liege zu kommen, nicke ich ihm kurz zu und sage: »Na, dann wünsch ich dir noch viel Spaß.«

Angesichts dessen, dass er ein Jahr lang nicht mit mir sprechen wollte, gehe ich davon aus, dass er auch weiterhin sturköpfig bleibt. Ich muss an den Spruch »Man trifft sich immer zweimal im Leben« denken und daran, dass das hier dann vermutlich das berühmte zweite Mal ist. Ich ziehe mir meinen Bademantel über und lege mich auf meine Liege. Es dauert nur Sekunden, bis Rodney mir folgt und sich auf die Liege neben mich setzt.

»Du bist schmal geworden«, stellt er nüchtern fest.

Ich nehme mein Buch aus der Tasche und blättere darin herum. Das ist total albern, weil es nagelneu und ungelesen ist. Ich müsste genau mit der ersten Seite anfangen. Aber um eine plausible Handlung zu bewerkstelligen, müsste ich bei Sinnen sein. Und das bin ich nicht. Mein Innerstes ist außer sich. Rodney, mein Mann, sitzt neben mir und will sich offensichtlich mit mir unterhalten. Ich fasse es nicht. Seit einem Jahr wünsche ich mir, dass er einfach so vor meiner Tür steht und einen Schritt auf mich zumacht, und jetzt sitzt er hier neben mir und meint, ich sei schmal geworden. Meine Hände zittern, und ich werde von Sekunde zu Sekunde nervöser. Ich starre auf die erste Seite in meinem Buch und ignoriere seine Feststellung. Nachdem ich weiterhin nichts sage, weil mir auch nichts wirklich Gescheites einfällt, beginnt er von Neuem: »Wie geht's dir denn?«

Ich lasse das Buch in meinen Schoß sinken und schaue ihn an. Ich mustere ihn genau und stelle fest, dass auch er abgenommen hat. Nicht so viel wie ich, aber sein Gesicht wirkt hagerer, was ihm durchaus steht.

»Ganz gut«, antworte ich endlich. »Und dir?«

»Ja, auch.«

Langsam beruhige ich mich. Da sitzt nur Rodney, nicht der Papst oder die Reinkarnation von Elvis. Es ist Rodney. Mein Blick wandert kurz über seine wie zum Gebet gefalteten Hände. Er hat seinen Ehering abgenommen, vermutlich schon lange, da die Hände gebräunt sind und nicht die kleinste Hautveränderung auf einen erst kürzlich abgenommenen Ring hindeutet. Nachdem Rod endgültig ausgezogen war, hatte ich mir meinen Ring irgendwann wieder an den Finger gesteckt und ärgere mich gerade jetzt darüber. Eigentlich ist dieses kleine Stück Gold wie eine alte Gewohnheit, die ich schwer ablegen konnte. Ein Wegbegleiter und auch ein bisschen Alibi, falls ich von fremden Männern angesprochen werde. Man wird sie relativ schnell los, wenn man auf den Ehering zeigt.

»Bist du allein hier?«, frage ich.

»Ja, bin ich. Und du?«

»Ja, ich auch. Ich wollte eigentlich mit Eva herfahren, aber sie hat mir abgesagt. Also sie hatte gute Gründe. Aber das weißt du sicherlich selbst.«

In Rodneys Augen blitzt etwas auf. Nichts wirklich Greifbares, aber ich glaube, er fühlt sich ertappt.

»Wie meinst du das?«, fragt er unsicher.

»Kennst doch Eva. Sie hat sich heute versehentlich verplappert. Sie meinte, ihr hättet euch getroffen. Sonst hat sie mir nichts erzählt. Keine Bange.«

»Ich habe keine Bange. Und ich steh auch dazu, dass ich bei Eva war.«

»Ist ja auch dein gutes Recht«, sage ich zustimmend.

Ich lehne den Kopf nach hinten und versuche, mich zu entspannen. Irgendwie ist Rodney angespannt, das spüre ich. Und automatisch habe ich das Bedürfnis, meine Schultern zu kreisen. Ich unterdrücke diesen Drang.

»Sie haben jetzt ein Baby«, sage ich in die Stille hinein. Das Pärchen, das eben noch hier war, hat die Schwimmhalle verlassen, ohne dass ich es mitbekommen habe.

»Ich weiß. Samuel. Er ist noch so winzig.«

Ich muss grinsen. »Ja, Wahnsinn oder? Die kleinen Fingerchen und das winzige Gesichtchen. Als ich ihn vorhin gesehen habe, war alles wieder da.«

»Meinst du Josy?«

Ich nicke.

»Sie war so perfekt«, sagt er andächtig.

»Hey, sprich nicht in der Vergangenheit von ihr.«

»Stimmt.« Rodney lächelt. »Sie ist schon so verdammt groß. Wo ist die Zeit nur hin?«

»Keine Ahnung. Sie ist auch kaum noch zu Hause.«

»Ja, ich weiß. Sie und Toni, das scheint was richtig Ernstes zu werden«, mutmaßt Rod.

»Na ja, ich weiß nicht, er ist ihr erster fester Freund. Das muss nicht unbedingt für immer halten. Ich würde es besser finden, sie probiert sich erst mal ein bisschen aus.«

»Na klar«, gibt Rod mit kühler Stimme zurück.

Dieses »na klar« fühlt sich an wie eine Ohrfeige. Ich bin im ersten Moment gekränkt, weil ich natürlich ganz genau weiß, worauf er abzielt. Aber im nächsten Augenblick atme ich tief durch, schnappe mein Buch und meine Badetasche und rappele mich auf.

»Ich geh dann mal«, sage ich. Ich brauche Rodney nicht mehr, damit er mir ein schlechtes Gewissen einredet. Das habe ich zwei Jahre ganz allein geschafft. Ich finde sein Verhalten unangebracht. Vielleicht reagiere ich über, aber wir haben uns ein Jahr lang nicht gesehen, was wirklich traurig war, und immer noch trauere ich ihm nach. Aber das gibt ihm noch lange nicht das Recht, jetzt wieder von Neuem anzufangen.

»Wo gehst du hin?«, fragt Rodney und steht jetzt auch auf.

Ich zucke mit den Achseln. »Ich geh aufs Zimmer. Schönen Abend noch«, wünsche ich in ruhigem Ton und will gehen, als er mich am Ärmel des Bademantels festhält.

»Du, das war eben blöd von mir. Tut mir leid. Ich weiß auch nicht, was in mich gefahren ist.«

»Schon gut, spielt ja auch keine Rolle mehr. Mach's gut«, sage ich und setze das zweite Mal zum Gehen an.

»Nee, nichts ist gut. Ich wollte genau so nicht reagieren. Ich finde Toni nur so nett und würde den beiden ihr Glück doch nur gönnen.«

»Ja, ich weiß, und du wolltest mir eben sagen, dass nicht jeder so ist wie ich. Das ist auch okay und angekommen. Dass wir in dieser Hinsicht verschieden ticken, wissen wir schließlich schon seit Jahren.«

»Ja, aber trotzdem, ich wollte dich jetzt nicht verärgern.«

»Nicht so schlimm, Rod. Es spielt sowieso keine Rolle mehr«, winke ich ab.

»Spielt es wohl«, sagt Rod.

»Ach? Und wieso?«, frage ich.

»Weil ich deinetwegen hier bin.«

21

Nervös tigere ich durch mein Hotelzimmer. Was denkt er sich? Kommt hierher, schnappt sich Evas Zimmer und will plötzlich mit mir essen gehen. Nach einem Jahr falle ich ihm wieder ein. Ein Jahr lang nichts und jetzt das? Das geht so nicht. Er hat zu Weihnachten nicht mal auf meinen Gruß reagiert, den ich ihm per WhatsApp schickte. Ich fasse es nicht. Und jetzt fährt er mir nach, um mit mir zu reden? Das kann nur eines bedeuten. Er will die Scheidung. Er will wieder heiraten. Ganz sicher. Bestimmt diese Claire. Ich bin aufgewühlt wie lange nicht mehr. Schön! Dass für Rodney die Trennung beschlossene Sache und auch endgültig ist, wurde mir spätestens zu Weihnachten klar, als ich heulend über dem Adventskranz alte Fotos abfackelte. Vor allem die, auf denen ich für uns und seine Eltern die Weihnachtsgans gezaubert hatte. Ich hatte das gern gemacht, und unsere Weihnachtsfeste waren immer harmonisch und liebevoll. Aber als ich die Bilder über die Kerze hielt, wollte ich mich einfach nicht mehr daran erinnern. Zu tief saß der Schmerz über die schönen Erinnerungen all der letzten Weihnachtsfeste. Auch wenn ich ihm wehgetan habe, so hat er es mir auf andere Weise doch mit selber Münze heimgezahlt. Ich finde, allmählich sind wir quitt.

Er hätte mich anrufen und um ein Treffen bitten können. Ist doch ganz einfach. Ein Treffen in einem Café, ein paar einleitende Worte, dann: *Ich will die Scheidung*, und später diplomatisch die Papiere unter den Kuchenteller geschoben. Aber nein, er versaut mir gerade ein Wochenende, das mich wirklich viel Geld kostet. Ich bin außer mir vor Wut. Warum habe ich seine Einladung nicht einfach ausgeschlagen? Stattdessen sitze ich hier und starre auf den Sekundenzeiger meiner Uhr. Mir bleiben genau zehn Minuten, dann will er mich zum Abendessen abholen. Vielleicht sollte ich ihm einfach absagen. Ich will mir nicht den Abend verderben lassen. Vielleicht lasse ich mir lieber etwas aufs Zimmer kommen, schaue einen Film und gehe früh schlafen. Immer noch besser, als mich von meinem Mann abservieren zu lassen. *Genau! Serviere ab, was dich abserviert!*, geht es mir durch den Kopf, und dann erhebt ein leiser Gedanke seine Stimme, meldet sich zu Wort. Sei nicht kindisch. Bring es hinter dich. Vielleicht kannst du dann endlich loslassen.

Matt stehe ich auf und blicke in den Spiegel. Ich versuche, mich mit Rodneys Augen zu sehen. Ich habe mich verändert. Äußerlich, aber vor allem innerlich. Meine sonst eher weichen Gesichtszüge sind markanten Linien gewichen, und mein Innerstes ist abweisender als früher, aber das weiß Rod ja nicht. Ich ziehe mir ein Kleid über und schlüpfe in meine Sandalen. Dann nehme ich eine Strickjacke vom Bügel und hänge sie mir über die Schultern. Im selben Moment klopft es an die Zimmertür, fünf Minuten zu früh. Ich öffne.

»Können wir?«

»Ja, sofort. Komm noch kurz rein. Ich wollt' mir nur noch mal kurz die Nase pudern.«

»Hast du gar nicht nötig«, sagt Rod.

Ich gehe kurz ins Bad, weshalb ich nicht weiß, ob er vor der Tür wartet oder hereinkommt. Es spielt auch keine Rolle. Mein Innerstes ist damit beschäftigt, jetzt nicht auszuflippen.

Dieses Alles-geht-den-Bach-runter-Gefühl, das mich nun schon lang begleitet, will die Oberhand gewinnen. Ich pudere mein Gesicht und ziehe die Lippen nach, und als ich nach links schaue, sehe ich, dass Rodney am Türrahmen lehnt und mich dabei beobachtet.

Wie früher, denke ich und muss lächeln.

»Wir können«, sage ich mit fester Stimme, und gemeinsam verlassen wir das Hotelzimmer.

»Ich habe gar keinen großen Hunger«, sage ich.

Rodney winkt ab. »Ach, nicht so schlimm. Der Hunger kommt beim Essen, das weißt du doch.«

Ich mustere Rod von der Seite. Er trägt eine knielange Jeanshose, dazu ein klein kariertes Hemd. Wenn er die Scheidungspapiere dabei hat, dann hat er ein Geheimfach eingebaut, oder er hat sie wohl auf dem Zimmer liegen gelassen. Wir betreten das Restaurant, und ein Kellner führt uns an den Tisch, den Rodney vermutlich vorhin reserviert hat. Uns werden die Karten gereicht, und Rod bestellt, ohne mich zu fragen, eine Flasche Chianti. Ich liebe Chianti, das weiß er.

Wir sitzen uns gegenüber. Keiner sagt etwas. Niemand will den Anfang machen. Wie auch, nach einem Jahr Funkstille? Wir sind befangen wie zwei Menschen, die sich neu kennenlernen müssen, nur um endgültig Abschied zu nehmen. Paradox eigentlich.

Ich räuspere mich.

»Du sagtest, du wärst wegen mir hier. Also mach es doch bitte nicht so spannend. Wenn du die Papiere dabei hast, unterschreibe ich sie.«

Rod schaut verwirrt.

»Was denn für Papiere?«

Jetzt schaue ich auch verwirrt. »Na, die Scheidungspapiere. Du hättest mir nicht extra hinterherreisen müssen, nur damit ich sie unterschreibe. Vielleicht ist es ganz gut, wenn wir endlich einen Schlussstrich ziehen.«

Rodney nickt. »Ist das dein Ernst?«

»Wieso? Was meinst du?«

»Willst du tatsächlich die Scheidung?«

Ich schnaube halbherzig. »Was ich will oder nicht, spielt schon lange keine Rolle mehr. Ich bitte dich.«

Rodney lehnt sich nach hinten und verschränkt die Arme vor der Brust.

Ich überfliege die Menükarte und wähle im Stillen einen Salat mit Hähnchenbrust. Ich bin gespannt, ob er wie früher das Gleiche für sich ordert.

Er stützt sich mit den Ellenbogen auf den Tisch und blickt mir in die Augen. »Ich bin nicht hier, um dich um die Scheidung zu bitten.«

»Nicht?«, frage ich.

»Nein, eigentlich nicht.«

»Aber du sagtest, du seist meinetwegen hier«, erinnere ich ihn.

»Ja, bin ich ja auch. Ich bin hier, weil ich mit dir reden will.«

»Worüber denn?« Ich werde hellhörig. Mein Mann will nicht die Scheidung und ist gesprächsbereit. Woher kommt dieser Sinneswandel?

Der Kellner tritt an unseren Tisch, um die Bestellung aufzunehmen.

»Ich hätte gerne den Salat mit Hühnchenbruststreifen«, sage ich.

»Und ich nehme das Rumpsteak«, ordert Rod zu meiner Verwunderung. Er hat noch nicht mal in die Karte geschaut und bestellt jetzt etwas, das er früher nie in Erwägung gezogen hätte. Als ich eine Augenbraue hebe, schmunzelt er, und ich versuche sofort, mir mein Pokerface zu bewahren. Ich werde nicht schlau aus ihm, und er liest in mir wahrscheinlich wie in einem offenen Buch. Wird Eva recht behalten, und ich lerne tatsächlich einen neuen Menschen kennen? Der Kellner entfernt sich, und wir mustern uns erneut.

»Also …, ich möchte über uns reden.«

»Über uns? Jetzt? Auf einmal?«

»Warum nicht?«

»Na ja. Weiß nicht. Weil du über ein Jahr nicht mehr mit mir reden wolltest vielleicht?«

»Das stimmt so nicht. Ich wollte schon, ich konnte nur nicht.«

»Und wieso nicht?«, frage ich vorsichtig.

Rodney holt tief Luft und lässt langsam seinen Atem heraus. »Ich musste das alles erst mal verarbeiten. Ich wollte herausfinden, was ich will. Ob du noch das bist, was ich will.«

»Ach so. Und dafür hast du ein ganzes Jahr gebraucht?«

»Ja, ich habe eine Therapie gemacht. Um ehrlich zu sein … ich war bei Eva.«

»Hm. Okay. Ist doch in Ordnung«, sage ich und meine es auch so. »Und wie geht es dir? Also wie geht es dir wirklich?«, frage ich.

Rodney zuckt mit den Achseln. »Weiß nicht, eigentlich ganz gut. Der Laden läuft. Meine Wohnung ist komplett eingerichtet, und Josy kommt mich hin und wieder besuchen. Eigentlich läuft's.«

»Schön«, sage ich. »Das sind alles Dinge, die gut um dich herum laufen. Aber wie geht es dir dabei?«

Mir schwirren tausend Fragen durch den Kopf, die ich allesamt nicht stellen kann. Ich will nicht in seinen Kopf hineinplatzen wie ein ungebetener Gast. Aber Geduld war noch nie meine Stärke, und das weiß Rod.

»Inzwischen geht es mir ganz gut«, sagt er nüchtern.

»Kommt noch ein aber? Oder ist es das?«

»Gibt es nicht immer ein aber?«, setzt er entgegen.

»Irgendwie schon«, gebe ich zu.

»Wie geht es dir denn?«, fragt er.

»Och ja. Eigentlich auch ganz gut.«

»Aber?«, fährt er die Retourkutsche.

»Nichts aber. Was willst du hören? Ich lebe allein. Und ich komme zurecht. Josy ist so gut wie nur noch bei Toni, und in der Firma läuft's auch ganz gut. Alles in geordneten Bahnen.«

»Aha.«

»Aha?«, frage ich zurück. »Was willst du hören, Rodney? Dass ich dich vermisse? Dass ich ohne dich nicht leben kann?«

»Eigentlich will ich nur eines, und zwar keine Lügen hören.«

»Okay, du willst die Wahrheit, du kriegst die Wahrheit. Traurige Erkenntnis ist: Ich vermisse dich. Aber ich habe gelernt, ohne dich zu leben«, gebe ich zu.

Rodneys Miene hellt sich für einen Moment auf. Seine Augen leuchten, was ich als Ausdruck der Freude interpretiere.

»Das ist gut, denn so geht es mir auch«, sagt er nach einer kurzen Denkpause.

Ich blicke direkt in sein Gesicht, das immer noch eine verschlossene Miene zeigt.

»Du vermisst mich auch?«, frage ich.

»Klar«, erwidert er, ohne zu zögern. Er nimmt Messer und Gabel und richtet sie an der Tischkante aus. Eine Geste, die mir zeigt, wie nervös er ist. Dennoch, mein Herz macht einen kleinen Freudenhüpfer. »Aber du kannst ohne mich leben.«

»Ja, kann ich. Mach ich ja. Also kann ich es.« Nun nimmt er die Serviette und faltet sie auseinander, um sie auf seinen Schoß zu legen.

»Ja stimmt«, sage ich ziemlich hölzern. Unsere ganze Unterhaltung ist sehr abgehackt. Wir finden schwer hinein in einen Dialog, jedenfalls kommt es mir so vor.

»Gibt's denn da wen? Also ich meine … was ist mit Claire?«

Rodney faltet die Serviette wieder zusammen. Er hält den Blick gesenkt und macht Origami. Mich regt das ziemlich auf, weil ich endlich will, dass er mit der Sprache herausrückt.

»Claire ist zweiunddreißig, lesbisch und hat null Kinder. Jetzt ist es raus.«

»Nein!«, rufe ich laut aus und klatsche fassungslos mit der flachen Hand auf den Tisch, woraufhin sich das gesamte Restaurant nach uns umdreht.

»Pst!« Rod legt seinen ausgestreckten Zeigefinger auf die Lippen und bittet mich um Contenance.

»Sag das noch mal«, fordere ich, und ich spüre, wie sich ein Lachkrampf ankündigt.

»Ja, ja. Ist ja gut. Du hast richtig gehört.«

»Oh, wie konntest du nur?!«, bricht es aus mir heraus. Wieder drehen sich alle nach uns um. Aber das ist mir egal. Ich kann mich einfach nicht beherrschen. Ich gackere wie wild drauflos.

»Du hast mir etwas vorgespielt?«, platzt es aus mir heraus, als der Kellner mit unserem Essen und einem fragenden Blick in Rods Richtung an den Tisch kommt.

»Ja. Also nein. Nicht ich, sondern Claire hat dir etwas vorgespielt. Also für mich.«

»Krass«, sage ich und versuche mich zu beruhigen.

»Ja, das war dumm von mir. Aber als wir dich das erste Mal beim Essen mit diesem, diesem …« Er macht eine wegwerfende Handbewegung.

»Ralf?«, helfe ich aus.

»… ja, Ralf, getroffen haben, hat sie mir vorgeschlagen, das für mich zu tun. Und dann hat sich die ganze Sache irgendwie verselbstständigt.«

»Krass«, sage ich ein weiteres Mal. Ich schaue auf meinen Salat, und jetzt läuft mir vor Appetit tatsächlich das Wasser im Munde zusammen. Der Kellner gießt uns Rotwein ein und wünscht uns einen guten Appetit. Während wir uns zuprosten, grinsen wir uns an. Es ist ein verschwörerisches Grinsen, und es tut gut. Wir essen, und nach den ersten Happen gelingt es uns tatsächlich, uns allmählich zu entspannen.

»Und? Was machst du jetzt immer so in deiner Freizeit?«

Ich zucke mit den Achseln. »Eigentlich nichts anderes als früher. Ich fahre viel Rad, picknicke an Seen, die ich noch nicht kenne, und ich lese viel. Nichts Großartiges. Und du?«

»Das mache ich auch. Ich weiß nicht, ob du es mitbekommen hast. Ich habe mein Fahrrad aus deinem Keller geholt.«

»Klar hab ich das gesehen. Ich dachte erst, dass es geklaut wurde, bis Josy mir sagte, du hast es dir geholt.«

»Gut.«

»Ich vermisse deine Snacks.«

»Meine Snacks?«

»Ja, ich bin wirklich schlecht im Picknickkorbpacken.«

»Ich weiß. Deshalb habe ich sie ja immer gepackt.«

»Genau die Erkenntnis ist mir dann auch irgendwann gekommen. Du hast dir immer mit allem so viel Mühe gegeben.« Beinahe bricht meine Stimme, weil es mich immer noch traurig macht, dass ich das früher nicht würdigen konnte, obwohl es mir doch so viel hätte bedeuten müssen. Heute weiß ich das alles. Aber damals?

Rodney greift über den Tisch nach meiner Hand und drückt sie kurz.

»Schon gut. Vielleicht machen wir mal wieder einen Ausflug zusammen. Du darfst dir dann etwas wünschen.«

»Auch kleine Buletten mit Senf?«, schluchze ich.

»Und Hühnerbeinchen, wenn du magst.«

Obwohl ich jetzt lache, laufen mir auch Tränen über die Wangen. Es sind Tränen der Erleichterung. Rodney scheint nachzugeben. Vielleicht ist er ja hier, um einen Neuanfang zu starten. Still genießen wir unser Essen, und immer wieder treffen sich unsere Blicke. Ich will mir einreden, dass ich nicht zu viel erwarten kann, und trotzdem gewinnt die Hoffnung langsam, aber sicher die Oberhand.

»Weißt du«, beginnt Rod von Neuem, »ich habe vorhin gesagt, dass ich allein sein kann.«

»Ja, ich weiß.«

»Ich weiß, dass ich das kann. Aber nur weil man etwas kann, heißt es nicht, dass man es auch will.«

»So? Was heißt es denn dann?«, frage ich.

Rodney grinst. »Genau das gilt es herauszufinden.«

»Okay …«

»Und ich muss noch etwas herausfinden.«

»Und was?«

»Ich will wissen, ob du dir inzwischen selbst verziehen hast.«

Spontan will ich Nein sagen. Weil das die Wahrheit ist. Aber würde ich ihn mit der Wahrheit wieder verschrecken? Andererseits will ich ihn auch nicht mehr anlügen. Ich schweige in meinen Salat.

»Weißt du … wie soll dir jemand verzeihen, wenn du dir selbst nicht vergeben kannst? Du musst endlich aufhören, so hart zu dir zu sein.« Seine Worte tun so unheimlich gut. Und jetzt, wo ich weiß, dass alle die ganze Wahrheit kennen und trotzdem mit dem Gedanken spielen, mir vergeben zu können, wird es vielleicht auch für mich leichter, mit dieser Sache abzuschließen.

»Hast du mir denn verziehen?«, frage ich vorsichtig.

Rodney schnaubt. »Du kennst mich wirklich nicht. Mann, Jasmin. Ich hatte dir schon verziehen, bevor ich die ganze Wahrheit kannte. Menschen machen Fehler. Und vorausgesetzt, du bist auch der Meinung, dass es ein Fehler war, ist die Sache für mich ein für allemal erledigt. Es bringt doch keinem mehr etwas, immer wieder zurückzublicken. Es macht die Sache nicht rückgängig.«

»Nein, das nicht. Ich stelle mir nur die ganze Zeit die Frage, ob ich dir diesen Fehler hätte verzeihen können.«

»Hättest du. Wenn du mich wirklich liebst, hättest du mir vergeben.«

Ich greife über den Tisch nach Rodneys Hand. Im ersten Moment weicht er zurück, vermutlich aus alter Gewohnheit. Dann legt er seine Hand wieder hin und lässt die Berührung zu.

»Rod, glaub mir, wenn mir eines im letzten Jahr bewusst geworden ist, dann, dass ich dich liebe.«

Er senkt verschämt den Blick, und ich sehe Tränen in seinen Augen glänzen.

»Ich will mir selbst verzeihen. Für dich. Für uns und vielleicht für unsere Enkelkinder und die Enten, die wir in zwanzig Jahren am Teich füttern. Ich will nicht mehr allein picknicken, und ich will auch keine Fehler mehr machen. Und ich will endlich Bettwäsche kaufen für zwei Betten.«

»Bettwäsche kaufen?«, fragt Rodney.

»Ja, entschuldige. Ich meine, ich habe seit einem Jahr keine Bettwäsche mehr gekauft, weil ich jedes Mal überlege, ob es noch Sinn macht, eine zweite Garnitur zu kaufen. Also packe ich erst eine in den Warenkorb, gehe dann zur Kasse, und kurz bevor ich bezahle, denke ich: Und was, wenn Rod zurückkommt und ich diese Bettwäsche nicht mehr nachkaufen kann?«

»An so etwas denkst du?«

»Ja. Ich bin halt pragmatisch.«

»Dann hättest du halt zwei gekauft.«

»Ja, aber dann dachte ich immer, was es wohl für eine Verschwendung wäre, wenn du nicht zu mir zurückkommst.«

»Dilemma«, sagt Rodney mit sarkastischem Unterton und fängt an zu lachen. Erst ganz leise und kopfschüttelnd, und dann plötzlich bricht es aus ihm heraus. »Sie macht sich Sorgen um die Bettwäsche … ist nicht wahr! Um die Bettwäsche … glaubt man das? Sie sorgt sich um Laken und Bettbezüge!« Er lacht und lacht, und schon wieder drehen sich alle Leute nach uns um. Sein Lachen ist so ansteckend, dass auch ich nicht an mich halten kann. Wir gackern beide so laut, bis der Kellner an unseren Tisch eilt und uns höflich lächelnd nahelegt, es wäre besser, wir gingen jetzt. Was wir auch tun.

Rodney nimmt meine Hand, und gemeinsam verlassen wir das Restaurant. Langsam beruhigen wir uns, und mein Herz klopft auch nicht mehr so wild. Wir stehen vor meiner Zimmertür und lächeln uns an.

»Es war ein schöner Abend«, sagt Rod und streichelt mein Gesicht.

Ich lege meine Wange in seine Hand und genieße den Augenblick. »Kommst du mit rein?«, flüstere ich.

Rodney zögert einen Moment und gibt mir einen Kuss auf die Wange. »Nein, ich fahre morgen ziemlich früh los. Morgen ist Samstag, ich habe keine Vertretung gefunden und muss den Laden aufmachen. Außerdem will ich es langsam angehen lassen. Ich melde mich bei dir, wenn du wieder in Berlin bist, okay?«

Ich nicke glücklich. »Hört sich gut an.«

»Dann schlaf schön.« Rod beugt sich zu mir herunter und gibt mir einen Kuss auf den Mund. Als unsere Lippen aufeinandertreffen, ist er wieder da, der Moment, den ich auf ewig verloren glaubte. Man kann die Magie auch nach über zwanzig Ehejahren noch spüren. Besonders dann, wenn man sein Glück aus den Augen verloren hat. Besonders dann, wenn man alles aufs Spiel gesetzt hat. Und besonders dann, wenn jemand die Größe besitzt zu verzeihen. Wahre Liebe kann alles überstehen, das weiß ich heute. Unsere Ehe wurde erschüttert. Alles, woran ich glaubte, geriet ins Wanken. Doch hier und jetzt spüre ich, dass meine aus den Fugen geratene Welt anhält, um den Anker zu werfen, und irgendwann in ihre alte Umlaufbahn zurückfinden wird. Dieser Kuss ist erst der Anfang und doch so viel mehr.

Er ist ein Versprechen. Ein Versprechen an Rod, an mich, an unsere Tochter, dass ich das, was ich habe, auf immer und ewig wertschätzen und behüten werde. Ich will doppelt so viel Ehe. Zwanzig Jahre sind gar nichts, wenn man vierzig haben kann. Alles ist richtig. Nichts ist falsch. Weil … wie kann etwas falsch sein, das sich endlich so richtig anfühlt?

17322185R10132

Printed in Poland
by Amazon Fulfillment
Poland Sp. z o.o., Wrocław